ベリーズ文庫

砂漠の王と拾われ花嫁

若菜モモ

JN211539

STARTS
スターツ出版株式会社

目次

プロローグ

(わたし……なんでこんなところに……?)

野山莉世《のやまりせ》は、いまだかつて見たことがない砂漠のど真ん中にいた。

(ちょ、ちょっと待ってよ……)

慌てて最後の記憶を思い出す。

(高校から帰って、家族で夕食を食べて、お風呂に入って、パジャマ代わりのキャミソールとショートパンツを着て寝たはずなのに……)

砂漠に立ちつくし、寒さとわけがわからない恐怖にブルッと身震いをする。

(砂漠って、こんなに寒いんだっけ……? ううん。夢だよ。お布団をかけなくちゃ。でもお布団なんてどこにもない)

あたりを見回していると、なにもない砂漠の地平線から太陽が昇り始める。その光景に莉世は目を奪われた。

「うわーっ! きれい‼」

思わず声が出るほどの見事な日の出だった。朱に染まる太陽が徐々に顔を出して、みるみるうちにあたりを明るくし、地平線から離れていく。

こんなにも美しい太陽を見たのは、十七年間生きてきて初めてだ。

(これって夢だよね？　とってもリアルな夢だけれど、現実にはありえない)

目に太陽が焼きつくくらいうっとりと眺めてから、後ろを向く。あたりに目を凝らすが、見渡す限り砂漠が続いている。

「誰かー！　いませんかー？」

(思い通りに叫べるけど、これは夢。だって、今まで自分の部屋で寝ていたのに砂漠にいるなんて)

夢だと納得して歩いてみるが、サラサラの砂に足を取られ、よろけて転ぶ。

一歩踏みだすごとに、砂の中に足がズブッと入ってしまってうまく歩けない。走るなんてもってのほか。

(そうだ……夢って走れないんだよね)

莉世の場合、誰かに追いかけられる夢を見たときも、走れなかった。

(走ることができない。だからこれは絶対に夢)

そう思うと気持ちが楽になって、夢なら冒険してみようと歩きだす。

(まさか映画の世界みたいに、盗賊なんか出てこないよね……？)

砂に足を取られながら歩いていると、昇った太陽がだんだん眩《まぶ》しくなってきた。右手を目の上にやり、影を作る。

（……なんだか暑くなってきた。もうそろそろ起こしてほしい）

気温も上がってきて、キャミソールやショートパンツから覗《のぞ》く肌を陽射しがジリジリと焼いていくし、足元の砂も次第に熱くなってきて、じっとしていられなくなる。

（もうっ！　身体中が熱い……火傷《やけど》しちゃうよ。これって……夢じゃないの？　五感が働く夢なんて……）

そのとき、どこからか風が吹き、莉世の全身に砂がパラパラ当たる。続けてものすごい風がビューンと吹いて、莉世はとっさに手で顔をかばった。目に砂が入るのは阻止できたが、鼻や口に入り込み、ゴホゴホッと咳《せ》き込む。

「もうっ！　なんなのっ！　痛っ！」

風は一瞬でやんだが、一面の黄金色の景色は変わらない。

莉世は力なくその場に座り込んだ。

「……これって、冗談だよね！　お父さん！　お母さん！　お姉ちゃんっ！」

口を開くだけで、熱風が体内を焼きつけるように入り込む。喉がカラカラだった。

顔や身体がどこもかしこも痛い。

「どうしてわたしがこんなところにいるのっ⁉」

まったくわけがわからず、パニックを起こしそうになる。

（ダメだよ。莉世、しっかりしなくちゃ。夢に違いないんだから。でも、ここにいても仕方がない。うん、歩こう）

しかし、数歩も行かないうちに意識が朦朧《もうろう》としてくるのがわかった。

熱い砂の上に崩れるように倒れる、莉世の身体。

（眠ったら、夢から覚めるかな……）


「おい！　そこの娘！」

男の鋭い声に、莉世は遠のいていた意識を取り戻す。

「ほっといて。夢から覚めるんだから」

唇が乾いて動かしづらいが、目を開けないままぼそっと言った。

「なにを言っている。お前は何者だ⁉」

赤くなったむきだしの肩をガシッと掴《つか》まれて、あまりの痛さに莉世の目が開く。

「痛いよ！」

「ラシッドさまに向かって、その口のきき方はなんだ！」

もうひとり男がいて憤慨しているのがわかったが、莉世の頭は朦朧としていてどうすることもできない。意識が再び遠のく。

「アーメッド、水を飲ませろ」

アーメッドと呼ばれたひょろっとした青年は、莉世を抱き起こすと、羊の革で作られた水筒を口に当てがい、飲ませた。

喉が渇ききっていた莉世は、無意識にごくごくと水を喉に通していく。

莉世に最初に声をかけた男、ラシッドは、五歩ほど離れた馬に近づき、その背から布を手にして戻ってくる。なんにでも対応できる綿布だ。それを娘の身体に手際よく巻く。

「ラシッドさま？　なにを？」

「ここにいたら十分で死ぬ」

「しかし、得体の知れない者を王宮に連れていくのはいかがなものかと。着衣も見たことがないものです」

「牢屋《ろうや》にでも入れておけばいい。わたしは先に戻っている」

お付きの青年、アーメッドはラシッドの気まぐれにため息をつき、莉世を抱えると荷物のように馬の背に乗せた。

主のラシッドはすでに黒毛の馬を走らせている。アーメッドは急いで騎乗すると、主を追いかけた。

「んっ……み……ず……喉が渇いた……」

眠りから目覚めた莉世は、次の瞬間ハッとして起き上がり、あたりを見回す。

「……ここはどこ？　なんで自分の部屋じゃないの？　嘘《うそ》っ！　夢じゃ……」

突きつけられた現実に、莉世の目から涙がこぼれる。

ここは自分の部屋ではなく、人が手を広げて三人も寝ればいっぱいの大きさの汚い部屋。ごつごつした石の床に莉世は寝ていたのだ。

なにかが腐ったような悪臭がどこからか臭ってくる。湿度が高く、むわっとした熱気が身体を取り巻き、不快としか言いようがない。

上半身をゆっくり動かすと、乾いた咳《せき》が出る。口の中がカラカラになっていた。

それでもあの砂漠よりはマシなのかもしれないと思えるほどの余裕は、今の莉世にはない。

石の床と鉄格子。小さな窓がひとつだけあり、あとは壁。

「なんで……鉄格子……？　まるで牢屋みたい……もう嫌だ……」

ふらふらする頭を膝の間にうずめる。

（お父さん……お母さん……わたしはいったいどうしちゃったの？）

肩や腕、顔までもがヒリヒリして痛い。莉世は唇に指をやった。なめらかだった唇はガサガサで、そこから滲《にじ》んだ血が指についた。

「なんでこんなことになっちゃったんだろ……」

いくら考えてもわからず、まだ夢であってほしいと思っている。

「うっ！」

胃に不快感を覚え、胃液が上がってくる感じがして、苦しさに嗚咽《おえつ》を漏《も》らす。

（ううっ……気持ち悪い……吐きそう……）

頭を金づちで叩《たた》かれているような頭痛もしてきた。徐々に襲ってくる身体の痛みと吐き気に、怖くなる。

うずくまっていることが苦痛で、膝を抱えたまま石の床に倒れる。薄れていく意識。

（誰か助けて……）

莉世はそんな自分に恐怖を覚えながら、再び目を閉じた。


その頃、莉世を連れ帰るように命じたラシッド・ベン・ザイール・ジャダハールは、忙しさのあまり彼女のことを頭から忘れ去っていた。

彼は砂漠に囲まれたジャダハール国の若き王。スラリとした長身だが、ローブの下は鍛えられた身体。涼しげな奥二重《おくぶたえ》の目は鋭さを秘め、まさに美丈夫の風貌。砂漠の王ラシッドに寵愛《ちょうあい》されたいと、国内や諸外国の姫たちが列をなすほどだ。

ラシッドが莉世を思い出したのは、宴が終わろうとしたとき。彼の隣で、しなだれかかるように魅力を振りまいていた美女が、莉世のことに触れたからだ。

褐色の肌の美女は、腹部が露出しているドレスを着ており、生地はとても薄い。

「ラシッドさま、今朝珍しい娘を拾ったとお聞きしていますが？」

「珍しい娘？」

ラシッドは一瞬なんのことかわからなかった。

「砂漠に倒れていた、変わった服を着た娘です」

彼の後ろに控えていたアーメッドが、一歩前に近づき教える。

「あぁ、あの娘か。どこにいる？」

ラシッドは凛々《りり》しく形のいい眉の片方を上げて、アーメッドに問う。

「東の牢屋でございます」

アーメッドが衛兵に指示した牢屋は、罪の軽い罪人などが入る、一番清潔に保たれているところだ。

ふいにラシッドは優雅な所作で立ち上がった。ぴったりと寄り添っていた美女が彼を仰ぎ見る。

「ラシッドさま、どちらへ？」

申し訳程度の布をまとった美女は、わざと拗《す》ねたような瞳で見つめる。

「お前たちはもう下がれ」

美女になんの感情も持たないラシッドは、冷たく言い放つと立ち去った。


鉄格子のそばに設置されたランプの灯りが、莉世のいる牢屋を照らしていた。四室ある牢屋には罪人は収監されておらず、彼女だけだ。

人の気配がしても、莉世は牢屋の真ん中に身体を丸めて横たわったまま動かない。

アーメッドは入口に立っていた番兵に鍵を開けさせ、中へ入ると莉世に近づいた。

「娘、起きろ」

莉世の顔を覗き込むようにして、アーメッドがぶっきらぼうに声をかける。

その様子をラシッドは鉄格子の外から見ていた。だが横たわっている莉世がピクリとも動かないのを見て中へ入り、ぐったりしている上半身を起こす。

「なんということだ。ひどい熱だ！」

ラシッドは莉世の身体の熱さに驚いた。

「ん……」

意識のなかった莉世は、身体を起こされて面倒そうにラシッドの手から逃れようと身じろぐ。

「……ほっといて……痛い……っはぁ……」

意識が戻れば、日焼けの痛みと頭痛がぶり返す。耐えられずに再びラシッドの腕の中で意識を失った。

「侍医を呼べ！」

アーメッドに命令したラシッドは、莉世を抱きかかえる。

「ラシッドさま！　ラシッドさまが気にされるような娘ではございません。その娘はわたしが」

我が国の王が薄汚い娘を抱いて連れていくことはないと、青ざめながら急いで申し出るアーメッド。

「いい！　お前は早く侍医を呼べ！」

ラシッドは表情を曇らせて牢屋を出ると、そこから一番離れた位置にあるザハブ宮へ向かう。ザハブ宮とは、この国の王が住む宮。その奥にハーレム宮があるが、現在そこに住む者はいない。

ラシッドは莉世を自分の寝所に連れていった。

天蓋付きの寝台に寝かせて莉世をよく見れば、きめが細かく象牙のようだったであろう肌は赤くなって痛々しく、唇はカサカサに乾ききって血が滲んでいた。

しかし、こんな状態でもこの娘が美しいとラシッドは思った。

遅れてやってきたアーメッドは、王の神聖な寝台を薄汚い娘に使わせたことに、驚きを隠しながら近づく。

「ラシッドさま、別の部屋を用意いたします。ここに寝かせるなど、とても――」

「いや、いい！　侍医はまだか⁉」

ラシッドは莉世を見つめたまま、アーメッドの言葉を鋭い口調で遮った。

莉世は意識を失ったまま動かない。息をしているのか心配で、ラシッドは薄褐色の長い指を彼女の鼻の近くまで持っていく。

（こんなになるまで放っておいたとは……。牢屋に入れず、すぐに診《み》させていれば、これほどひどい状態にならずに済んだはず）

冷酷無慈悲な王と陰で言われているラシッドだが、昏睡《こんすい》状態の莉世に、目を覚まさせられた思いだった。

ラシッドは、美しかったと思われる砂交じりのブラウンの髪のひと房を持ち上げる。肩までの長さの莉世の髪は、太陽の熱で艶が失われていた。

（もっと髪が短ければ、少年のようにも見える娘だな）

今まで見たことのない服を着た華奢《きゃしゃ》な娘は手足が長く、少年のようにスラリとした肢体だった。

控えめに扉を叩く音のあと、王宮の侍医カハールが入ってきた。黒髪にはちらほら白いものも見え始めている、ラシッドの父親くらいの年の男だ。

王の寝台に昏睡状態の娘がいることに、侍医は内心驚いたものの、顔には出さず丁寧に診ていく。

「……熱射病による脱水症状ですな……かなり深刻な状態でございます」

侍医は、控えていたふたりの若い女官に、莉世の身体を冷やすように命じる。

「これでは、ラシッドさまの寝台を汚してしまいます。どうか用意した部屋へ」

女官が濡《ぬ》れた布を用意しているのを見て、アーメッドが再び口を開く。

「いいと言っただろう？　しつこいぞ、アーメッド」

ぐったりした莉世を見つめたまま、ラシッドはアーメッドを見ようともしない。そればかりか、女官から濡れた布をもらうと、彼女の額に置いている。

（ラシッドさまが人の世話をするなんて、目を疑いたくなる。しかし、この娘はいったいなんなんだ……？　娘が着ている服は、我が国では見たことがない）

女官が莉世の脇の下や足のほうへ、氷の入った袋を置いていく。そして赤くなった肌に、ナツメヤシの油に蜂蜜と薬草を混ぜた香油を塗る。

「貸せ」

ラシッドは香油を指先ですくうと、莉世のひび割れた唇に丁寧に塗り込んでいく。その途中で彼女の瞳を思い出した。

（瞳は……確か……薄い茶色だったな）

ジャダハール国の住人は、ほぼ褐色の肌に黒い瞳だ。まれにラシッドのような薄褐色の肌も見るが、莉世のような容姿の者はいない。

（しかも砂漠が危険だということは、小さい子供でも知っている。こんな無防備な格好で、なぜあんなところに？　我が国の者ではないのに、娘は普通にジャダハール語を話していた）

ラシッドは不可解な出来事に眉根を寄せる。

女官がつきっきりで莉世の身体を冷やすが、熱はさらに上がり、うわごとを繰り返し言い始めた。

「ん……おかあ……さん……おとう……たす……けて……」

うなされている莉世に、女官は戸惑う。

莉世の手がなにかを求めて何度も上がるが、すぐに力なく寝台の上に落ちる。

（このまま熱が上がり続ければ、この娘の命が危ない）

そばに控えていた侍医をラシッドが呼ぶ。

「すぐに熱を引かせろ。このままでは命が危険だ。あの薬を使うんだ」

「ラシッドさま、あの薬は副作用が強いのです。使って助かるとは限りません。この者の体力が……もう少し様子を見ても遅くはありません」

ラシッドが侍医に命じたものは、この国に伝わる秘薬。その液体をひと口飲めば万病に効くと言われている。だが、どんな副作用が起こらないとも限らない劇薬。

合わなければ記憶を失うか、それとも身体の自由が利かなくなるか、それは神のみぞ知る。

「もう一度、熱が引く薬を飲ませましょう」

侍医の言葉に、ラシッドは心配そうに莉世を見てから頷《うなず》いた。

莉世と同じ部屋では、ラシッドの政務に支障をきたしてしまうと懸念したアーメッドは、頑《かたく》なに部屋を変えるよう進言した。

ラシッドは命に関わるほどの病状にさせてしまった後悔から、娘をそばにおいておきたいと思っていたのだが、仕方なく隣の部屋へ移動させた。

莉世の熱が下がり始めたのは二日後。手厚く看病されてから、彼女は一度も目を覚まさなかった。その間、ラシッドは莉世を心配していたが、政務が多忙で世話はアーメッドや女官任せだった。

この数日間、政務が終わるのはいつも夜更け。それでも一日に一度は莉世の様子を見に行くラシッドだった。

月明かりに照らされる回廊を進み、自室手前の扉を開けて、ラシッドは莉世の部屋に入った。

寝台に近づくラシッドに気づいた付き添いの女官は、慌てて椅子から立ち上がると、腰を低くして頭を下げる。

「陛下、娘が先ほど意識を取り戻しました」

ラシッドは寝台に近づき、規則正しい呼吸をしながら眠る莉世を見た。

オレンジ色のランプの灯りに照らされている莉世。その呼吸が楽になっているのを見て安堵《あんど》したが、怒りも湧く。

「次に目を覚ましたときは、すぐに知らせろ」

「も、申し訳ありません。必ずお知らせいたします」

女官はラシッドの機嫌を損ねたことに気づき、絨毯《じゅうたん》にこすりつけるように頭を下げた。

目覚めた莉世とラシッドが対面したのは、翌朝だった。

ラシッドが執務室に向かおうと部屋を出たとき、アーメッドが慌ててやってきた。

「ラシッドさま！　娘が目を覚ましま――」

「ここから出して！」

アーメッドが出てきた扉から莉世の金切り声が聞こえ、ラシッドは部屋の中へ進む。

「なにを騒いでいる!?」

顔を真っ赤にした娘は寝台の向こう側におり、枕を抱えていた。ふたりの女官はオロオロしている。

四柱式の天蓋から下がっていた薄布は、床の上に落ちていた。目が覚めた莉世がパニックに陥り、起き上がったときに引っ張ってしまったのが原因だ。

「ラシッドさま！」

ラシッドの姿に、女官たちは片膝をついて頭を下げた。ラシッドが娘に近づく。ふたりは寝台を挟む格好になる。

「ずいぶんおてんばな娘だな。名をなんと言う？」

突然入ってきたラシッドを見て、莉世は驚いた顔になった。

（この人は……砂漠で会った人と同じ？　あのときは口元まで白い布で覆われていたから……）

莉世は目の前にいる青年のあまりの美しさに、息を呑《の》む。今のラシッドはカフィーヤという頭巾を頭に巻いておらず、美麗な顔立ちがはっきりわかる。

答えない莉世に、アーメッドが一歩前に出て大声を上げる。

「娘！　名前を聞いているんだ！」

その途端、莉世の肩がビクッと跳ねる。

「アーメッド、叫ぶな。怯《おび》えているのがわからないのか」

ラシッドは寝台に沿って、莉世に近づこうとした。

「い、嫌っ！　来ないでっ！」

彼に見とれてしまっていた莉世は我に返り、気が狂ったように頭を振る。

小説や映画のアラビアンナイトの世界の雰囲気や、衣装がそっくりな人たち。部屋も今まで莉世が暮らしていた実家とまったく違い、金やターコイズなどの美しい石が使われた豪華なインテリア。

（わたし、どうしちゃったの？　なんでこんなところにいるのかわからない。映画撮影なんだと誰か言ってほしい。明らかに外国人の容姿なのに、どうして日本語が通じるの？）

「ここは、ここはどこなのっ？」

莉世は落ち着くため、呼吸を整えようとする。病み上がりの身体は力が入らず、立っているのが精いっぱいだが、せめて気を強く持ちたかった。

（砂漠でこの人に拾われたのは覚えている。そのあと、衛兵らしき男が乱暴にわたしを牢屋に入れた）

記憶があるのはそこまでだった。目が覚めると、この豪華な部屋で寝ていたのだ。しかも着ていたキャミソールとショートパンツ姿ではなく、今は薄い生地のひらひらしたドレス。

「ラシッドさまに向かって、なんという口のきき方を！」

アーメッドが再び莉世を叱咤《しった》する。

「いい、アーメッド」

ラシッドは、莉世の色素の薄い茶色の瞳と視線を合わせる。とても美しいその瞳と髪に興味を惹《ひ》かれた。

莉世は日本人だが、生まれつき色素が薄かった。

(瞳の薄い茶色は、我が国で一番高価なインペリアルトパーズのようだ)

「ここはジャダハール国。砂漠に囲まれた国だ」

ラシッドは莉世のいる位置に少しずつ距離を詰める。

「ジャ、ジャダハール国?」

莉世はポカンと口を開けたままで、眉根を寄せる。

(聞いたことがない……どこにあるの? この国……中東? 服装はそれっぽい)

考えているうちに、莉世の目の前にラシッドが来ていた。

「お前の名前は? どこから来た?」

困惑していると、抱き上げられて身体が浮く。

「きゃっ! 放して!」

「暴れるな。寝台に座らせるだけだ。立っているのもつらいだろう?」

ラシッドは小刻みに震えている身体を、寝台の上へ下ろす。

「お前の名前は？」

「野山莉世……。日本人です。日本へ帰らないと！　お願いです。日本へ帰して！」

莉世は両親を思うと胸が締めつけられるように痛くなり、泣きだしてしまった。

（帰りたい……お姉ちゃん、助けて）

うつむいて顔を両手で覆い、声を押し殺して泣く莉世に、ラシッドはどうしたものかと考える。

（ニホンジンだと？　ニホンとは、なんなんだ？）

この世界にニホンという国はない。砂漠の王たるラシッドが知らないのだから間違いはない。

「アーメッド、この娘にマハルをつけろ」

そばに控えているアーメッドに指示すると、彼は驚いた顔を隠さなかった。

「なにをおっしゃいます⁉」

（得体の知れない娘に女官長をつけろとは、ラシッドさまはどうかしている）

「賛成しかねます。この娘は刺客かもしれないのですぞ？」

寝台の上で泣いている莉世を疑うアーメッドを、ラシッドは一笑に付す。

「こんな小娘に、わたしが殺されると思っているのか？」

「そのようなことは……」

　笑顔の中にも有無を言わせない迫力のあるラシッドに、アーメッドは口ごもる。

『殺される』という言葉を聞いて、莉世はハッと顔を上げたが、家族の元へ帰りたい気持ちで胸を詰まらせ、涙は止まらない。大粒の涙が夜着の胸元を濡らしていく。

「そんなに泣くと、身体中の水分がなくなるぞ？」

　頭の上から諭すような声が聞こえた。

「……ヒック……そ……ヒック……そんなわけ……ない……」

（この人は慰めてくれているの？）

「お、ヒック……お願いです……わたしを……日本へ帰して……」

　そう言って泣く莉世に、ラシッドは目を奪われていた。砂漠の太陽にさらされ、顔はまだ赤く唇はガサガサだったが、美しいと思った。

「名前をなんと言った？」

「野山莉世です……リセ……」

　素直に名前を口にするも、涙は流れ続けるばかり。

「リセ……」

　ラシッドは記憶するように呟《つぶや》く。

「お前、いつまで泣いている！　陛下の前で失礼だ！」

いつまでも涙の止まらない莉世に、アーメッドは苛立《いらだ》ちを抑えられずに怒鳴る。

その声に、莉世の身体が怯えたようにまたビクッとなる。不安げな瞳が長いまつ毛で隠れた。

ラシッドの心に、抱いたことのない気持ちが芽生える。

「アーメッド！　出ていけ」

「ラシッドさま！」

「消化のいい食事を持ってくるように伝えろ」

アーメッドは頭を深く下げると、しぶしぶ出ていった。

「リセ、ニホンという国は知らない。いや、存在しない。お前の帰る場所はない」

「そんなっ！　わたしは日本へ帰れないのっ⁉」

伏せていた目を大きく見開く。愕然《がくぜん》とした表情だ。

「お前はここで暮らすしかないだろう。帰る方法は、お前がここに来た方法しかない」

「どうやって来たのかわからない……目が覚めたらここにいて……」

ふいに莉世の手が額を押さえ、瞼《まぶた》をぎゅっと閉じる。

「今は思い悩まず、身体を治すことだけ考えろ。ここで面倒を見てやる」

ラシッドは、怯える小動物を安心させるような優しいまなざしを向けて、莉世の額に触れた。額は倒れたときと同じくらい熱く感じられた。

「また熱が上がったようだ。侍医を呼べ」

ラシッドの手が莉世に触れた途端、気分が落ち着いた。

(信頼してもいいの……？　この世界で頼れるのは、今はこの人しかいない……)

「横になりなさい。その熱では身体がつらいだろう」

ふらつく頭を休めたくて、莉世はラシッドの言う通りに横になる。眩暈《めまい》に襲われ、目を閉じているうちに、眠りに落ちた。

第一章　砂漠の世界

時は流れ……。

背の高いナツメヤシの木の下で、籠を持った娘がほんのり赤くなった実を拾っていた。拾うたびに下がってくる高価な生地のひらひらした袖を、うっとうしそうにして。

幹の上のほうにぶら下がるようにたわわに実るナツメヤシは、男が木の上に登り、短刀で房を切って下へ落とす。それを女たちがひとつひとつ丁寧に採り、籠に入れていく。

女たちと一緒にナツメヤシの実を採っているのは、色素の薄い茶色の髪と瞳を持つ美しい娘。

三年前に日本から、ここ異世界であるジャダハール国に来てしまった野山莉世。

あれから、莉世はこの国の王であるラシッドの保護下で生活していた。

二十歳になった莉世は、ここへ来た頃に比べるとずいぶん大人になったが、わがままを聞き入れてくれるラシッドの前ではまだまだ子供だと、アーメッドに嫌味を言われている。

「姫さま、早くお戻りください」

姫と呼ばれるのに最近ようやく慣れてきたところだ。最初の頃は何度も訂正してきたが、後見をされているのだから姫なのだとラシッドに諭された。ラシッドの立場を考え、莉世も姫と呼ばれることを受け入れた。

「マハル、これを乾燥させてお菓子に入れましょう。お兄さまにお菓子を作らなきゃ。甘いものはお好きじゃないけれど、これを入れると食べてくれるから」

莉世は手を休め、世話係である女官長のマハルに、にっこり笑う。五十代前半のマハルを、この世界で母のように思っていた。

「姫さま、そうしましょう。それより、早くザハブ宮にお戻りになりませんと、ラシッドさまが捜索隊を出させますよ。夕食までにお召し替えを済ませなければ」

あと二時間ほどで陽が落ちる。早く莉世の支度をしなければと、マハルは焦っていた。夕食の時間に莉世がいないと、ラシッドがザハブ宮の衛兵を総動員して捜させたことも何度かあったからだ。

「でも、シラユキに角砂糖を持っていく約束なの。あげたらすぐに戻るから、マハルは先に帰っていて」

莉世はナツメヤシの実が入った籠をマハルに手渡すと、小言を言われる前に駆けだした。衛兵を総動員して捜させたいわけではない。

莉世がこの世界に来た去年の記念日に、ラシッドから白毛の馬を贈られた。以前から馬に乗りたいと思っていた莉世は喜んだ。真っ白な毛並みの馬をシラユキと名づけ、可愛《かわい》がっており、一日に一度は必ず会いに行くほどだった。

今日は昼食を挟んで勉強し、ナツメヤシの実拾いを手伝ったので、会いに行く時間がなかったのだ。


莉世はザハブ宮の回廊を抜け、王専用の厩舎《きゅうしゃ》に向かった。まだ薄明るかったが、厩舎へと続く道の両脇で衛兵たちがランプを灯す作業をしていた。

走ってくる莉世を見ると、衛兵たちはすぐさま笑顔になり、頭を下げる。莉世もにっこり笑みを返し、軽く手を振りながら彼らの横を通り過ぎる。

(もうすぐ厩舎)

厩舎が見えてきたとき、莉世が来たのとは反対の方向から、馬の蹄《ひづめ》の音が聞こえてきた。

「リセ」

黒毛の馬ガラーナに乗ったラシッドだった。後ろに同じく馬に乗った近衛《このえ》隊長のアクバールと、莉世の天敵アーメッドもいる。

「お兄さまっ！　砂漠へ出かけるんだったら、わたしも――」

「姫、ラシッドさまはお遊びで出かけているわけじゃないんですよ」

砂漠へ行くのなら一緒に行きたかった莉世は、残念そうな瞳を向けるが、即座にアーメッドがたしなめる。

天敵といっても、アーメッドの言っていることは必ずしも間違っているわけではなく、この世界に不慣れな莉世に対し物事をはっきり教えているのだ。

「リセ、今度行くときは誘おう」

ガラーナから下りたラシッドは、急いでやってきた馬番に手綱を預け、莉世に近づく。アクバールとアーメッドも地面に下り立った。

「約束ですからね。シラユキが運動不足になってしまいますから」

身長百六十センチの莉世は、ラシッドを仰ぎ見てにっこり笑う。

「お兄さまが出かけていたのなら、マハルが焦る必要はなかったのに」

「マハルが焦る？　またマハルを困らせているのか？」

マハルの息子アクバールがすぐ近くにいる。ラシッドの言葉に、莉世は両手で口元を押さえる。

「しょ、食事の前に着替えを済ませないと……って。アクバール、わたしはわざとマハルを困らせているわけじゃなくて……」

「もちろんわかっていますよ。姫さま、ご安心を」

ラシッドより三歳上のアクバールは彼と一緒に育ち、莉世のよき理解者でもある。体躯《たいく》のいいラシッドよりもひと回り身体が大きい猛者《もさ》だが、莉世と話すときは優しい顔になる。

「母も、姫さまのお世話を日々楽しんでおります」

「リセ、シラユキに餌をやるのだろう？　一緒に行こう。お前たちは先に戻っていい」

ラシッドと莉世は、シラユキのいる厩舎に向かって歩きだした。


厩舎から戻った莉世はラシッドと別れ、二階にある彼女専用の湯殿で湯浴みをし、身支度を済ませる。王宮はぐるりと街に囲まれているが、その周辺は砂漠地帯。季節風が強い日などは、砂が髪にまで入り込むこともある。

ラシッド専用の湯殿の隣に莉世専用のものが造られたのは、ジャダハール国に来てからすぐのことで、建築には三ヵ月かかった。

極彩色のタイルや光り輝く宝石が埋め込まれ、女神像や観葉植物なども配置されている豪華な湯殿だ。

この国の気候は、日中はぐったりするほど暑いが、夜になると羽織り物が必要なくらい涼しくなり、一年のうちの二ヵ月ほどはさらに寒い。

湯浴みを終えた莉世にマハルが用意した衣装は、手首までふんわりとした袖が広がる水色の上着に、ゆったりとしたパンツ。首元と手首には金銀の糸で見事な刺繍《ししゅう》が施されている。

「御髪《おぐし》は、いかがいたしましょうか？」

「このままでいいわ」

莉世付きの女官ナウラに聞かれたが、梳《と》かされた髪が艶やかな光を放っているのを見て、鏡の前を離れた。

ここへ来たときの莉世の髪は、肩より少し長いくらいだったが、現在は腰のあたりまでになっている。莉世としてはあまり長いのは不便で切りたかったのだが、この国にはない薄茶色の髪を気に入っているラシッドに、禁止令を出されてしまったのだ。

この国の高貴な女性は髪を長く伸ばし、結ったり編み込むのがおしゃれとされている。

「それに、編み込んでいたらお兄さまが待ちくたびれてしまうでしょう？」

なにか言いたそうな顔をしているマハルに、にっこり笑みを向ける。

「そうですわね。陛下のご用意はもうお済みでしょう」

「早く行かなきゃ」

ラシッドを待たせてはいけないと、宝石を縫い込んだサンダルで湯殿を出て、二十段ほどの大理石の階段を駆け上がる。

ザハブ宮の三階は、ラシッドと莉世の住まい。ザハブは〝金〟の意味で、最高の地位者に与えられる宮だ。ここへは限られた者しか立ち入ることができず、衛兵が入れるのは二階までとなっている。

居間はふたりのくつろぎの場になっており、鮮やかなクッションが数えきれないくらい置かれ、それを背に、絨毯に並べられた料理を食べる。

莉世は中学や高校の世界史の教科書で見た、中東の暮らしのようだと想像している。といっても、しっかり勉強したわけではないから、比較はできないのだが。

最初の頃、飛行機に乗れば日本へ帰れるのではないかと期待をしたが、この世界には飛行機や車が存在していなかった。動物や植物、食べ物などは莉世のいた世界とほとんど同じなのだが。

この世界へ来てから二年くらいは、日本に戻りたい、家族に会いたいとずっと考えていた。ラシッドは莉世が倒れていた砂漠へも連れていってくれた。だが、日本へ戻る手立てはなく、悲嘆ばかりの毎日。

寂しくて泣き虫にもなった。不安定な莉世を優しく見守ったのはラシッドだった。

就寝中にここへ来てしまったことから夜を怖がる莉世と、できる限り夜遅くまで一緒に過ごし、あとは寝つくまでマハルやナウラがついていてくれる。

居間へ行くとラシッドは、クッションを背に片膝を立てて、果実酒を飲んでいた。そばに瓶を手にしたアーメッドが控えている。

莉世が現れるとラシッドは、きりっとした目を細めた。

「お兄さま、先に召し上がっていればよかったのに」

莉世はラシッドの対面に腰を下ろした。

「マハル殿の言う通り、先に支度を済ませればいいのに」

ブツブツと小言を言うアーメッドだ。

「リセ、座りなさい。勉強と実拾いで疲れただろう?」

マハルから杯をもらい、果実水を淹《い》れてもらう。ナウラともうひとりの女官が料理を運んでくる。

「実拾いは疲れないけれど、お勉強が——」

そのとき。

――ヒュウゥー、ドーン‼

突然、暗闇の外が明るくなり、爆音が響いた。

ラシッドがすぐさま立ち上がり、バルコニーへ向かうと同時に、アーメッドは居間を飛びだす。

莉世もバルコニーに出て、明るい空に目を凝らすが、遠くに砂漠が見えるだけだ。

「クドゥス族の方角だ。おそらく部族間の抗争だろう」

はるか遠くを見ていた莉世はブルッと震えて、両腕で自分の身体を抱きしめた。

「中へ入るんだ。風邪をひく」

ラシッドは莉世の肩に手を置くと居間へ戻り、座らせる。それから隣の自室へ一度入り、出てきたときにはカフィーヤを頭に巻いていた。

「お兄さま……」

莉世は不安げな瞳を向ける。

「リセ、心配せずに食事をしなさい。わたしを待たずに寝ること。わかったな？」

「はい。お兄さま、お気をつけて」

ラシッドは莉世のサラサラの髪を撫《な》でると、戻ってきたアーメッドを連れて出ていった。

（部族同士の諍《いさか》いは、よくあることだけれど……）

ジャダハール国には、砂漠で暮らす七つの部族がいる。国の大臣たちと同じくらいの権力がある族長たちは、普段は政務に口を出さないが、国事のときは砂漠からやってくる。莉世はまだ彼らに会ったことはないが、王が異世界から来た娘にご執心だという噂《うわさ》は、族長たちにも広まっている。

「よくないことが起こりそうで、怖い……」

「姫さま、心配はいりませんよ。いつものことです。お食事を召し上がってください」

ラシッドが出ていった扉をぼんやり見ていた莉世の手に、マハルがスプーンを握らせた。

食事を終えた莉世は隣の寝所へ戻った。

ラシッドのいない夜は不安だ。ようやく日本を振り返らずに、この国の生活に慣れるよう努力し、暮らしていこうと決めた。

三年も経つと、この世界が現実で、その前が夢のように思えてきた。だが、両親や姉を愛し、懐かしむ気持ちはいつもあった。

今の心のよりどころはラシッドだ。もしも寝ているうちに再び日本へ戻るのではなく、どこか別の場所へ行ってしまったら?と考えると、怖くて眠れない莉世だった。

莉世が王の住まいであるザハブ宮に住んでいることから、ふたりの噂は絶えない。まわりの者たちの噂に尾ひれがついて王宮に飛び交っているのだ。特に、ここの女性たちは噂好きだ。

最近では、莉世はラシッドの〝愛玩奴隷《どれい》〟だと言われている。それは莉世の耳にも入ってきており、困惑するばかりだ。そのようなひどい言葉は、ラシッドの耳に入る前にアーメッドやアクバールが止めるだろう。莉世としても、ラシッドには知られたくない。知られれば自分たちの関係が壊れそうな予感があった。

ただ、悪い噂ばかりではない。莉世に出会うまでは女が数えきれないくらいいたラシッドだった。だが、莉世が現れてからラシッドのまわりから女がいなくなり、このままでは世継ぎもできないと懸念されている。ならば莉世を〝妃〟に、という者も出てきていた。

ラシッドは二十七歳で、結婚は遅すぎるくらいだった。近隣の国を治める者ならば、数人の妃をハーレムに住まわせていてもなんらおかしくはない年齢だ。

「さあ、姫さま、横になってお眠りください」

マハルはところどころに置かれたランプに火を灯す。部屋が明るくないと怖がる莉世のために。

「そんなにご心配なさらずとも、明朝には戻られますよ。目を閉じてください。眠りに就くまで、マハルがそばにおります」

マハルは近くの椅子に腰を下ろす。

莉世を自分の娘のように可愛がるマハルだが、思い違いをしている。莉世は眠るまでが怖いのではない。寝ている間が怖いのだ。

ラシッドが夜遅くまで一日の出来事を話す莉世に付き合ってくれるのが、毎日の楽しみでもある。存分に会話してから寝所へ行くと、恐れる気持ちが払拭され、よく眠れる。

莉世は兄のように見守ってくれるラシッドを異性として意識し始めていた。眉目秀麗で、自分に優しいとあれば、おのずと惹かれるのは時間の問題だったが。

マハルに心配をかけまいと目を閉じた。

しかし眠りはやってこない。マハルに背を向けて寝ているフリをしているうちに、衣擦《きぬず》れの音が聞こえた。マハルが出ていったようだ。

莉世は起き上がると、膝を抱えて座る。ラシッドが心配で、夜も不安で眠れそうにない。

部族の諍いはこれまでもあったし、その都度ラシッドはうまく治めてきていた。しかし、今回の諍いを利用した他国の刺客などに襲われないだろうかと、心配をしてしまう。

ラシッドの両親は、部族の長老の誕生日祝いに出かけた折に暗殺された、と聞いているせいで、余計にそう思ってしまうのだ。

——ガタガタッ！

いつの間にか外の風が強くなって窓を揺らし、莉世はますます眠れなくなった。


翌朝、マハルが起こしに行くと、莉世は窓辺に置かれた椅子に座り、クッションを抱えて外を見ていた。莉世のためにラシッドが作らせた椅子は、背や脚に美しい彫り物がされている。

空は雲ひとつなく晴れ渡り、風もやんでいた。

「姫さま、早いお目覚めですこと」

マハルはいつものように、長い黒髪を三つ編みにして上に高く結っている。

「おはよう、マハル。お兄さまは？」

顔だけをマハルに向けると、莉世の長い髪がさらりと椅子からこぼれる。

「お顔の色がすぐれないようですね？　まさか、眠れなかったのですか？」

「早く起きてしまっただけ。お兄さまはどうしたかしら？　何事もないといいのだけれど……」

実際は眠れずに夜を明かしたのだが。今になり眠くなってきている莉世は、あくびを手で隠す。

「陛下は、もうすぐ戻られますよ。居間にお食事を運ばせましょう」

昨晩は心配のあまり食べられなかったせいか、眠気もあるがお腹も空いている。

莉世は床に足をつけると、居間に向かった。


食事を終えるとすぐに教師がやってくる。教わるのは主に教養とジャダハール文字。

最初は嫌がった莉世だが、ラシッドに『この国にいるのならば必要だから』と言われ、しぶしぶ習い始めた。莉世としては、女官たちの仕事を手伝っていたほうが気が楽だったのだが。

莉世は日本語を話しているのだが、なぜか通じる。そんなことはマンガや小説の中の作り事だと思っていた。

ただし、言葉は通じるが、文字となるとまったく読めず、勉強中だ。

かれこれ三年間、莉世はこの国の地理や教養を学んだが、進んでやるのは剣舞。アラビアンナイトの世界に似ているこの異世界には、ベリーダンスのような踊りもあった。だがそれは身分の低い踊り子のダンスで、莉世が踊るのは剣《つるぎ》の舞。長さが自分の腕くらいの剣を持ちながら、戯曲に合わせてなめらかに踊っていくのだ。

ラシッドは剣舞を男らしく堂々と見事に踊る。何度か見る機会があったが、その剣さばきの素晴らしさといったら、しばらく見とれてしまうくらいだった。

男性と女性では踊り方が違う。男性はより男らしく、女性は切れのある動きの中でより女らしく踊る。

莉世もいつか上手になったら、一緒に踊ってみたいと夢見ている。まだまだ一緒に踊れるほど上達していないのは実感していた。

剣舞は稽古であっても真剣を使うため、生傷が絶えない。取り扱いに注意しなければ自分の身体を傷つけてしまう。

以前、莉世は舞いながら剣を頭の上から落としてしまい、肩を深く傷つけてしまったことがある。さすがにそのときは、二度と剣舞をやらぬようラシッドが禁じ、教師は辞めさせられた。

自分のせいだと言ってもラシッドは取り合わず、半年間練習ができなかった。その傷のせいで、左肩が治るのに三ヵ月かかってしまったのだが。

ラシッドは昼食を過ぎても戻ってこなかった。

「お兄さま、遅い……。なにかあったんじゃ……」

莉世はナツメヤシの実を拾いながら待っていたが、我慢できずに厩舎へ向かう。

モザイクタイルの色彩が鮮やかな噴水を通り過ぎたところで、駆け足になる。

ラシッドが誰よりも強いのはわかっているし、アクバールや近衛兵たちもいる。それでもこの国の男たちは荒っぽいところがある。不安が心を占め、莉世はシラユキのいる厩舎へ足を踏み入れた。馬番は慌てて頭を下げて、莉世と視線を合わさない。

「大丈夫よ、カリム。誰もいないから」

莉世はうつむいている馬番の少年の肩をポンと叩く。身長は莉世よりほんの少し高いくらいだが、まだ伸び盛りだ。

「本当に？　姫さま」

カリムと呼ばれた馬番の少年は、顔を上げると莉世を黒目がちの瞳で見る。十七歳の彼は、五年前から厩舎で働いている。

「友達がそんなふうだと悲しいわ」

莉世はにっこり微笑《ほほえ》んだ。カリムは彼女にとって、この世界でできた、たったひとりの友達だ。友達が欲しかった莉世は、強引にカリムに友達になってもらった。

「シラユキの用意をしてくれる？　シラユキ、少し走りましょうね」

莉世は柵に近寄り、頭を上げ下げして喜んでいるシラユキに近寄ると、頬を撫でる。

「ええっ⁉　バカなことは言わないでくださいよっ！」

「お兄さまが戻ってこないの。街の外れまで行ったら戻ってくるから」

街壁まで行けば、ラシッドに会えそうな気がした。

「ひとりで街へ出たら危険です」

カリムの反対をよそに、柵を外してシラユキを厩舎から出す。

「姫さま！　絶対にダメですよ。以前の王さまのお怒りを覚えていないんですか？」

半年前、莉世はラシッドの政務中、遠乗りに出て帰れなくなったことがあった。夕闇迫る二時間前なら徐々に涼しくなるし、シラユキを運動させられる、と護衛ふたりを連れて出かけたのだ。

護衛とはぐれて思いのほか遠くまで来てしまい、帰ろうとしたところ、あたりは暗闇に包まれた。莉世はなんとか見つけたオアシスでひと晩を明かし、翌朝ラシッドに見つけられて助かった。

行方《ゆくえ》不明になった莉世を、ラシッドは気が狂うほど心配し、危険な夜の砂漠にも自ら捜索に出たのだ。

そんなことがあり、莉世はラシッドの許可がなければ王宮からは出られない。

「カリムは知らなかったと言えばいいから」

シラユキの手綱を引いて厩舎から出た莉世は、ハラハラしながらあとからついてくるカリムを振り返る。

「姫さま、そんな嘘はつけません」

カリムが大きく首を横に振って言ったとき、莉世は少し離れたところにいる、白い長衣とカフィーヤを着けた男たちに気づく。

「姫君、遠乗りでもされるのですか？」

しわがれた声が特徴の、ジャダハール国のタヒール大臣だった。色黒でずんぐりした六十代の男で、七人いる大臣の中で最も権力がある。

「タヒール大臣……」

（タヒール大臣の住まいから離れている厩舎に、なぜ？）

彼の後ろに息子のタージル、そして護衛がふたり、姿勢正しく立っていた。初対面から三年近くになるが、莉世はこの大臣が生理的に苦手だった。

「護衛も連れずに、おひとりでは危のうございますよ？」

そう言って一歩ずつ莉世に近づいてくる。今にも舌なめずりしそうな大臣の、莉世を見る目つきが気持ち悪い。

莉世の動揺がわかったのか、シラユキがブルルルと鼻を鳴らし、手綱が引っ張られる。

「タヒール大臣は、どうしてここへいらしたのですか？」

近づく大臣にあとずさりしたくなるのを堪《こら》えて、シラユキの手綱をぎゅっと握る。

「たまにはお顔を拝見しなければと思いまして。お元気そうでなにより。ですが、寂しい顔をされておる」

「タヒール大臣もお元気そうで。では失礼します」

挨拶を済ませシラユキを歩かせようとすると、タヒール大臣が言葉を続ける。

「陛下がおられないので、寂しいのでしょう？　今頃クドゥス族の姫と楽しんでおられるはず」

タヒール大臣の指が、莉世の耳の上あたりで三つ編みをくるくると巻いた髪に伸びる。あからさまに逃げることができず、莉世の身体がこわばる。

「タヒール大臣？」

三つ編みを掴む指がしばらく放されないことに動揺するが、それ以上にラシッドとクドゥス族の姫の話に莉世は困惑していた。

（クドゥス族のお姫さまと……？）

「我が愛娘《まなむすめ》が持っていないこの容姿が、陛下を惹きつけるのじゃろう。まことに見事な髪と瞳だ」

タヒール大臣の子供は、男子が五人、女子が三人。末娘は莉世と同い年だと聞いていた。

後ろにいるタージルは七番目の息子で、二十五歳。若いながらも頭が切れるという噂で、タヒール大臣の手伝いをしていた。

タヒール大臣の指は、髪から頬に移る。なぜそうされるのか意味がわからず、ゾクッとして思わずその手を振りはらった。

――パシッ！

すぐに護衛の男ふたりが、大臣と莉世の前に立ち塞がる。タヒール大臣は払いのけられたことで、目じりを下げていた顔を怒りの形相に変える。

「この娘！　陛下の愛玩奴隷のくせに！」

護衛を押しのけ、タヒール大臣は莉世の左手首を強く掴む。

「きゃっ！」

華奢な腕を後ろでねじ上げられて、莉世はものすごい痛みに息を呑む。手首が折れそうなほどひどい痛みだったが、『痛い』と声は上げない。叫べば余計に力が加えられるだろう。シラユキの手綱が手から離れる。

過去にもこの男に乱暴されたことがあった。やはり今回と同じで髪の毛に触れて、抵抗されないとわかると、キスをしようとしたのだ。逃げようとした莉世は頬を叩かれた。あのときは幸い、マハルが来て助かったのだが、『このことを陛下に話せばお前がひどい目に遭うぞ』と脅してきた。

それに屈したわけではないが、そのときのことをラシッドには言わなかった。ラシッドを支える大臣のひとりなので、莉世は事を荒立てたくなかったのだ。

痛みを紛らわそうと視線を逸らしたとき、シラユキのそばに立つ顔面蒼白《そうはく》のカリムが目に入った。どうしていいのかわからないのだろう。刃向かえば、カリムのような身分の低い少年はその場で殺される。

息子のタージルも父親を黙って見ているだけだ。そもそもこの国では、子は親に逆らえない風習だ。

ギリギリと腕が痛み、莉世はとうとう口を開いた。

「放しなさい！」

とても大臣のような目上の人にかける口調ではなかった。

「この小娘！　お前など、陛下が飽きれば奴隷市場に売られるのだぞ？」

（お兄さまがわたしに飽きたら、奴隷市場へ⁉）

サーッと血が足に落ちる感覚で、莉世の顔は一気に青ざめた。

「どうだ？　わしがお前を身請けしてやろう」

耳元に分厚い唇を寄せられて、全身に鳥肌が立つ。

「嫌っ！　放してっ！」

莉世が叫んだとき、石塀の向こうに人と馬の気配がした。その気配を察し、タヒール大臣は乱暴に莉世の腕を放す。

「おや、手首が腫れてしまったな。なんとか弱い娘だ。たいした力は入れておらぬというのに。このことを陛下に話せば、そこの馬番は生きてはいられないだろう」

タヒール大臣はカリムをニヤリと見てから莉世を脅すと、去っていった。

自由になった莉世は、ガクッとその場に座り込んだ。

「姫さまっ！」

カリムが駆け寄ってきた。

「ごめんなさい、姫さま！　なにもできなくて」

見ているだけだったカリムは、青ざめながら莉世に謝る。

「いいの、カリム。あなたが立ち向かったら、一瞬で殺されてしまうもの」

ズキズキと痛む手首を和らげようと擦《さす》る。そこはすでに腫れ上がってきていた。

（骨が折れるかと思った……）

カリムが濡れた布を持ってきた。カフィーヤの切れ端のようだ。カリムを見ると、彼のカフィーヤの垂れた部分がなかった。

「……ありがとう。このことは絶対に内緒にするからね」

莉世は濡れた布を手首に当てた。

（このことを言えばカリムは殺されてしまう。絶対に言えない）

馬の蹄の音が大きくなってくる。

（お兄さま？　今は会いたくない。きっとひどい顔をしている）

「カリム、シラユキをお願い。部屋に戻るわ」

人差し指を口元に持っていき、「シーッ」とジェスチャーをすると、身をひるがえし、足早にザハブ宮へ向かった。

しばらくすると、居間にラシッドが姿を現した。

「リセ？」

居間にいると思った莉世がいない。もう一度呼ぶと、彼女の寝所の扉が開いた。

「おかえりなさい。お兄さま」

「リセ、遅くなってすまない。心配しただろう？」

扉口に立ったままの莉世に近づく。

ラシッドの凛々しい眉がかすかに顰《ひそ》められ、莉世はいつもと違う態度を取ってしまったことに気づいた。タヒール大臣との出来事で、まだ動揺しているせいだ。

「心配していました。お怪我はないですか？」

近づいてくるラシッドに、自分から抱きつく。

「心配はいらないと言っただろう？　よかった。怒っているのかと思ったぞ」

ラシッドが莉世の髪に口づけると、ジャスミンの花の香りがふんわり漂ってきた。

ラシッドの一番好きな香りだ。

「少し……怒っています。朝にはお戻りになるかと思っていたのに、遅いから……」

ラシッドの逞《たくま》しい胸に頬を当てる。そこでいつもの彼の白檀《びゃくだん》のような香りの他に、バラのようなにおいに気づく。

その途端、莉世の全身がこわばる。

「すまない。クドゥスの族長に引き止められていたんだ。最近付き合いが悪いとな」

ラシッドは莉世の頭をゆっくり撫でる。

(やっぱりクドゥス族のお姫さまと……)

胸がぎゅっと鷲掴《わしづか》みにされたように痛んで、顔をすぐに上げられなかった。


しばらくしてラシッドが行ってしまうと、莉世は居間の絨毯にペタリと座り込み、ぼんやりする。

扉の前に立つナウラは、元気がない莉世を見て心配そうだ。

莉世はタヒール大臣の言葉を思い出していた。

『この小娘！　お前など、陛下が飽きれば奴隷市場に売られるのだぞ？』

(お兄さまがわたしに飽きる？　以前は女性がたくさんいたと聞いたことがある。わたしは飽きられたら……奴隷市場に売られてしまうの？)

ラシッドは後見人として楽しんでいるだけなのかもしれないと考えてしまうと、涙が出てきそうだった。

外から扉が叩かれ、ナウラが開ける。

入ってきたのは、美しくてスタイルのいい剣舞の師匠ライラだ。長い艶のある黒髪をいつも後ろで一本に編んでいる。

ライラに気づいた莉世は、立ち上がって出迎えた。

「姫さま、いかがされたのですか？　時間が過ぎていましたのでお迎えに参りました」

「あ……」

涼しくなってくる夕方から剣舞の練習だとマハルに言われていたが、すっかり忘れていた。

莉世の大好きな剣舞なので、マハルももう一度言わなくても大丈夫だと思っていたらしい。そばにいたナウラも「あっ」と小さく声を上げる。彼女も忘れていたようだ。

莉世はわざわざ来させてしまったことを謝る。

「ライラ先生、忘れていました。申し訳ありません」

「いいのです。さあ、中庭にお出になってください」

ライラはにっこりと笑顔を向けた。


――カシャーン！

莉世の左手から離れた剣が地面に落ちて、金属音があたりに響く。

音楽を奏でていたシャイラーの手が止まり、曲が中断される。この国では吟遊詩人のように楽器を弾いたり、歌ったりする女性をシャイラー、男性をシャイルと呼ぶ。

「姫さま！　お怪我はっ⁉」

なめらかに舞う莉世を真剣なまなざしで見つめていたライラは、慌てて駆け寄る。

右手から左手へ剣を移動させるとき、莉世はしっかり掴めず地面へ落としてしまった。タヒール大臣に掴まれて腫れてしまった左手首が、動かすたびに痛んでいた。

「大丈夫です。すみません」

しゃがむと右手で剣を拾う。

「今日はご様子がおかしいですね？　集中しなければ、お怪我をしてしまいます」

「すみません。ライラ先生、もう一度お願いします」

ライラから離れると、剣を胸の前でかまえる。ライラがシャイラーに頷くと曲が始まった。

優雅な動きを必要とされる剣舞。いつもはもっと美しく踊れるのだが、今日の莉世は動きがぎこちない。

そしてやはり左手に剣を持ち替えるとき、再び地面に落としてしまう。

「姫さま、失礼いたします」

ライラは莉世の異常を感じ、左腕を掴むと袖をまくった。隠す間もなくライラに見られてしまい、莉世は目を泳がせ、うろたえる。

「ひどく腫れているではないですか！　なぜこんなことに⁉」

「見た目よりはひどくないんです……」

ライラに腕を掴まれたまま、右手ですぐに袖を元に戻して隠す。

怪我をしているのになぜ隠すのか、ライラは不思議に思った。

「手首のことはお兄さまに話さないでください」

「姫さま、わかりました。なにか事情があるのですね。今日の稽古はこれで終わりです。手当てをいたしましょう。薬をお持ちしますから、お部屋にいてくださいませ」

ライラは莉世の剣を拾うと、鞘《さや》にしまった。


薬を持ってライラはすぐにやってきた。寝所に莉世はひとりきりだった。手首の怪我をナウラやマハルには知られたくない。知る者が少ないほど、カリムの身を守れる。

寝台の端に座った莉世の前まで来ると、ライラは濃紺の上着の裾を払い、膝をつく。

足首までの上着はサイドに深くスリットが入っており、動きやすいものだ。中にゆったりとしたロングパンツをはいている。

この服装が女性の一般的な衣装だが、莉世の場合はふんわりとしたドレスが似合うと、ラシッドは衣装用に別の部屋を一室作ったほどだ。袖が長いものもたくさんあり、手首を隠すには困らないだろう。

「お見せくださいませ」

塗り薬を赤紫に腫れた手首に塗っていく。スーッとひんやりして気持ちがいい。

「熱を持っていますね。数日は痛むでしょう」

(強く掴まれた痕……誰が姫さまにこんなことを?)

ライラは考えたが、ザハブ宮で莉世を脅《おびや》かす者などいない。

彼女の探るような視線を受けても、莉世は押し黙っている。

「陛下も、じきにお気づきになりますよ?」

「大丈夫です。お兄さまはお忙しいから」

手当てが済むと、莉世は袖を元に戻して立ち上がった。

「この薬は置いておきます。寝る前にも塗ってください」

「ライラ先生、ありがとうございました。薬をどうしようか困っていたんです」

笑顔を向けると、ライラを扉まで送る。

彼女が出ていったあと、莉世は天蓋の薄布を下ろし、寝台に横たわった。

タヒール大臣の言葉ばかりが頭に浮かぶ。

「奴隷市場……」

奴隷市場がどんなところかも知らない。

（わたしはこの世界に来て、お兄さまに拾われて運がよかったんだ……あのとき、砂漠で死ぬか、誰かに拾われたとしてもひどい目に遭っていたかもしれない）

ズキズキと痛む手首をそっと右手で押さえると、莉世は目を閉じた。


外はすっかり陽が落ち、マハルが莉世の寝所に入ると、打ち身などに効く香料のにおいに気づいた。

（姫さまは怪我をされたのかしら？）

天蓋の薄布をそっとめくると、寝台の上で丸くなって眠っている莉世を見つけた。

やはりにおいは彼女から強く漂ってくる。

マハルは大きく開いている窓を閉めてから、莉世を起こす。

「姫さま、姫さま？」

ランプで莉世の姿を上から下まで照らすと、左手首の腫れが目に入った。

マハルの声で目を覚ました莉世は、眩しそうに目をしばたたかせた。

「その手首は、いったいどうなさったのですか⁉」

「……ぶつけてしまって。それほどひどくないから」

身体を起こし、ずり上がっていた袖を下ろす。

「そんなこと、信じられません」

「本当に大丈夫なの」

マハルの心配をよそに、莉世は隣の衣装部屋に向かい、ピンク色の長衣を取りだして羽織った。長衣の袖は長くて左手首が隠れ、下に着ているものとで、二重の効果が生まれる。

衣装部屋から出ると、マハルがオロオロしている。

「そんなに心配しないで」

「姫さま……陛下がお待ちです」

莉世は頷くと、顔に笑みを作り、居間へ続く扉を開けた。

ラシッドは絨毯に座り、いつものようにくつろいだ姿勢でいた。扉の開く音にラシッドの視線が動く。

「リセ、うたた寝をしていたと聞いた。疲れていたんだな」

「戻ってこなかったお兄さまのせいですからね」

変わりなくいつものように拗ねるフリをして、ラシッドのほうへ行く。

ラシッドは莉世が近づくにつれて、打ち身に効く薬のにおいが強く漂うことに気づいた。

「リセ、怪我をしたのか⁉　薬を塗っているだろう？」

莉世はラシッドの前に座ると、たいしたことではないというように肩をすくめる。

「ちょっと腰をぶつけてしまって。さっきマハルに塗ってもらったの」

腰ならば見られることはないと思い、とっさに考えた嘘だった。

「そうか、おてんば姫だからな。怪我をしないよう気をつけなさい」

莉世の言葉を信じたラシッドは、クイッと杯の中身を空けた。

「お兄さま、クドゥス族は大丈夫でしたか？」

食後にナツメヤシの実を甘く煮た菓子を食べながら、食事中ずっと聞きたかったことを莉世は口にした。

甘いものがあまり好きではないラシッドは、酒を飲みながら、ヤギの乳から作ったチーズをときおりつまんでいる。

「ああ。クドゥス族とワビド族のちょっとした諍いだ」

ようやく口にした問いかけをサラッと受け流され、莉世はため息を漏らしかける。

(バラの香りがしたのに……)

女性の香水に違いないと、莉世は思っている。

それに王宮から一番近いクドゥス族の領地は、馬で二時間ほどのところだ。ちょっとした諍いならば、夜半過ぎには戻ってこられるはずだと。

(でも、お兄さまはこの国の王。妃を迎えなくてはならない)

女官たちの噂では、族長たちは部族の美しい娘を娶《めと》るように勧めているらしい。

ラシッドの祖父の代まで、ハーレムには六人の妃を住まわせていたというが、ラシッドの父はひとりしか娶らなかった。そのせいでラシッドには異母兄弟がおらず、ジャダハールの名を継ぐ正当な者は彼しかいない。

(王家の血筋を後世に残さなくてはならない。そのためにはたくさんの妃を……)

そう思うと莉世の胸はシクシクと痛み始める。

「どうした？　黙り込んで。腰が痛むのか？」

ナツメヤシの実を持ったまま考え事をしてしまっていると、ラシッドが杯を置いて気遣う瞳を向けていた。

「……お兄さま、隠さないでほしいの。クドゥス族の姫とお会いになったのでしょう？」

「リセ！　どうしてそのことを⁉」

「隠されたりしたら、どうしていいのかわかりません……」

（わたしはお兄さまの恋人でもない。彼は拾った娘に興味が湧いて、ペットみたいにそばに置いておきたかっただけ）

莉世はまだ手に持っていたナツメヤシの実を皿の上に置くと、立ち上がった。

「もう寝ます」

身体中が痛んでいる気がして、歪《ゆが》む顔を見られないよう寝室に向かおうとした。

「待つんだ！」

ラシッドはヒョウのように素早い動きで莉世に追いつくと、左手首を掴んだ。その瞬間、あまりの痛さに莉世は呻《うめ》き、その場に崩れるようにしゃがみ込む。

「つう……」

「リセ⁉　どうした⁉」

莉世の異常な反応を目《ま》の当たりにして、ラシッドはすぐに手を放した。莉世は意識が飛びそうなほどの痛みにしゃがんだまま立ち上がれなかった。

「どうしたんだ？　顔を上げなさい」

ラシッドの指が顎にかかり、痛みに歪む顔を上げさせられる。漆黒の瞳が探るように見る。莉世は額から落ちる冷や汗を拭《ぬぐ》いたかった。

(これではバレてしまう……)

「だ、大丈夫です……」

「大丈夫じゃないだろう？　どこが痛いんだ？　見せなさい」

「腰を見せるわけにはいきません」

痛みを堪え、平常心を保とうと必死だった。そのせいで、右手で左手首をずっと押さえており、そこが痛いのは丸わかりだ。

必死に隠そうとする莉世に、ラシッドは苛立ちの表情になる。

「命令が聞けないのか？」

(命令？)

ラシッドに『命令』と言われ、莉世の目が一瞬大きく見開かれた。召使いに対するような物言いにショックを受ける。

(わたしはお兄さまの、なに？)

「リセ！」

ラシッドは力づくでも有無を言わさない断固とした顔になる。それほど莉世が心配だったのだ。

「だだを捏《こ》ねる子供みたいじゃないか。早くしろ」

ラシッドの荒々しい顔つきに、莉世は泣きたくなるのを堪える。

「リセ！」

仕方なく、ラシッドの目の前にゆっくりと左手首を出した。

「これは⁉　どうしたのだ⁉」

赤紫色に腫れ上がった手首を見て、ラシッドは驚いた。

「なぜこんな痣《あざ》が？」

「ぶつけただけです」

嘘をつけない性格の莉世はうつむいて、手を引っ込める。じっくり見られれば、指の痕がわかってしまう。それを見せまいとしていた。

「なににぶつけたんだ？　ぶつけて全体がこんなに腫れるはずがない。アーメッド！アーメッドはいないか⁉」

「ラシッドさま、いかがいたしましたか？」

すぐに扉の向こうからアーメッドが姿を現した。

「すぐに侍医を呼べ！」

いつもは冷静なラシッドだが、今は少々取り乱していると察知したアーメッドは、なにも聞かず、命令通りに侍医を呼びに出ていった。

「リセ、話せ。どうしてこんなことになった?」

「ぶつけただけだと言いました」

震える声でそれだけ言うと、その場にラシッドを残し、莉世は寝所に入る。だが、これでは済まされないようだ。追いかけてきた彼に、寝台の手前で捕まえられた。

「いい加減にしろ」

「お兄さまは、なんでも頭ごなしに言うのね?」

「リセ? なにを……?」

ラシッドはわけがわからない顔になる。

「ほっといてください! わたしはお兄さまのおもちゃじゃないっ」

「おもちゃ? いったいなにを言っているんだ? 手首の痛みで苛立っているんだな」

莉世を寝台の端に座らせたラシッドは窓辺に立ち、背を向ける。

侍医がやってくるまで腕を組み、なにか考え事をしているようだ。莉世はその広い背中を無視するようにうつむいていた。

アーメッドとマハルが寝所の入口に立ち、中の様子を見守っている。

少しして侍医が現れた。ラシッドに深く頭を下げてから、診察を拒絶するように左手首を右手で押さえている莉世の前にひざまずく。

「姫さま、今日はいかがなされたのですか？　軟膏《なんこう》のにおいがしますね」

莉世はよく侍医カハールの世話になっていた。この世界の気候にまだ慣れず、風邪をひいたり、生傷が絶えなかったりするせいで。

「リセの左手首が腫れ上がっている」

「姫さま、わたしめに診せてくださいませ」

ラシッドは窓辺から離れると侍医のすぐ隣に立ち、鋭い視線で様子を見ている。

「早く治療すれば、治りも違ってくるのですよ？」

莉世の左手首を押さえていた右手が外された。侍医は「失礼します」と、慎重な手つきで左手の袖をめくった。

「これは……ひどい……」

侍医は唖然《あぜん》として、小さく呟く。

ひと目見て、その腫れが強い力で握られたものだとわかった。丁寧に触診し、ライラが塗った薬より強い軟膏を塗り込み、布で巻く。

そしてカバンの中から、小さな瓶を取りだした。軽い睡眠作用がある痛み止めの丸い薬が入っている。

「こちらを飲んでください。かなり痛むはずですから。これを飲めば痛みが和らぐでしょう」

マハルが心配そうな顔で水を持ってくる。

薬を飲むところまで見ていた侍医は、また明日診察すると言って帰っていった。

「リセ、誰にやられた？」

やはり人に掴まれたのだとラシッドにわかってしまい、莉世は困った。

「もう眠いんです……」

疲れていることに加え、飲んだ薬のおかげで眠気がやってきたようだ。眠いと言えば、いくらなんでも強引には問いただされないだろう。

ラシッドの問うような視線に居心地の悪さを感じながらも、寝台の上に横たわり、逃げるように目を閉じた。

「わかった……ぐっすり眠るんだ。だが、必ず話してもらうからな」

ラシッドは莉世の茶色の髪に手をやり、そっと撫でた。

身体がビクッとして、莉世は目を覚ました。ランプの灯りはあるものの、まだ外は暗い。

嫌な夢を見た。途端に心細くなり、涙が溢《あふ》れてきた。

「姫さま？　手首が痛むのですか？」

嗚咽を堪えていると、すぐ近くでマハルの声がした。

「マハル……」

ひとりでこの世界へ来たときの夢を見ていた。心細かった当時の様子が夢に出てきて、心臓がバクバクと音をたてていた。

（お父さんとお母さんに会いたい……）

「マハル、わたし……わたしは誰？」

どうしてこの世界へ来てしまったのか。タヒール大臣の言葉は、莉世の心を不安にさせていた。

「姫さま？　もちろんラシッドさまの妹君のリセさまです」

（お兄さまの妹……）

先ほどのラシッドの『命令』のひとことが忘れられない。

（こんなにいい生活を送らせてもらっている……だけど……ひとたびなにかあったら？　お兄さまが気に入らないことが起こったら？）

その先を考えるのが怖くて、ブルッと震える。

「……マハル、もう大丈夫だから自室に戻って寝て。身体に堪《こた》えるわ」

ズキンズキンと波打つような痛みがぶり返してきて、擦って和らげようとする。

「もう一度お薬をお飲みになってください」

身体を起こし、マハルから手渡された薬を水で流し込む。

「姫さま、陛下はとてもご心配なさっています。どうか、誰から受けた怪我なのか教えてくださいませ」

（話せば、カリムはタヒール大臣に殺されてしまう）

小さく首を横に振ると、もう一度身体を横たえた。

「マハル、おやすみなさい」

衣擦れの音をさせて、莉世はマハルに背を向けた。マハルはその姿を心配そうに見つめる。

（なにを頑なになっているのか……もしかしたら手首以外も、何者かに暴行を受けたのでは……？　わたしが付き添わなかったときに、なにが……？）

それでも莉世の寝息が聞こえてきて安心したのか、マハルは部屋を出ていった。

扉の開閉音に莉世はホッとした。マハルを自室へ下げるため寝たフリをしたが、眠れない。

（でも薬を飲んだのだから、すぐに眠りはやってくるはず）

そう思っても眠るのが怖い莉世だ。

薬を飲んだにもかかわらず、すっかり目が冴《さ》えてしまったが、左手首は疼《うず》くような痛みになっていた。

（こんな痛みは生まれて初めて。腫れていたし、きっとひびが入ったに違いない）

タヒール大臣のことを考えていると怒りが込み上げてきて、身体を起こす。

（バカ力のエロ親父！　絶対にカリムには手を出させないから！）

この世界へ来る前も今も、元々負けん気の強い性格だ。

最初の一ヵ月はつらいことばかりだった。ラシッドに拾われて最初に入ったところが牢屋。あのときは熱射病にかかり、意識が朦朧としていた。

次に気づいたときは、寝心地のいい寝台の上だった。まわりにいる人はまったく見たことがない風貌で、まさにアラビアンナイトのような世界。小さい頃、よく絵本で見ていた。

なぜ自分はこんなところへ来てしまったのか悩んでも、結論は出ることがなくて、なにもかもが嫌になった。

だがラシッドの腕に抱きしめられたとき、安心感が広がった。

この人のそばにいれば大丈夫。絶対に悪いようにはされないと思い始めたのは、この国へ来て約一ヵ月経ったある日。ラシッドの庇護《ひご》を受けている莉世を邪魔者と思っている女に陥れられて、砂漠で再びさまよったときから。陽が落ちて寒さに震えながら歩いているところをラシッドに見つけられた。大勢の捜索隊を出し、莉世を捜させていたのだ。

ラシッドは寒さに凍える莉世を、そこから馬で一時間ほどのところにあるオアシスに連れていき、暖を取った。ラシッドにとって、異世界からやってきた取るに足らない自分を必死に捜しだしてくれたことが、莉世の心を温かくさせた。

さらにラシッドが「リセはわたしの妹と同然だ。リセに手を出した者は、わたしへの反逆ととらえる！」と宣言し、それ以降、莉世に平穏な日々が訪れた。

そのときから、ラシッドは自分を守ってくれる人なのだと莉世は感謝し、信頼し始める。

――カチャ。

居間に通じる扉が静かに開いた。夜も更け、あと数時間で空が白むというのに扉が開き、莉世は驚いて固まる。

ランプの灯りですぐにラシッドだとわかったが、安堵はできない。怪我をさせたのが誰なのか聞きに来たのだろう。

「お兄さま……」

ラシッドが足音もなく莉世に近づく。影になり、彼の表情はわからない。

「やはり眠っていなかったか」

手を伸ばせば触れられるくらいのところに立つラシッド。

「手首が痛むのか？」

「……いいえ……大丈夫です」

小さく首を左右に振った莉世が、左手首を隠すように身体の後ろに動かすのを見て、ラシッドは眉を顰めた。

「リセ、少し話をしないか？」

寝台の中央にちょこんと座った莉世は儚《はかな》げだ。三年が経ち、彼女はさらに輝くような美しい娘になった。

ラシッドは莉世を大事にしていた。今までの他の女に対する感情とは違う。その感情が妹に対するものなのか、異性に対する愛なのかはわからない。でもひとつだけわかることがある。それは莉世に万が一のことがあれば全力で助ける、ということだ。

（自分のいないところでリセがひどい目に遭うことなど、あってはならない）

「なぜこのような怪我を？　誰にこんなにひどいことをされたのだ？」

寝台の端に腰かけると、静かな口調で莉世に問いかける。

（お兄さまには隠し事はできない……でも、話したらカリムは……）

大事な友達を守らなくてはならないと必死だった。

（全部話してしまえば楽になるし、カリムを保護してもらえるかもしれない。だけどうまくいかなかったら、カリムは殺されてしまう）

「リセ、お前の今日一日の行動を調べれば、見ていた者が現れるだろう。そこまでして隠したいこととは、なんなのだ？」

なにも聞かれたくない莉世は目を伏せていたが、ハッとしたように顔を上げた。

「……それはやめてください……わけあってのことなんです。これ以上は不問にしてほしいのです。お兄さま、わたしのお願いを聞いてください」

右手をラシッドの手に重ねて、真剣に懇願する。こう言うしかなかった。


小鳥のさえずりに目を覚ました莉世は、頭が重かった。

（薬のせいかな……）

薬を飲んであれからぐっすり眠った。左手に気をつけながら起き上がる。

今朝は心配事が少しなくなって、明るい気持ちだった。

(お兄さまはこの件を突き止めないと約束してくれた)

必死にお願いをしたおかげだ。

ラシッドはなにかあることは間違いないと確信しているようだったが、しぶしぶ約束してくれたのだ。

しかし、自分たちの関係がなんだか変わってしまったように思える。そう考えると、胸がチクチク痛んだ。

「姫さま、おはようございます。ご気分はいかがですか?」

起き上がり、床に足をつけたところで、マハルがやってきた。

「おはよう。マハル、もう大丈夫よ」

「侍医がいいとおっしゃるまで、くれぐれも無理はなさらないでくださいね。湯浴みの用意ができております。お食事が終わったらお入りください」

今日は三日に一度、身体を磨かれる日だった。ここの高貴な身分の女性たちの日課は、湯船に浸《つ》かったあと、香油を塗られながらの全身マッサージ。ここに来た当初、莉世は裸を女官たちに見せるのも恥ずかしくて仕方なかった。三年経った今も恥ずかしく、マッサージは三日に一度にしてもらっている。

高貴な身分の女性たちの一日は特にやることもなく、音楽を奏でるか、踊りを習うか。そして自分磨きに余念がない。いつかラシッドの妃になることを夢見て。

「お兄さまは……?」

「ラシッドさまは、朝早くから執務室にこもられています」

執務室にこもっていると聞き、莉世は安堵した。約束した以上、蒸し返す人ではないのだが、会うのはまだ気まずかった。


莉世は湯浴みのあと、一階へ下り、お気に入りの部屋に向かった。中庭を見渡せるその部屋は『ハディカ』と呼ばれている。そこに侍医が待機しており、左手首の治療を施す。

「腫れはだいぶよくなっていますな。しかし、無理に左手をお使いになろうと思わないでください。しばらくは動かさないよう」

「わかりました。いつもありがとう」

優しい笑みを向けてくれる侍医はさしずめ、この国での父代わりのような人だ。

「女官たちの手伝いもいけませんよ。昼食後は部屋でおとなしくなさってください」

莉世は心の中を見抜かれてドキッとした。左手は動かせないが、右手でナツメヤシの実拾いならできると思っていたのだ。

今が収穫時期で、早く収穫しなければ虫にやられてしまうのを知っているので、できる限り手伝うつもりだった。

「姫さま?」

「え? は、はい。わかってます……」

考え事がバレていたようで、侍医は「困った姫さまだ」と大きく笑った。


ラシッドが執務室で書簡にサインをしていると、アーメッドが現れた。

「なんだ?」

片方の眉を上げてアーメッドを見る。政務を中断させられて、苛立たしげな様子。

「タヒール大臣が隣の部屋でお待ちになっております」

「タヒールが?」

思いがけない大臣の訪問に、怪訝《けげん》そうな顔になる。今は話をする気分ではないが、立ち上がり、隣の謁見室に向かった。

ラシッドの姿に、タヒール大臣は床に頭を伏せて挨拶する。

「何用だ?」

「陛下のご機嫌を伺いに来たのでございます」

「ふん、余計なことを」

ラシッドは一段高い場所にある豪華な玉座に腰を下ろす。タヒール大臣は赤い絨毯の上で膝をついている。

「……我が娘の話はいかがなものでしょうかと」

タヒール大臣は一番下の娘をラシッドに嫁がせようと考えている。アプローチは、その娘が生まれてからすぐに始まった。

「またお前の娘の話か……」

「陛下、娘のファティマは王妃に最適な人物かと思います」

ラシッドに嫁がせるために、溺愛している末娘に容姿や教養を磨かせてきたのだ。

「他の大臣たちも、陛下の動向を心配しております」

「わたしの動向？」

ラシッドの眉間に皺《しわ》がぎゅっと寄る。

「もうリセさまは大人です。同じ宮に住まわれるのはまずいかと」

タヒール大臣は声を低くした。

「リセはわたしが後見をしている娘だ」

「ですが、噂では寝所を共にされていると――」

「噂だと⁉」

ザハブ宮で働いている者は、信用を第一として厳選されつくした者だ。噂をたてる者がいるのなら、しかるべき処罰を受けさせなくてはならない。

「最近はまったく宴を開いておりませぬ。昔のように華やかな宴を開かずに、リセさまと一緒に夕食を召し上がる。これではいけません。まるで夫婦のようではありませんか。いらぬ噂がたってしまいます」

「だからお前の娘を娶れと？」

タヒール大臣の話を聞いていたラシッドに、苛立ちが込み上げる。

「そうでございます。娘と結婚なされば、おふたりの噂など瞬《また》く間に消え去り、リセさまのご婚礼もすぐに決まることでしょう」

タヒール大臣は両手を合わせ、うやうやしく頭を下げる。

「リセの婚礼？」

莉世が他の男のものになると考えただけで、煮えたぎる思いに襲われた。

「はい。リセさまはいわば陛下の妹君。すぐにリセさまをもらい受けたいという者が出てきます」

「タヒール、出ていけ。そんな話など聞きたくはない。アーメッド！」

ラシッドはずけずけとものを言うタヒール大臣に嫌気が差し、怒りを露《あら》わにする。

そばに控えていたアーメッドは、タヒール大臣に深く頭を下げ、部屋の外へ促した。

謁見室から追いだされるようにして出たタヒール大臣は、廊下に待たせていた護衛たちと共に歩きだした。

「くそっ！　わしを誰だと思っておる！」

タヒール大臣は、ラシッドの父親の異母弟だ。妃の中で一番身分の低い母のせいで王位継承権はなく、自分の力で大臣の地位までのし上がってきた。

普通ならば叔父《おじ》である自分は、ラシッドから尊敬の念を持たれるべきだと常に考えており、こういう扱いをされると沸々と怒りが湧いてくる。だが、自分の娘ファティマを王妃にする野望を考えると、怒りも治まる。

「まあいい。あの娘は話していないらしい」

昨夜、王宮の侍医がラシッドに呼ばれたことが報告された。もしやと思い、タヒール大臣は先手を打ちにラシッドの元へ行ったのだ。

しかしラシッドの態度から、告げ口をされていないことがわかった。

（絶対にわしとファティマをないがしろにはさせない。王妃にふさわしいのは娘じゃ）

タヒール大臣は含み笑いをしながら、回廊を歩いていった。

執務室に戻ったラシッドは、タヒール大臣の言葉を思い出して再び苛立っていた。

そんなラシッドを見て、アーメッドはいつ自分に怒りの矛先が向けられるかとヒヤヒヤしていた。

（それもこれも姫のせいだ。あの娘が現れてから、ラシッドさまは変わってしまった）

踊り子や美姫《びき》と浮き名を流し、ラシッドは奔放な生活を送っていた。先代では使われなかったハーレムの部屋が埋まり、世継ぎもすぐ……と思われていたとき、莉世が現れたのだ。

口ではいろいろと言い、気分を逆撫でするアーメッドだが、本当のところは莉世を気に入ってもいた。

明るく勤勉で召使いたちに優しく、おっとりしているように見えるが、実のところ芯が強く愛嬌《あいきょう》もある。そしてなによりも美しくなった。この国の姫たちにはない透明感のある美しさだ。

主の気持ちはアーメッドにはわかりかねるが、数年のうちに莉世を娶りそうな予感がしていた。

（姫が異世界から来たのではなければ……）

莉世がこの世界の人間でないことは族長や大臣らには周知の事実。どこの者かわからない莉世は王妃としてふさわしくなく、反対されるのは目に見えている。そうなれば安穏と暮らしていけず、大変な思いをするだろう。ラシッドではなく、別の男に嫁ぐほうが幸せになれるとアーメッドは思っていた。

「アーメッド、リセに会ってくる。お前はこの書簡を整理しておけ」

ラシッドは広い机の端に積まれた書簡を示すと執務室を出ていき、残されたアーメッドは思いきり深くため息をついたのだった。


莉世はマハルにお腹が空いたと言ったものの、食事が運ばれるといつもの食欲はなかった。マハルを心配させないように少しずつ口に運んでいると、居間の扉が開き、ラシッドが入ってきた。

「お兄さま……」

昼食にやってくることは滅多になく、莉世は驚く。

「一緒に食べさせてもらおうか」

ラシッドは莉世の対面のクッションに胡坐《あぐら》をかいた。

「マハル、お兄さまにはこの食事は物足りないわ。なにか用意を」

莉世は目の前に並んだあっさりとした食事を見て言った。マハルはすぐにナウラに指示し、杯と食前酒の瓶を持ってラシッドに近づく。

マハルが食前酒を注いだのち、しばし沈黙が流れる。莉世は気まずい思いで、こちらでの主食である薄いパンのようなものをちぎり、口へ運ぶ。

ナウラともうひとりの女官が、大きな肉が入った煮込みや揚げ物を運んできた。

先ほどより豪華な料理が並び、ラシッドは揚げ物に手を伸ばす。

莉世が搾りたてのミルクを飲もうとしたときだった。

「タヒールが――」

「え？　きゃっ！」

タヒールの名前に心臓が跳ね、するっと手からグラスが滑り落ちた。

「リセ！　怪我はないか⁉」

莉世の水色のドレスは、みるみるうちに乳白色のミルクを吸い取っていく。

「大丈夫です……ごめんなさい。ドレスを汚してしまいました」

「そのままでは冷たい。着替えてきなさい」

ラシッドに謝り、自室へ向かおうとすると、マハルが近づいてきた。

「マハルはお兄さまのお世話を。わたしはひとりで大丈夫だから」

そう声をかけると、莉世は自室へ入る。

(お兄さまがタヒール大臣の名前を言ったのは、偶然?)

扉を閉めてその場で考え込む。立ちつくし、深呼吸をした。

(動揺しちゃダメ……)

冷静にならなければと言い聞かせ、衣装部屋へ進む。

着ていたドレスを脱ぐと、衣装棚から深緑の光沢のある生地で作られたアラビア風のふわっとしたカフタンと、レモンイエローのパンツを選び、急いで着替えた。


莉世が戻ると、マハルが肉の煮込みをラシッドに給仕しているところだった。

「リセ、おいしそうな煮込み料理だ。お前も食べなさい」

ラシッドは莉世に微笑み、手招きする。

「はい。お兄さま」

莉世が落とした杯と汚れてしまったクッションはなくなっており、新しいものに取り替えられていた。

香辛料がたっぷり入った赤いスープの中に、肉の固まりが入っている。何日も煮込まれたその肉は、いつ食べても口の中で溶けてしまうほどに軟らかい。

マハルが莉世の皿の中に煮込みをよそう。

「……お兄さま、先ほど言いかけていたお話は？　タヒール大臣が……？」

さも気にしていないように、莉世はラシッドに尋ねる。

「あぁ……先ほどタヒールが、自分の娘ファティマをわたしの妻にと言ってきた。リセはどう思う？」

（タヒール大臣の娘を、お兄さまの妻に⁉）

動揺を隠しきれずに、フォークを持つ右手が震える。

前からそのような噂は聞いていたが、ラシッドの口からファティマの話が出るのは初めてだった。

「リセ？」

「わたしには……わかりません。でもお兄さまは二十七歳ですもの。妻を娶られるのは当たり前のことです」

心の中では、タヒール大臣の娘がラシッドの妻になるのは嫌だった。だが、政治的な関係もあるのならば、ラシッドに不利になるようなことがあってはならない。

莉世は言葉を選んでそう言った。

「そうか」

ラシッドは静かに言うと、紫色をした果実酒を口に運んだ。

(わたしには、お兄さまの結婚にどうこう言う資格はない)

娶ることを考えると、美しいタヒール大臣の娘でなくとも、ラシッドに愛される女性が羨ましくなり、嫉妬でどうにかなってしまいそうだった。

「そんなに細かくしたら、肉の食感ではなくなるぞ」

「えっ?」

皿に視線を落とすと、煮込み料理の肉を無意識にフォークで必要以上に細かくしていたことに気づく。

「こ、これくらいがちょうど食べやすいんです」

下手《へた》な言い訳をしながら、細かくなったトロトロの肉を口に運ぶ莉世。

「食欲がないみたいだが?」

さっきからの莉世の様子に、ラシッドは探るような視線を向けた。

「そんなことないです」

莉世はごまかすようにミルクを飲む。

(タヒール大臣は、わたしが告げ口していないか確かめに来たんだ。悪どい男……)

そして、何度か顔を合わせたことのあるファティマを思い浮かべた。腰まである漆黒の長い髪は艶々で、瞳もラシッドのように黒く、ふたりが並べば誰もがお似合いだと言う。

この国の男性の好みである、褐色の肌にメリハリの利いた肢体。

教養や踊りも見事という話だ。剣舞ではなく、両手に小さなカスタネットのような楽器を持って鳴らしながら腰をくねらせる、ベリーダンスのようなものだが、彼女が舞えば、高貴な雰囲気がその場を支配すると聞いている。

（そんな彼女は、お兄さまの妻になるにはぴったりなのかもしれない）

ラシッドに結婚の話が出てきて、莉世は寂しさを覚えた。

『飽きれば奴隷市場に売られるのだぞ？』

再びタヒール大臣の言葉が頭に浮かび、ぎゅっと目を閉じた。

「リセ？　どうした？　気分でも悪いのか？」

ラシッドが莉世の横に来て座る。そして莉世を持ち上げ、自分の膝の間に横向きに座らせた。

ラシッドの端整な顔が近くて、莉世の心臓がドキドキと打ち始める。

「お、お兄さま、わたしはもう子供ではありませんっ！」

膝から下りようと身じろぐと、ウエストに回る腕がぎゅっと莉世を動けなくする。

「そうだな。もう子供ではない」

莉世はスッとしたまなざしを見つめていられずに、目を伏せた。

「そうです。だから腕を放してください……」

口を開けば、男らしい爽やかな香りを思いっきり吸い込んでしまう。否が応でも自分を抱いている男性を意識してしまう。

（わたし……おかしい……）

「気分でも悪いのか？　呼吸が荒いな？」

莉世が意識しているのをわかっていないのか、ラシッドがじっと見てくる。

「お願いです。腕を放して」

莉世の鼓動は不規則に波打ち、ラシッドにまで届いてしまうかもしれないと、腕を突っ張らせる。

そのとき、いつの間にか来ていたアーメッドが神妙な面持ちで言葉をかけた。

「陛下、姫とお戯れになるのはおやめください」

アーメッドの声にハッとしたのは、ラシッドではなく莉世のほうだ。アーメッドはわざと、いつも使わない『陛下』という名称をうやうやしく出したのだ。

アーメッドやマハルが部屋にいて、一部始終を見られていたことに莉世は気づき、全身が赤く染まるほど恥ずかしくなる。

ラシッドの腕の力が緩んだ隙に、自室へ逃げ込んだ。

「リセさまは妹君ですぞ？　行動をお慎みください」

ラシッドが今のように、腕の中に莉世を閉じ込めたくなったのは初めてだ。

王妃問題が出始め、真剣に考えなければならない時期。

「ラシッドさまは欲求不満なのです。今夜、アティヤを手配させましょう」

アティヤというのは、高貴な身分の男たちと身体の関係を持つ職業の女のことだ。

ラシッドは形のいい眉根を深く寄せた。

「アーメッド、余計なことをするな！　そういうお前が欲求不満なのだろう？」

不機嫌な表情で乱暴に立ち上がると、部屋を出た。

行き先は厩舎だった。気持ちが落ち着かないラシッドは、愛馬ガラーナを思いっきり走らせたかった。

厩舎にラシッドが姿を現すと、シラユキの毛並みを整えていたカリムが慌てて深く頭を下げる。

「ガラーナの用意を」

「は、はい！」

カリムは言われた通り、ガラーナに鞍《くら》をつけようと動く。

ラシッドは待つ間、白馬に目を留める。莉世の愛馬シラユキだ。

彼女が乗りたいと言っていたのを思い出す。しかし、左手首が治らない限り無理だ。

カリムが鞍を取りつけていると、アクバールがやってきた。

「ラシッドさま、どちらへ行かれるのですか？　勝手に動かれては困ります」

「アクバールか、ちょうどいい。ついてこい。お前、シラユキに鞍をつけろ」

ラシッドは近くにいた、もうひとりのひょろっとした馬番に命令した。


莉世は寝所でひとり、うろうろと歩き回り、落ち着かなかった。

（お兄さまがタヒール大臣の娘と結婚……）

しかし、それは少しもおかしくない。今まで結婚をしていなかったほうがおかしいのだ。眉目秀麗の容姿に、知力と財力、強さを兼ね備えるラシッドは、大勢の女性をハーレムに住まわせてもいい。

この国は、ある程度の地位の者は妻を複数人持てる。タヒール大臣などは三人も妻がいると聞いた。

大好きな人の結婚話が頭を混乱させている。だが今、莉世の頭をもっと混乱させているのは別のことだ。ラシッドの膝の上に座らされたことに動揺していた。

（不安なわたしを優しく抱きしめてくれたこともあったけれど、膝の上に座らされたことはなかった。お兄さまはいったいどういうつもりなの？　もう大人なのに子供扱いばかりする……）


しばらくして莉世は、カリムの様子を見るために厩舎へ行った。カリムはガラーナとシラユキがいる厩舎の中を掃除していた。柵の中に二頭がいない。

「ああ！　姫さま！　お怪我は大丈夫ですか⁉」

莉世の姿を見ると、掃除道具を放ってカリムが駆け寄ってきた。

「怪我は大丈夫よ。カリム、なにか変わったことはない？」

「はい。大丈夫です」

カリムは元気に笑って言う。

「よかったわ。カリム、ガラーナとシラユキがいないけど？」

「ラシッドさまのお付きで、アクバールさまがシラユキに」

「そうなの……」

左手首が治らないとシラユキに乗れない。少し寂しく思った莉世だ。

「姫さま……」

突然聞き慣れない青年の声がして、莉世は驚いて振り返った。

「……タージルさま」

タヒール大臣の七番目の息子のタージルが、厩舎の入口に立っていた。

「姫さま、昨日は父が失礼いたしました」

父親よりも第三夫人の美貌を受け継いだタージルが、頭を深く下げる。

「昨日は不甲斐《ふがい》なく、後悔していたところです。見ているだけでなにもできず、申し訳ございませんでした」

「タージルさま……」

いきなり現れて謝る青年に、なんと答えていいのかわからない。彼は幾度となく莉世を苛《いじ》めてきたタヒール大臣の息子なのだ。

「馬番の彼のことは、ご心配ありません。わたしが責任を持って命を守りましょう」

タージルの言葉に莉世は目を丸くさせ、びっくりする。

「どうしてそんなことを……？」

「それは……姫さまを悲しませたくないからです」

一歩近づくタージルに、莉世はあとずさる。そんな彼女にタージルは目を細めて、フッと口元を緩ませた。

「どうやらわたしは、姫さまに嫌われているらしい」

「嫌うもなにも……」

自分を憎む男の息子だ。なぜ彼がここへやってきたのか、不思議でしょうがない。

「父の言うように、姫さまを奴隷市場へやることなど絶対にありませんから」

「もうお戻りになってください……」

タージルの意図がわからず、莉世は丁重に告げる。

カリムはこの展開に、黙ってふたりを見ていた。

「姫さま、わたしは姫さまの味方です。ではまた近いうちに」

そう言うとタージルは、凛《りん》とした姿で去っていった。

第二章　大臣の策略

三日が経ち、莉世の左手首もだいぶ動かせるようになっていた。

いささか退屈気味の莉世は、ナウラを連れてナツメヤシの実を拾っていた。この三日間でほとんどの実が収穫され、残りはあと少し。

「姫さまのおかげで、今日で終われそうです」

近くで拾っている下働きの若い女官がにっこり微笑む。

ここにいる女官たちはザハブ宮で働く者で、進んで下働きをする莉世を好いている。莉世をよく思っていないのは、別の宮で働く女官たちだ。それに加えて大臣の妻や娘が、悪い噂をまき散らしている。

「でも姫さま、こんなことをしていたらマハル女官長にお小言を――」

拾う手を止めたナウラが困った顔で話していると、建物からちょうどマハルの姿が見え、慌てて口を閉じる。

「姫さまっ‼　また実拾いなどをして！　お怪我が悪化でもしたらどうするのですかっ！」

駆け寄ってきたマハルは、少し息を切らしながらたしなめる。

「もう大丈夫よ。それに左手は使っていないから」

「そんなことをおっしゃっても、マハルは信じませんからね。それよりも、早く湯浴みをなさってくださいませ。今夜は宴が開かれます。お支度に二時間ほどしかございませんよ」

「宴？　それはわたしには関係ないでしょう？」

新年の宴だけは特別に女性の出席が許され、莉世も過去二回参加をしているが、その宴までにあと五ヵ月ある。今日開かれるような宴に出席するのは異例である。

まれに開かれる宴は男性の娯楽で、音楽や踊り子たちを愛《め》でる場所だ。高貴な女性たちは出席することができない。

「陛下が、姫さまもご出席するようにとおっしゃっていました。やっと王妃問題に乗り気になられたようですよ」

「王妃問題に乗り気……」

莉世のほつれた三つ編みや頬の汚れを見て、マハルは怖い顔になる。

「そのようなお姿では、姫さまもどこへも嫁げませんよ？　陛下が恥をかかれないよう着飾りませんと」

なんの気なしに言った言葉なのかもしれないが、莉世はナイフが心臓に刺さったみたいに痛みを覚える。

「……マハル、わたしは誰とも結婚しないわ」

「そうはいきませんわ。陛下がご結婚なさいましたら、姫さまはザハブ宮にはいられないのですから」

莉世の顔がこわばるが、マハルは気づかないようで、その様子を見ていたナウラが一歩前に出た。

「姫さま、湯浴みをお手伝いします。ステキに着飾りましょう」

そう言って、近くの下働きの若い女官に実が入った籠を渡しに行くと、莉世のところへ戻ってくる。

「マハル、宴に出なくてはダメなの?」

「ええ。陛下のお言葉は絶対ですから」

「……わかりました」

マハルの考えを知って胸がシクシクと痛みつつ、莉世は歩きだした。その後ろからマハルとナウラがついてくる。

(マハルは、お兄さまに早く結婚してほしいと思っている……わたし以外の誰かと)

ラシッドを好きな莉世にはショックなことだった。

（ここにいられるのも……あと少し……）

涙がこぼれそうになるのをなんとか堪え、湯殿に向かった。

湯殿はジャスミンの香りで満ち溢れていた。白い花びらが湯船にたくさん浮かんでいる。その香りを胸いっぱい吸い込んでも、莉世の気分は浮上しない。

着ていたドレスを脱ぎ、三つ編みをほぐすと、石造りの湯船に足をそっと入れる。肩まで湯に浸かると、両手で顔を覆う。ひとりになるとようやく、涙が込み上げてきたのだ。

異世界から来た自分が、ラシッドと結婚できるとは思わないようにしていた。今まで他国から女性を妃に迎えた前例はなく、ジャダハール人のみ。血筋や身分、出自がはっきりしている女性だけがこれまで妃になっていた。

（だけど、誰かがお兄さまと結婚すると思うと、悲しくて心が張り裂けそう）

そして、母親のように信頼していたマハルの気持ちにもショックを受けていた。

「ここを離れなくてはならない日が近いのかも……」

莉世は涙が止まるように、頭まで湯に潜った。

宴に出席することなど、悲しみに暮れる莉世にはどうでもいい。

（お兄さまの花嫁候補たちと会うのかもしれない）

　そう思うと、余計に出たくなかった。


ゆっくり時間をかけてから湯殿を出ると、ナウラが衣装を用意して待っていた。かなり待たせてしまったにもかかわらず、ナウラは優しく微笑む。マハルと一緒に莉世の世話をしているし、年も近いことで気持ちがわかっているのだ。

「まずは香油でピカピカにお身体を磨き上げましょう」

　透明の香油が入った小さな瓶を手にすると、布を身体に巻きつけたままうつ伏せになった莉世の肩から、マッサージを始めた。

「ナウラ、簡単でいいからね。宴に遅刻しないようにしたいから」

　本当は行きたくないが、それでも礼儀として遅刻は避けたい。湯浴みでたっぷり時間を使ってしまったのは自分のせいなのだが。

　花嫁候補ではないのだから、美しく仕上げなくてもかまわない。

「はい。元々姫さまのお肌はなめらかで輝いておりますから」

　この国の女性たちの肌は、生まれつき褐色に近い。莉世のような肌の色が羨ましがられ、徐々に色が白くなる香油が流行《はや》っている。毎日マッサージしたとしても、やはり本来の肌の色が真珠のような莉世に近づけるわけもないのだが。

ひと通りの施術が済むと、女官が四人現れた。手足の一本ずつを各自が担当し、花から抽出したマニキュアのようなものを爪に塗っていく。ナウラは髪担当で、結ったり編んだりしている。

莉世はされるがままに椅子に座っていた。

衣装は金色で胸元が広く開いており、ほんの少し膨らみが見える。巻きスカートのような布は、片側に深くスリットが入ったドレスだった。中にはくロングパンツを見て莉世はホッとした。

すべての支度が整うと、ナウラは満足そうな笑顔になる。

「姫さま、お美しいです」

莉世が初めて見る衣装だった。

「陛下が特別に、姫さまのために一日で作らせたと聞いています。よくお似合いですわ。ちょっと失礼いたします」

ナウラは屈《かが》むと、莉世の右足首に鈴と宝石のついたアンクレットを着けた。

特別に作らせた衣装だと聞いても、莉世の心に喜びは湧いてこない。それどころか、着飾ることで、出席者たちに値踏みをされるような気持ちだ。

(わたしの結婚は勝手に決められたくない)

莉世はローズ色の口紅が塗られた唇を引きしめた。

ラシッドが信頼を置いている近衛隊副隊長のカシミールが迎えに来た。アクバールと共に、ラシッドの側近だ。マハルも来ている。

「姫さま、お迎えに上がりました」

一礼していた顔を上げると、カシミールは莉世の姿に目を奪われたようになる。

「わざわざありがとうございます」

カシミールはアクバールより年齢が二歳下で、彼のほうが莉世は話しやすい。

「い、いいえ……姫さまの美しさに目を奪われてしまいました」

女性に慣れていないカシミールが、顔を赤くしてやっと言えた言葉だった。

「本当に今日の姫さまはお美しいですわ。姫さまを見初める求婚者が、こぞって現れるでしょう」

マハルは莉世の求婚者が現れることを期待しているようだ。再び、莉世の気持ちが沈んだ。

歩くたびに、アンクレットの鈴が涼しげな音を奏でる。

ザハブ宮から出て、中央の庭を通り、右手に宴が開かれる建物がある。ランプが灯された道を歩いているとザハブ宮へ引き返したくなり、莉世の足が止まった。

「姫さま？　どうされたのですか？　もう宴は始まっています。早く行かなければ」

マハルに急《せ》かされ、莉世は仕方なく歩き始めた。


広い室内に豪華な絨毯が敷かれ、中央を囲んで円を描くように席が配置されている。今回の宴は女性も招かれていることから、二重円に席が設けられていた。

中央は踊り子やシャイルたちの余興スペースになっており、入口から一番離れた正面が王の席だ。

まわりに座るのは、ジャダハール国の有力者である族長や大臣たち。

ラシッドは紫色の長衣にカフィーヤを身に着けている。カフィーヤは数えきれないくらいの大きな宝石で留められている。その姿は美しく凛々しい。招かれた女性や踊り子たちから、ため息が漏れるほどだ。まさしく砂漠を統《す》べる王たる姿。

彼は踊り子の注ぐ酒を飲んでいたが、莉世が気になり、斜め後ろにいるアクバールに聞く。

「リセはまだか？」

「もう着く頃かと……」

ラシッドは莉世を心待ちにしていた。自分が見立てた衣装を着た彼女は、ここにいる女性たちの誰よりも美しいだろう。

アクバールがカシミールを迎えに行かせてから、ずいぶん経っている。アクバールもなにをしているのかと気になっているところでの、ラシッドの言葉だった。

ラシッドは小さく頷くと、視線の先で踊っている女性に意識を向けた。

きらびやかな黄緑の衣装を身に着けた踊り子は、ラシッドと目が合うと誘うように身をくねらせ、妖艶に微笑む。

そこへ、ラシッドから数個離れた席に座っていたタヒール大臣が挨拶に来た。

「陛下、素晴らしい宴でございますな。本日は女性たちも参加が許され、いっそう華やかで目の保養になります」

今回の宴はラシッドが主催したものだが、タヒール大臣が娘を自慢するために、ぜひとも開きたいと進言したものだ。いきさつを知っているラシッドには、タヒール大臣の自画自賛に聞こえた。

ラシッドは杯をグッと飲み干すと、口元に皮肉めいた笑みを浮かべる。

「今日は特別な余興があると聞いた。楽しみにしているぞ？」

「もちろんでございます。陛下」

タヒール大臣はうやうやしく頭を下げる。

「娘をご覧になられましたでしょうか？　それはそれは美しく、この中にいる誰よりも輝いておりますゆえ、ぜひともファティマとお時間をお取りください」

タヒール大臣が自分の娘を自慢げに言ったとき、部屋の中が一瞬、水を打ったように静かになった。

莉世が入口に立つと、ざわついていた声がピタリとやんで、注目されたことがわかった。彼女を初めて見る者も多いだろう。ジャダハール人と違う異色の娘に驚いている者もいる。

莉世はカシミールの背に隠れたくなった。

「姫さま、ラシッドさまがお待ちです」

興味津々の無数の目に怖《お》じ気づきそうな莉世を、カシミールは腰を低くして促す。

「姫さま？」

「カシミール……」

不安げな瞳を向けたとき、莉世に注目していた人々が次から次へと頭《こうべ》を垂れ始める。

ラシッドが莉世のほうへ歩いてきたのだ。莉世の瞳に堂々と歩く美しいラシッドが映る。

「遅かったな。待っていたぞ?」

「お兄さま、遅くなって申し訳ありません」

莉世は膝を折り、習った通り優雅にお辞儀をする。

「今日のリセは光り輝くように美しい」

賞賛のまなざしを向けられてもうれしくない莉世の顔は、こわばっている。

「どうした?　席は向こうだ」

驚いたことに、ラシッドが莉世に手を差しだした。莉世の目が大きく見開かれる。

固唾《かたず》を呑んでふたりを見ていた者たちがどよめく。

「お兄さま……?」

手を差しだされても、掴めない。ここは自分たちの住まいではないのだ。親しすぎる素振りは嫌な噂を呼び起こす。

好奇の視線が集まり、金縛りに遭ったように動けなかった。

茫然《ぼうぜん》としている莉世の手が握られた。そこで一段と大きなざわめきが聞こえる。

そんな好奇の目にもラシッドはかまわずに、席に向かって歩き始める。必然と莉世の足も動くが、うつむいた顔が上げられないまま席まで来た。

その莉世の様子を悔しそうに見ている女性がいた。タヒール大臣の娘ファティマだ。

（わたくしはまだラシッドさまと目も合わせていないのに！　陛下に出迎えさせるなんて！　本当に邪魔な女だわ）

ファティマは悔しくて、真っ赤な口紅が塗られた唇を噛《か》んだ。

「大丈夫だ、我が娘。お前がこの国で一番美しいのだから」

タヒール大臣は後ろの席にいるファティマを振り返り、肩をトントンと叩いた。父親が娘を慰めるその隣で、息子のタージルも莉世の姿に見入っていた。

（彼女が欲しい……）

ファティマは高飛車で、実の妹ながら好きではないが、自分が莉世を手に入れるためならば彼女のラシッドへの接近を手伝おうと考えていた。

（父上も姫さまを狙っている）

自分の娘を王妃にさせる計画を邪魔する存在なのだが、父親が莉世を自分の手元に置きたいと考えていることはタージルにはわかっていた。それくらい美しい娘なのだ。

そばに置いて毎日愛でていたいと思わせる。

（だが、彼女を溺愛している陛下が簡単に手放すのだろうか？）

男ならばあの娘を思いきり愛したいと願うだろう。

「リセに絞りたての新鮮な果汁を」

ラシッドがそばにいた召使いに命令する。それを莉世は黙って見ていた。ラシッドの姿に圧倒されていた。この場にいる誰よりも優美で男らしく、魅力的だ。

形のいい唇につい目がいってしまう。

「今日の我が姫は女神のように美しい」

まわりの者に同意を得るように言うと、アクバールやカシミール、その他の側近たちが頷く。

「ここにいるすべての者が、姫さまに目を奪われております」

そう褒めるアクバールに、ラシッドは上機嫌に笑う。

「リセ、おとなしいな。今日は人数が多い。だが、いつものお前でいればいい」

「はい……」

召使いが冷えた桃の果汁を莉世に持ってきた。うやうやしく渡そうとすると、ラシッドが先に果汁を受け取り、口にする。

「お兄さまっ?」

どういうことなのか、驚く莉世。

ここに運ばれてくる料理や飲み物は毒見をされているが、万が一のことを考えてラシッドは口にしたのだ。

彼は毎日少しずつ身体に毒を入れており免疫があるが、莉世にはない。このような場所では注意も必要だ。

「大丈夫だ。安心して飲みなさい」

莉世はラシッドが毒見をしてくれたことに気づいた。自分のためにそうしてくれた彼にもしものことがあったら……と思うと、胸が苦しくなった。

「……ありがとうございます」

「ラシッドさまがなさることではありません。次はわたしが」

ふたりの背後に座っているアーメッドが、苦虫を噛みつぶしたような顔で進言する。

「お前が口をつけたものを、リセに飲ませられると思うか？」

アーメッドは困惑した顔になる。

（ラシッドさまは、いったいどういうおつもりなのか。突然宴を開き、国の姫たちを呼んだ。そこまでであればよかったのだが、一日で姫の衣装を仕上げさせ、出席させるとは）

アーメッドは主が本腰を入れて王妃を探すのだと考えていたが、それならば莉世はいないほうがいい。

（そうか！　姫の結婚相手をこの場で探そうと）

しかし、そう考えてもいささか腑に落ちなかった。

シャイルの奏でる曲に、豊満な踊り子が腰をくねらせて踊るが、若者たちは踊り子よりも莉世に目がいってしまうようだ。

ラシッドはその様子を皮肉な目で眺めていた。

（リセを娶りたいと、すぐに話が来るだろう。だが、わたしはリセを手放すことができるのだろうか？）

兄妹のように接してきたが、それが壊れるのも時間の問題。

（リセに好きな男ができたら？　わたしは……）

自分の王妃問題にも頭が痛いラシッドだ。

考えにふけっていると、金属を合わせた大きな音が響いた。

――シャーン！　シャーン！　シャーン！

大きな打楽器の音と共に、真紅の衣装を着たファティマが中央に現れた。

そしてラシッドのところへは、タヒール大臣がうやうやしくやってくる。

ひとり分の間を開けてラシッドの横に座っていた莉世は、タヒール大臣の姿に身体をこわばらせた。

タヒール大臣は莉世と一瞬目が合うと、口角を上げる。彼女は無視し、中央に立つファティマに視線を向けた。

無視をしても、隣に座られては落ち着かない気分だ。

「これからファティマが踊らせていただきます」

踊り子以上に派手な衣装と装飾品を身に着けたファティマは、ラシッドから少し離れて優雅にお辞儀をする。そして音に合わせて踊り始めた。

漆黒の髪を頭の高いところでひとつに結び、細かい無数の三つ編みが肩甲骨まで垂れている。コインや金糸が編み込まれ、動くたびに小気味いい音がする。

ファティマは腰をくねらせ、見事な肢体を差しだすかのようにラシッドに近づく。

誰が見てもファティマの踊りは素晴らしい。

高貴な身分なので腹部は露出していないが、豊満な胸の膨らみを強調するようなデザインの衣装だ。

そんなファティマを見て、莉世は当惑した。ラシッドが片時も目を離さずファティマを見つめている様子にも、胸が張り裂けそうになる。

「いかがでしょう。陛下、娘は今すぐにでも王妃になる覚悟はできております」

タヒール大臣が娘をラシッドに勧めている会話に、耳を塞ぎたくなった。

「ファティマは美しくなったな。踊りも素晴らしい」

ラシッドの言葉ひとつひとつに、泣きたくなる。

「我が娘には王妃になるための勉強を小さい頃から教えておりますゆえ、この国に役立ち、陛下のお気に召されると思います」

ここぞとばかりにタヒール大臣は娘を売り込み、他の王妃候補たちを牽制《けんせい》していた。もちろん隣に座る莉世をも。

そこへ席を外していたアーメッドが戻ってきて、ラシッドに耳打ちする。

「ラシッドさま、申し訳ありません。大至急――」

「わかった。少し席を離れる」

ラシッドは誰に告げるともなく立ち上がり、アーメッドとアクバールと共にその場を離れ、会場から出ていく。

踊りながらラシッドだけを見ていたファティマは急につまらなくなり、シャイルに音楽を止めるよう手を上げた。

音楽が鳴りやみ、ファティマは優雅にお辞儀をすると自分の席に戻った。

その場にタヒール大臣と取り残されてしまった莉世は、避けるようにカシミールのほうを振り向くが――。

「姫君」

タヒール大臣が莉世を呼んだ。

話をしたくない莉世だが、仕方なくカシミールから視線を向ける。

「なんのご用でしょう？」

にっこりと笑顔を向けて聞き返す。

「姫君の剣舞が素晴らしいと聞いております。いかがでしょう？　娘も踊ったことですし、姫君も舞われては？」

大半の出席者まで聞こえる大きな声で、タヒール大臣は話す。左手首が治っていないことを承知の上での言葉だ。

莉世の両手首には、多少の腫れならわからないように幅広い黄金のブレスレットが着けられている。

「わたしがですか？」

まさかここで踊れと言われるとは思わなかった。

「さようでございます。ここにいる者たちが姫君の剣舞を見たがっておりますよ」

頼りになるラシッドはいない。莉世は困った。

「場がしらけてしまいますぞ？」

タヒール大臣の唇が耳に近づき、生温かい息に吐き気が込み上げてくる。

「さあ？」

「いいえ……剣をこの場に持ってきておりませんので」

そう言って断ったのだが、タヒール大臣はニヤリとした。

「そういうこともあろうかと、わしがご用意させていただきました」

後ろに控えていた側近に頷くと、剣が差しだされた。

「おひとりで踊られるのは心細いかと思いましてな、相手も選んでおります」

シャイルであり、踊りの名手と言われている男が莉世の目の前に現れた。まわりを固められ、莉世は了承するしかなくなる。

「……わかりました」

（こうなったら舞うしかない。だいぶ手首も治ってきたのだから大丈夫）

覚悟を決めて立ち上がった。

華奢なサンダルを脱ぎ、素足のままさっきまでファティマが踊っていた中央へ行く。

相手の男も一緒だ。ラシッドと同じくらいの年で、漆黒の髪は腰まで長く、端整な顔立ちをしていた。

（この国の女性たちの多くが、彼に恋焦がれていると聞いたことがある。彼の名前はたしか……）

莉世は目の前の男の名前を思い出そうとする。

「イムランと申します。以後お見知り置きを」

莉世の目の前で膝をつき、頭を下げた。

（そうだ、彼はイムラン。ナウラが数日前に、彼の歌を中庭で聴いたと言っていた）

まだ自分の舞は下手だと言おうとすると、音楽が流れ始めてしまった。

莉世の踊る剣舞は恋の話。

最初は出会い。姫は剣を使って、美しい舞を見せる。それを見た王はひと目で気に入り、誘う。

姫は王を恐れ、逃げる。逃げる姫に腹が立ち、王は剣で戦おうと言う。負けたら王の奴隷になるのが条件。

舞いながら剣を合わせるところが、この踊りの見所だ。

莉世はライラに習った通りに優雅に舞う。それは見ている誰もがほーっとため息をつくくらいだ。

透明感のある美しい肢体で剣を持ちながら、イムランと踊る。

切りつけられる場面で、莉世は身体を反らし、床に手をつけると一回転する。中学と高校で新体操をしていたので身体が柔らかく、軽業《かるわざ》も得意だ。その躍動感溢れる動きに、まわりから再びため息が漏れる。

右手、左手と剣を持ち替えながら踊るこの舞はハードだ。だんだんと左手の感覚がなくなってくる。

だが、ここでやめたらタヒール大臣の思うつぼになりそうで、負けん気の強い莉世は意地でもやめられなかった。

そこまでは、莉世の舞は調子がよかった。しかし――。

――キィーンッ！

イムランの剣と莉世の剣が交わったとき、左手に強い衝撃を受けた。

「っ……」

痛みで一気に額から汗が噴きだす。

左手の痛みをイムランは知っていてか、知らずにか、強い力で攻めてくるのだ。

痛みで頭が朦朧としてくる。剣を右手に持ち、舞いながらイムランの剣を避けたとき、ラシッドの怒号が聞こえてきた。

「なにをしている！　やめないか！」

途端に音楽が鳴りやみ、その場がシーンとする。

「リセ！　なにをしている⁉」

ラシッドの剣幕が莉世は理解できず、近づいてくるのを見ているだけだった。

痛みに彼女の顔が歪む。

「リセ！」

ラシッドは莉世の怪我の痛みに気づいた。

「バカなことを！」

今にも倒れそうな莉世の膝に手を差し入れ、抱き上げた。

「ザハブ宮へ戻る。お前たちは続けるといい」

莉世を腕に抱き、颯爽《さっそう》とした足取りで宴をあとにするラシッドに、側近たちが続く。

「タヒールさま」

ラシッド一行が行ってしまうと、タヒール大臣の足元に膝を折る男がいた。

「なんだ？　イムラン、見事な踊りであったぞ？」

イムランは顔を上げて、年老いた顔を見る。

「わたくしは姫さまが気に入りました」

はっきりした口調で堂々と告げた。

「おおっ、お前も姫君を気に入ったのか。あの娘は美しいからな。なんとも価値のある娘だ」

タヒール大臣は、莉世がたくさんの男から求婚されるように踊らせたのだ。そうなればラシッドから莉世は離れ、ファティマが有利になる。だが、今の出来事は予想外だった。

(自分の女のように、陛下はあの娘を連れていってしまった)

沸々と湧き上がる怒りを堪えながらファティマを見る。

ラシッドが去った出口を、彼女も悔しそうに見ていた。きれいに化粧が施されたアイラインが涙で滲みそうなくらいだ。

「ファティマ、気にすることはない。あの娘は陛下にとって妹に過ぎない」

タヒール大臣は泣きそうな愛娘の肩に手を置いた。

「父上、わたしも姫さまを好きになりました」

タージルは莉世の剣舞に見とれてしまった。

(姫さまが欲しい……イムランには渡したくない)

タージルの言葉に、ファティマを慰めていたタヒール大臣の手がピクッと止まる。

彼を見る父親の顔は、怒りに満ちていた。

「タージル、お前があの娘を好きになることは許さぬ！」

「父上！」

父親に従順であったタージルだが、喉から手が出るくらい莉世が欲しくなっていた。

「わしの計画の邪魔をするのか！　ここでは話にならん！」

まわりにいる他の大臣たちに計画が知られてしまうのを恐れ、タヒール大臣は口を閉じた。


「お兄さま、下ろしてください……」

ラシッドに抱き上げられながら中庭を通り、ザハブ宮に向かう途中で莉世は言った。

いつもより低い声色は、まだ余憤が残っているようだ。

「黙っていろ」

（お兄さまは、わたしが舞ったから怒っているのね。でもあの状況では舞わざるをえなかった。あの場にいなかったお兄さまがいけないのにっ）

莉世はぷいっとそっぽを向いた。

困惑顔からみるみるうちに頬を膨らませた莉世に、ラシッドは心の中で笑う。

（とんだじゃじゃ馬で、負けん気の強い姫だ。手首はかなり痛むだろうに）

まさか自分が席を外している間に、タヒール大臣にそそのかされて剣舞を踊らされるなどとは、夢にも思わなかった。

用を終えて戻り、中庭を歩いているとき、カシミールからの報告を受けたのだ。ラシッドは舞っている莉世を見て、一瞬目を奪われた。相手の男の舞も見事だったが、莉世の舞は力強く、美しかった。だが左手の動きが鈍いのを見て取り、中断させたのだ。

(いつの間に、こんなに美しく舞えるようになったのか)

「アーメッド、侍医を呼べ」

ムスッとした莉世の顔を見ながら、後ろを歩くアーメッドに命令する。

莉世は侍医の手を煩わせたくなかったが、左手首がひどく痛むのは確かで、この痛みを早く緩和してほしくなっていた。

イムランの力強い剣を受け、左腕の感覚が麻痺《まひ》しているようだ。

(タヒール大臣は、娘を王妃にしようと必死。それにはわたしは邪魔者。でもわたしを踊らせた意図は……？　舞を失敗させて無様な格好を見せるため？)

途中でラシッドが止めなかったら、莉世は剣を落とし、失態を見せていただろう。

「前よりもひどい状態ですぞ？　姫さま」

侍医が部屋に来て、夜着から覗く莉世の手首に巻かれた幅広の金のブレスレットを外すと、みるみるうちに腫れ上がっていく。

ズキズキする左手首に、侍医の冷たい手が触れると気持ちいい。

「ここへ来る途中、姫さまの話でもちきりでしたよ」

「わたしの……？」

「美しく舞われたとかで、わたしも見てみたかったですよ」

侍医の元々細い目がさらに細くなる。

「そんな……美しいかは……」

「しかし、一ヵ月間は左手を使いませぬように。使えば完全には治りませんよ」

「一ヵ月も？」

莉世が目を丸くしたとき、自室に戻っていたラシッドが現れた。白長衣に着替え、カフィーヤはない。カフィーヤをすると威厳があり、近寄りがたくなる。莉世はそんなラシッドも好きだが、カフィーヤをしていないほうが親しみやすい。

いつかスーツを着てもらいたいと思っている。絶対に似合うはずだと。この国にスーツはないが、作れなくもないだろう。

「リセ、二ヵ月間、剣舞を禁じる」

寝台に座っている莉世のところへ来るなり、ラシッドは静かな口調で言う。

「お兄さまっ！　侍医は一ヵ月って！」

大好きな剣舞。それが二ヵ月もできないと、退屈な生活を送ることになる。

「左手が使えなくなってもいいのか？　一ヵ月で治るかもしれないが、またすぐ使えば同じ目に遭うだろう。少し時間を置かなければダメだ。そうだろう？　侍医」

ラシッドの所見に侍医は深く頷く。

「そうでございます。かなり痛めた左手首に負担をかけてはいけません」

侍医は白い軟膏を莉世の左手首に塗り、布を巻く作業をする。

「納得しなければ、ライラがザハブ宮に立ち入ることを禁じるぞ」

「お兄さまっ！　なんてひどいことを言うのですかっ」

ライラは莉世のお茶の友達でもある。ときどき剣舞抜きでお茶をするのだ。

「そこまで言わせているのはお前だろう？　しっかり治さなければダメだ」

「万が一、治らなくてもわたしはわたしです。どうしてそこまで言うのですか？」

莉世は頭ごなしに命令するラシッドに腹を立てた。

「侍医、もういい。アーメッド、マハル、お前たちも下がれ」

侍医は「また明日診せてください」と言い、部屋を退出したが、アーメッドとマハルは出ようとしない。

「早く行け」

「ですが、それでは……」

主の考えていることがわからず、ふたりは部屋から出ていかない。

「わたしの言葉が聞けないのか!?」

突然、憤激したラシッドに、アーメッドとマハルは慌てて出ていき、ラシッドと莉世のふたりだけになった。

扉が閉まると、莉世は寝台から立ち上がった。自分が招いてしまった緊迫した状況に喉が渇いたのだ。

腰までの台の上に飲み水が用意されており、杯に注ごうとすると、ラシッドに取り上げられる。

「座っていろ。わたしがやる」

ラシッド自ら杯に水を淹れる。

座っていろと言われたが、莉世はそのまま立っていた。杯が渡され、水を口にする。

「なにをそんなに苛立っている？」

「それはお兄さまのほうです！」

口調で苛立ちを見せてしまっている点で、莉世のほうが余裕がないことは明白だ。

「わたしはお前の怪我を心配しているんだ」

「それはわたしの左手が不自由になると、結婚相手がいなくなるからですかっ？」

「リセ？　結婚相手とは？」

とぼけるラシッドに、持っていた杯を投げつけたくなった。

「わたしは一生結婚しませんから！　お兄さまが結婚したら、もちろん王宮から出ていきます！」

ラシッドの細めていた目が大きくなる。

「わたしの結婚相手を見つけるために、今日の宴に出させたのでしょう？　あんなふうに着飾らせて……」

口にすると悲しくなってきて、ラシッドに背を向けた。

「それに、お兄さまもファティマさまを……」

「たしかにファティマは王妃にふさわしいだろう」

莉世の心臓がドクンと音をたてた。全身が震えて、立っていられない。

「もう話したくないです」

これ以上ラシッドの言葉を聞くのがつらい莉世は、寝台へ行くと天蓋の薄布を下ろして彼の存在を消そうとした。

「リセ、いいな。二ヵ月間はおとなしくしていろ」

薄布越しに念を押したラシッドが寝所の扉を閉めた音が、莉世の耳に届いた。

（わたしたちの関係が崩れていく……）

深夜までたわいのない話をしたり、文字を習ったりするほのぼのとした時間は、どこへいってしまったのか。

莉世は枕に顔を伏せた。


夜明け前。ひと晩中眠れなかった莉世は、バルコニーへ出て太陽が昇るのを見ていた。この景色を見ると、こちらの世界に来たときのことを思い出す。

（わたしはどうしてここへ来てしまったんだろう……）

それは幾度となく考えることだったが、答えが出ることはない。

（お兄さまのそばにいたかったけれど……）

追いだされたり、奴隷市場に連れていかれたりするのなら、自分で王宮を出たほうがいい。よく考えた上での結論だった。

（知らない男性との結婚も嫌）

だが、王宮での生活しかわからない莉世は外の世界が怖い。シラユキに乗って砂漠を越え、他国へ行けたとしてもその先が不安だ。

（この国の街だったら少しはわかる。働き場所はあるはずだよね）

バルコニーから街を見ていると、ナウラがやってきた。

「姫さま、具合はいかがですか？」

莉世は部屋の中へ戻る。

「お手が冷たいです。いつからここにいらしたのですか？　もしかして……眠れなかったんですね？　痛むのですか？」

ナウラは莉世の右手を取ると、椅子に座らせて、朝のお茶を用意する。

「痛みは疼く程度だから、大丈夫」

（それなのに二ヵ月も剣舞を禁止するなんて……なにもかも命令すれば従うと思っているのね）

ナウラから温かいお茶をもらい、ひと口飲む。朝陽が昇る前はさすがに寒い時間帯だった。

「そんな薄着でバルコニーへ出るなんて。お風邪を召されます」

衣装部屋から少し厚手のショールのような布を手にして戻ってきたナウラは、莉世の肩にかける。

「ご存じでしたか？　明日から陛下は鷹《たか》狩りに出かけられるようです」

「鷹狩りに？」

莉世には初耳だった。

『お兄さま、次に鷹狩りに行くときは連れていってくださいね』と、ねだっていたことを思い出す。

鷹狩りに女性は行ったことがない。男たちのスポーツみたいなものだ。それでも『次は行こう』とラシッドは言ってくれた。

白い布が巻かれた左手首に視線を落とすと、深いため息が漏れる。

「ナウラ、温かいお茶を飲んだら少し眠くなったみたい。朝食はいらないから、昼食前に起こしてくれる？　今日の予定はないから」

今日は日本でいう休日だ。しかし莉世の知るところラシッドは、まるまる一日休むことはない。今日も執務室にこもるだろう。

「はい。かしこまりました。マハル女官長にもそう伝えておきます」

ナウラに笑みを向けると、寝台に向かった。

昼食後、ライラの来訪を知らされ、莉世は一階のハディカに下りた。

「ライラ先生」

「姫さま、昨晩はご無理なさったとお聞きしました」

挨拶を済ませたライラの視線が、莉世の左手首に移る。

「急にタヒール大臣に言われてしまい……断るわけにもいかない感じになって」

タヒール大臣と聞き、ライラの美しい顔がしかめられる。

「イムランさまとご一緒に舞われたとか？」

「はい。彼のような素晴らしい踊り手と舞えたのですから、喜ぶことなんですけど」

指の先まで繊細でいて迫力のある舞だった。

「イムランさまは誰をも魅了する歌声をお持ちですし、陛下にも引けを取らない踊り手でございます。でもそのような方が霞《かす》むくらい、姫さまの剣舞はとても素晴らしかったと噂になっておりますよ」

マハルが冷たい飲み物と乾燥ナツメヤシの実を入れた焼き菓子を持ってきて、大理石のテーブルの上に並べていく。

「そんな噂が？」

莉世はライラに驚きの目を向ける。

「王宮中、姫さまの話でもちきりですわ。昨晩の姫さまの舞に見とれた殿方たちが、後見人である陛下の元へ求婚書を届けたと」

「そんな……」

求婚書と聞いて、落ち着かない気分になる。

「姫さま、昨日はいい機会でございましたね」

そう話すのは、莉世の後ろに控えていたマハルだ。

「宴の出席者は我が国の有力者たちです。嫁いでから苦労せずに済む家柄が一番大事ですわ。婚礼のご衣装が今から楽しみでございます」

マハルはすでに、莉世が結婚することを視野に入れているようだ。

「姫さまを大きな愛で包み込んでくださる殿方が一番ですわ」

ライラもにっこり頷く。

「ここだけの話、昨晩の剣舞のお相手、イムランさまの名もあると」

マハルは声を低くして満足げに話す。

「まあ！　イムランさまも。姫さま、あの方をお慕いする女性たちに羨ましがられますわね」

黙り込んでしまった莉世にライラは優しく言う。

莉世は自分の気持ちを隠し、ふたりに笑いかけた。

ライラが帰ったあと、ハディカで本を読んでいると、開け放たれた窓から昨晩の剣舞の曲が聴こえてきた。

「この曲は……」

莉世は音色に惹かれるように、部屋を出て中庭へ足を進める。青々とした木の向こう、涼しげな噴水の縁に腰かけたイムランがいた。

今日は長い黒髪を後ろでひとつに結んでいる。そして手には、この国でよく使われるハープを小さくしたような楽器を持ち、弾いていた。

人の気配にイムランが楽器を弾く手を止めて、顔を上げる。

「これは……姫さま。ご機嫌うるわしゅう」

莉世の姿を目にすると、彼は立ち上がり、優雅に頭を深く下げた。

「ここはザハブ宮の敷地です。どうしてそこにいるのですか？」

「お怪我をなさった姫さまをお慰めしようと弾いておりました。わたくしの想いが風に乗ったのですね」

イムランは楽器を置いて、莉世に近づいてくる。

「わたしの質問に答えていません。ここは許可のある者のみが入れる場所です」

求婚者の中にイムランがいると聞いて、彼に対し、そっけない口調になる莉世だ。

（愛想《あいそ》をよくして好かれたくない）

「わたくしのようなシャイルは、どこでも出入りは自由なのです。たとえザハブ宮の庭でも」

「そうでしたか……でも、わたしは音楽を聴きたくありません。弾かれるならよそでお願いします」

莉世はくるっと踵《きびす》を返し、立ち去ろうとする。

「そのお怪我、わたくしのせいでお怒りなのですか？」

イムランの声が沈痛な気持ちに満ちているようで、足を止めた。

「あなたのせいではありません。大丈夫ですから、もうお帰りください」

莉世はそう言うとイムランを残し、ザハブ宮へ戻った。


執務中のラシッドに、タヒール大臣が謁見を求めてきた。

「謁見室で待たせておけ」

ラシッドはアーメッドに指示すると椅子に背を預け、こめかみのあたりを指で揉《も》む。

考えることが多すぎて、朝から頭が痛んでいた。特に莉世のことが気にかかり、こんな状態だ。

莉世への求婚書の束に、苛立った視線を向ける。

(身のほど知らずめ)

ラシッドは自嘲するような薄笑いを浮かべると、隣の謁見室へ足を向けた。

謁見室では、タヒール大臣が落ち着きのない様子で待っていた。

「タヒール、何用だ?」

政務を邪魔されたラシッドは、不機嫌な顔を見せた。宝石が埋め込まれた玉座に腰かけると、タヒール大臣を見据える。

ラシッドの後ろで控えているアーメッドは、いつ主が感情を露わにするか、ヒヤヒヤしていた。今日はいつにも増して虫の居所が悪いラシッドだ。

「ファティマをお気に召されたかお聞きしたく、やって参りました」

「ファティマか……」

(美しいとは思ったが、それだけだ。彼女には惹かれなかったし、欲しいとも思わなかった)

「美しくなったな。それに舞も見事であった」

ラシッドの言葉に、タヒール大臣が期待に目を輝かせる。

「娘は誰よりも陛下の妻としてふさわしいかと思います」

タヒール大臣はうやうやしく頭を下げたが、次のラシッドの言葉にギクリと肩を揺らす。

「……だが、一生を添い遂げたいとは思わなかったぞ」

タヒール大臣の顔からみるみるうちに血の気が引いていく。

「それは娘をよくご存じないからでございます。ふたりで会えるように場を設けましょう。陛下をガッカリさせることはありませぬ」

「タヒール、聞こえなかったのか？　一生を添い遂げたいとは思わないと言ったぞ」

食い下がるタヒール大臣に、はっきり告げたラシッドは静かに立ち上がり、謁見室をあとにした。


夕食前に湯浴みを済ませ、莉世は灰色のシンプルなドレスを着た。ナウラに言って、衣装部屋から用意してきてもらったものだ。

（今のわたしの気分にぴったり）

とても明るい色のドレスを着る気分ではなかった。

「姫さま、このドレスは陛下が気に入るとは思えませんが……」

くすんだ色は、莉世の表情までこわばらせているようにナウラには思える。

「お兄さまが気に入らなくても、今のわたしはこのドレスの気分なの」

髪も後ろでひとつに結んだだけで、宝石のついた髪留めも拒否し、華やかな雰囲気はひとつもない姿だ。落ち込んでいる気持ちはどうしようもない。

莉世はラシッドとの夕食のために湯殿を出る。

「あ……」

そこで、隣の王専用の湯殿からラシッドが出てきたのだ。

ばったり会ってしまい、困惑する。夜の星空のような濃紺の長衣を着ているラシッドに胸が高鳴り、目を合わせられない。

(わたし……意識しちゃダメ)

「なんだ？　その衣装は。排水溝を徘徊《はいかい》する薄汚れたネズミみたいだぞ」

やはりラシッドは気に入らなかったようだ。

薄汚れたネズミみたいとの言葉に、莉世は傷つく。好きな人から言われると堪える。

「……どんな服装をしても、わたしはわたしです。それに、これを作ってくれたのはお兄さまです」

「それは気に食わない。脱ぐんだ」

「えっ⁉」

怒りを込めた低い声で言われ、階段に向かって歩き始めていた莉世は立ち止まる。

まさか脱げとまで言われるとは予想していなかった。

唖然としている莉世に、ラシッドはつかつかと近づく。そしてまるで荷物のように莉世を肩に担いだ。

「きゃっ！」

その場にいたアーメッドとナウラは驚き、あたふたするが、そのままラシッドは階段を上がり、莉世の寝所へ向かう。

「お兄さまっ！　下ろしてっ！」

背中をポカポカ叩いてみるが、鍛えられた身体のラシッドはまったく動じない。

肩の上でずっと暴れていた莉世は、衣装部屋の前で下ろされたとき、荒く息切れしていた。

足元がふらつき、後ろによろけそうになると、すぐさま力強い腕で支えられる。

抱き寄せられた形で、ラシッドの黒い瞳と莉世の薄茶色の瞳の視線が絡み合う。

その瞬間、莉世の心臓がドクンと音をたてた。

ラシッドの腕から逃れるように身体を引くと、口を開いた。

「肩に担ぐなんてひどいです！　わたしは物じゃありません！」

涼しい顔をしているラシッドを、憤慨しながら睨《にら》みつける。

「ナウラ！　これに着替えさせろ！　その衣装は焼き捨てろ」

かかっている衣装の一着を手にしたラシッドは、ナウラにそれを放り、出ていった。

「姫さま、大丈夫でございますか？」

額に手を置いてうつむく莉世を心配するナウラ。

「……大丈夫よ」

ラシッドの強引な行動のわけがわからず、戸惑っていた。

（お兄さまにとって、わたしはただの荷物のような存在なのかもしれない）

「姫さま、早く着替えましょう。今日の陛下は苛立っておられるようです」

着替えずこのままで夕食に出ようと思ったが、ナウラに怒りの矛先が向いたら困る。

莉世は灰色のドレスを脱いだ。


その夜の食事は、しらけた雰囲気で始まった。

莉世は言われた通り、たんぽぽ色のドレスに着替えたが、その姿を見てもラシッドの表情は硬いままだ。

マハルたちがいろいろな種類の料理をふたりの前に置いていく。

野菜がたっぷり入ったスープを飲んでから、手元の料理を口に運ぶ莉世に対し、ラシッドはクッションに寄りかかり、片方を立ち膝にして酒を飲んでいる。

（お兄さまの姿をこうして近くで見るのは、これが最後かもしれない）

莉世は明日、ラシッドが鷹狩りに出かけたあと、王宮を出ようと計画していた。

（最後の別れがこんな雰囲気では、悲しすぎる……）

「お兄さま、鷹狩りに出かけられると聞きました」

気を取り直して、なにか話題を見つけようと出した言葉だった。莉世が話しかけると、ラシッドの表情が少し和らぐ。

「ああ。久しく行っていないからな。お前を――」

「わかっています。左手首がこんな状態ですから」

莉世は小さく微笑む。

「二ヵ月後にはお前の望みを叶《かな》えてやろう。なにが希望だ？」

「……シラユキに乗って、お兄さまが一番素晴らしいと言っていたオアシスへ行きたいです。泉で水遊びをして、夜には焚火《たきび》をして」

想像すると今すぐオアシスへ行きたくなる。

王宮から馬で六時間ほどかかる遠いオアシスは規模が大きく、小動物も生息しているという。地下から湧き出る泉は澄んでおり、泳ぐことも可能だ。そんなステキなところでラシッドと一緒に過ごすのが、莉世の夢だった。

「わかった。長く滞在できるよう、食べ物をたくさん持って出かけよう」

ラシッドの機嫌がすっかり直ったような気がして、安堵した。

「明日は猛暑の砂漠へ出かけるのですから、ちゃんと食べてくださいね」

莉世が言うと、ラシッドは杯を置いて食べ始めた。

酒ばかり飲んでいたラシッドを、戸口で控えていたアーメッドも心配していたが、食事を始めた姿にホッとする。

それからは王妃問題が出る前のふたりに戻ったように、楽しい時間になった。

食事が終わると、ラシッドは珍しく、ハープを小さくしたような楽器をアーメッドに持ってこさせた。

胡坐をかくと、静かに弾き始める。音色はうっとりするほど心地いい。

久しぶりに弾いてもらえ、ナウラやマハルもしばし手を止めて聴き入ってしまう。

寝不足気味の莉世は、クッションに寄りかかり目を閉じる。静かな曲調が優しくて、スーッと眠りに引き込まれていった。

眠ってしまった莉世を寝台へ連れていこうとアーメッドが近づくと、音色が止まる。

「アーメッド、そのままでいい。わたしがあとで連れていく。お前たちはもう下がっていろ」

そう言うと、ラシッドは再び弾き始めた。

彼らが下がると、莉世の寝顔を眺めながら、ラシッドはしばらく静かな音色を奏でていた。


翌朝、太陽が顔を出す前に、ラシッド一行は鷹狩りへ出立した。

その様子を莉世はバルコニーから見送る。ガラーナに乗る凛々しい姿は、これからは見ることができない。莉世は胸を詰まらせ、嗚咽を堪える。涙で霞む目でラシッドの姿が見えなくなるまで、その場にたたずんでいた。

それから寝台に戻り、横になる。しばらくしてマハルが起こしにやってきた。

「おはようございます。姫さま」

天蓋から下がる薄布を上げて、マハルが顔を覗かせる。

莉世は眠そうに瞼を開けた。

「おはよう……マハル、なんだか頭が痛くて」

「まあ！　侍医を呼ばなくては」

「もう少し眠ったら治ると思うの」

「わかりました。午前中で治らなかったら侍医に診ていただきましょう」

マハルは莉世の額にかかる髪をゆっくり撫でてから、薄布を下ろすと出ていった。扉が閉まると莉世は起き上がり、自分が寝ているように布団をこんもりさせてから寝所を出る。

莉世は女官と同じ服装に着替えた。薄茶色の髪はスカーフのような布で隠す。茶色い瞳は伏し目がちに歩けばわからないだろう。王宮は、入るときは厳しいチェックがあるが、出ていくときはなにもない。

王宮を出なければ、と決めてから急だったが、今日が一番都合がいいと思った。側近たちはラシッドと一緒に出かけている。マハルやナウラに見つからなければ、ザハブ宮を出るのは至極簡単だ。

持ち物は一着分の服が入っている荷物がひとつ。莉世はお金を持っていない。ここでの生活には必要がなかったから。

まったく持っていないのも不安で、宝石がついた髪飾りをひとつ、髪に留めている。

持っているものから一番小さい宝石の髪飾りを選んだ。

ラシッドが買い与えてくれたとはいえ、自分のものではないから罪悪感もある。果たして髪飾りを買ってくれるところがあるのかもわからない。

懸念もあったがなんとかなるだろうと、王宮の門へ向かった。


二十分ほどかけて王宮の門に近づくと、野菜や魚肉を運び終えた商人が四人出ていくところだった。莉世は彼らと一緒に、衛兵のいる門を無事抜けた。

王宮を出ると街に向かって下り坂を歩く。王宮近辺は草ひとつ生えておらず、なだらかな坂が続いている。一時間ほど歩けば街だ。

太陽は容赦なく照りつける。王宮を一緒に出た商人たちは歩くことに慣れていて、すっかり見えなくなっていた。

髪に巻いた布を目深に下ろして歩いていると、足の甲に痛みを感じて立ち止まる。

小石がゴロゴロしている道は歩きづらく、サンダルが擦れて足の甲に血が出ていた。

早く陽射しを遮るところがある街へ着きたい。その一心で靴擦れの痛みを堪えて先を急いだ。喉からも潤《うるお》いが失われ、自然の厳しさを痛感した。

ようやく街がすぐ近くに見えてきて、莉世はホッと胸を撫で下ろす。

茶色い土で造られた建物に、幌布《ほろぬの》の日よけの街並み。店もたくさんあり、まるで市場を見るようににぎやかだ。日本では母と一緒に、日曜日に開かれるマルシェによく行っていた。ここはマルシェほど洗練された感じではなく、野菜や数えきれないくらいの香辛料が店先を飾っている。

ふと母を思い出してしまい、寂しさが胸を占める。ラシッドの元を離れた今、もっと強くならなくてはここで生きていけない。

莉世は下唇をきゅっと噛んだ。

(がんばらなきゃ。とにかく働き口を見つけよう)

あたりを見回し、目に入ったこぢんまりとしたパン屋に近づく。

ちょうど客が途切れたところで、太り気味の店主の男性に話しかけた。

「すみません。働き口を探しているのですが」

「うちにはないね！　買わないんなら向こうへ行ってくれ！」

冷たい言葉が即答で返ってきて、シュンとする。

(これくらいで、めげちゃダメ。まだ一軒目なんだから)

隣の香辛料店の女店主にも、働き口がないか聞く。

「この街では家族で働くからね。なかなか働き口は見つからないと思うよ」

女性だからか、隣の店主より口調は柔らかだ。

「おや、お前さんはこの国の者じゃないいね？」

「は、はい……」

「きれいな顔をしているから、ごろつきや奴隷商人には気をつけるんだよ」

莉世は頷くと、別の店を探し始めた。


太陽が真上に昇った頃、莉世は中央広場の片隅の石段に腰かけ、休んでいた。大きな木があり、そこだけが日陰になっていた。この暑さでは外で遊んでいる子供もいない。

（今頃、わたしがいないことに驚いているかも……）

今までのお礼も言えずに出てきてしまい、申し訳ない気持ちだ。

王宮を出たのは間違いだったのか。いまだに働き口は見つからない。

喉は渇いてお腹も空いているが、できる限り髪飾りは手元に置いておきたい。

（休んでいる場合じゃない。ごろつきや奴隷商人に会いたくない。早く見つけなきゃ）

自分に活を入れて、石段から立ち上がったとき、緑色のカフタンとパンツ姿の、身なりのいい女性が目の前に立った。

「あんたが働き口を探しているって娘かい？」

街に来て話しかけられたのは初めてで、警戒するように身体をこわばらせる。

「まあ、ジャダハール人じゃないね？　肌が白いし、きれいな瞳だこと」

肉付きのいい女性は、莉世を見てにっこり笑う。

「どこから来たんだい？　お腹を空かせているんじゃないの？」

「……働き口があるんでしょうか？」

「あら～。声まで透き通るようないい声だ。美人さん、奴隷商人には気をつけないといけないよ」

あたりを見回してから、女性は小さな声で忠告する。

「こんなところにいてはいけないよ。うちは食堂をやっているんだ。食べさせてあげるから、いらっしゃい。働き口は心当たりがあるから聞いてあげるわ」

親切な女性に、莉世は次第に警戒心を解いていく。

「ほら、もっと深く被って。あそこで男が見ているよ」

女性は莉世が被っている布を、目が隠れるくらいにずらした。

男が見ていると聞いて怖くなり、莉世は女性についていくことにした。働き口を紹介してくれるのなら、とても助かる。

女性の食堂にはテーブルが六つあり、今は誰もいなかった。

「この辺の人たちは、昼はほとんど外で食べないんだよ。これでも夜はお酒目当てに繁盛しているんだよ。そこに座ってな」

莉世は壁際のテーブルに近づき、腰を下ろす。

飾り物など一切なく、殺風景な店だった。

女性は店の奥に入り、野菜の煮込みと丸い大きなパンを運んできた。

「この料理は評判がいいんだよ。代金はいいから、遠慮しないで食べな」

食欲をそそるいい香りに、莉世のお腹は音を鳴らしそうだった。

「……ありがとうございます。いただきます」

パンをちぎると、野菜の煮込みにつけて食べ始める。

王宮料理に比べるとずっと質素なメニューだが、昨日の夜に食べたっきりで空腹も限界に近づいていた莉世には、ごちそうに感じられた。

食べ終わる頃、お腹がいっぱいになり気が緩んだのか、急激に眠気が襲ってきた。

（どうしちゃったんだろう……まさかっ⁉）

食事に眠り薬が入っていたのかも、と考えたときはすでに遅く、椅子から落ち、床に転がった。

背中を蹴られた痛みで、莉世は目を覚ました。

「おい、大事な商品だ！　傷つけるな！」

野太い男の声に瞼を開けると、莉世の口から小さな悲鳴が漏れる。

（ここはっ⁉）

「やっと気づいたか」

極悪そうな顔をした男ふたりは、莉世のまわりで、まるで品定めをしているような目つきでうろうろしている。

莉世はなんとか身体を起こしたが、食事に盛られた眠り薬のせいで頭がふらつく。頭を覆っていた布はなく、長い髪が露出していた。

（朦朧としている場合じゃないのに）

座ったまま、男たちと自分がいる簡素な部屋を見る。泥が服のところどころについた汚い身なりの男たちは、意外と若そうだ。

「食堂の店主の言う通り、極上の娘じゃないか。俺たちで先に味見をしないか」

背の低い男が莉世の顎を掴み、顔の細部までじっくり見る。顎にかかる手を莉世は払いのけた。

「触らないで！」

手をはたかれて激怒した男は次の瞬間、腕を振り上げた。

「うっ……」

頬を叩かれた莉世は精いっぱいの虚勢を張り、男を睨み返す。

「気位の高い娘だな。どこかのお姫さまか？」

「お前バカか？　どこかの姫が街で仕事を探してるわけないだろ」

大男が背の低い男をあざけるように笑う。

「とにかく、今までにない毛色の娘だ。こりゃ高く売れるぞ」

話をしている男たちの腰に剣が下がっていることに、莉世は気づく。

「でも味見くらいはいいんじゃないか？　わかりゃしねえって」

(味見って、なんなの？)

背の低い男は、再び莉世の目の前にしゃがんだ。男が莉世の胸を触ろうと手を伸ばした瞬間、莉世は男の腰にある剣を素早く抜き取った。

「あなたたちの好きになんてさせないんだからっ！」

立ち上がり、男たちに向かって剣をかまえる。

「ちっ！　お前、油断するな！」

大男は背の低い男を怒鳴る。

「くそぅ」

悔しそうな男の顔が真っ赤になっていく。

「お嬢ちゃん、剣は使えるのか？　手が震えているぞ？」

大男がバカにしたように茶化す。

自分の身に起こったこの事態に恐怖を感じるが、このままなにもせずに好き勝手やられるのは嫌だ。

（お兄さま……）

昨日の穏やかな時間が懐かしい。でも、王宮を出たのは自分の意思。こんな目に遭っているのも自分の責任。こんなところでひどい目に遭うのなら、戦って死んだほうがいい。

剣舞では戦うシーンがある。でもこれは容赦ない本当の戦い。

莉世は、背の低い男に全神経を集中させる。

剣を振り上げ、背の低い男に切りかかるが、軽い身のこなしでかわされた。

「そんな腕じゃ虫も殺せないな」

背の低い男は余裕綽々《しゃくしゃく》で笑う。

「ここから出しなさい！」

剣をかまえながら叫ぶと、男たちは高笑いする。

「それだけはできねえな。お前は高値で売られ、金持ちの奴隷になるんだ」

大男は剣を莉世に向け、背の低い男と共にじりじりと距離を縮めてくる。

そのとき、扉が開き、莉世の意識が一瞬そちらへいってしまうと、大柄な男の剣が動いた。

彼の剣は、莉世の喉元すれすれのところで止まる。

「お嬢ちゃん、剣を渡しな」

「殺しなさい！」

新たな男が入ってきて、目の前の敵が三人になってしまい、莉世は絶望的な気持ちになった。

「鼻っ柱の強い嬢ちゃんだな。いいか？　金持ちの奴隷になれば、衣食住は安泰だ。それどころか嬢ちゃんのような娘なら、身体目的で贅沢《ぜいたく》させてもらえるだろうよ」

三番目の男が俊敏な動きで莉世の背後に回り、剣を持っていた腕を押さえる。

れる。

「あうぅ……ぅ……」

ギリギリと強い力で莉世の腕を締め上げられ、剣が奪われ、背の低い男に頬を叩か
「痛っ……」

床に倒れ込んだ莉世の身体は太い縄で巻かれ、身動きができなくなった。

「こんな状態で売っても大丈夫なんすか？　従順な奴隷になりそうもないっすよ」

三人目の男は彼らより下っ端のようだ。

「売って金が入れば、こっちのもんよ。逆らって売れなきゃ娘の身体を好き放題に抱いて殺すさ。こんな華奢な娘の抵抗なんて、たかが知れてる」

莉世は縄で縛られてしまったが、まだ逃げることをあきらめてはいなかった。

「今日は金持ちの旦那がたくさん集まってきましたよ。噂を聞きつけたんでしょうか」

極上の娘を見つけた噂は、瞬く間に広がったようだ。

「報酬が期待できるな」

大柄の男は、酒がたらふく飲めると上機嫌だった。

奴隷市場は街外れの大きな屋敷の中にあり、そこで競売にかけられる。

屋敷の一番広い部屋には、奴隷を物色しに来た男が大勢いた。目がらんらんと輝く金持ちたちで異様な雰囲気だ。

莉世の他にも囚われた娘たちがおり、舞台の上に上がらされ、次から次へと買われていく。

「さあさあ！　本日の最後！　目玉商品は、目の保養になる極上の娘！　旦那さま方、見て驚くなかれ！」

檻《おり》の中に入れられた莉世は、外が見られなかった。黒い布が被せられているせいだ。

檻が動かされると、縄で縛られて身動きができない莉世の身体は揺れて倒れそうになる。おまけに叫べないように、さるぐつわをされていた。それでも莉世の透明感のある美しさは損なわれていない。

檻が舞台中央で止まった。

「旦那さま方！　今までに見たことがない美しい極上の娘をご覧あれ！　喉から手が出るほど欲しくなる娘だよ！」

檻にかけられていた黒い布が外された。暗闇から急に明るくなり、莉世はぎゅっと瞼を閉じた。

部屋の中がにわかに、ざわざわと騒がしくなる。瞬時に、金持ちたちは高値を言い始める。

莉世は息苦しさを感じながら目を開けた。

「おおっ！　まるであの瞳は宝石のようじゃないか！」

「欲しい！　わしは金に糸目をつけないぞ！」

彼らは競うように金額を叫ぶ。

莉世はその異様な光景に目を見張るばかりだ。通貨は莉世が聞いたことのないものだったが、奴隷商人たちが目を輝かせているのを見ると、満足のいくものだとわかる。

「娘は動くのか⁉　立たせてみろ！　身体が不自由じゃつまらん！」

「いや！　動けないほうが好きにできるぞ！」

三十分くらい経ったであろうか、さすがに一番の高値を言った老人に、金持ちたちは黙るしかなかった。

この分でいくと、全財産が失われる。娘は惜しいが、あの老人が飽きたら譲り受けようなどと、よこしまな考えを持つ者たちもいた。

莉世は執拗《しつよう》に金額を上げていく老人を見て、背筋がぞっとする。あんな老人に買われると思うと吐き気までしてくる。あの老人だけではなく、この会場にいる男たち全員が気持ち悪い。

さるぐつわで息苦しく、目の前がクラクラしてきた。

「では！　極上の娘の落札は！　あのお金持ちの老人に決ま――」

「千ハール！」

突然別の男の声が響く。

今までこの老人が落札しようとしていた金額は、五百ハール。通常、奴隷市場での娘の売り値は百ハールだ。百ハールあれば、ごく普通の暮らしが十ヵ月できる。それが突然降って湧いた『千ハール』の声に、それまでにぎやかだった会場が水を打ったように静かになる。

『千ハール』と声をかけたのは、中年の男。特に金を持っているようには見えない。中年の男の横には、用心棒のような茶色の外套《がいとう》を着た三人の男がいる。フードを目深に被っているせいで顔が見えない。

莉世を落札しようとしていた老人は我に返り、憤慨したように中年の男を指差す。

「こんな男が千ハールを用意できるわけない！　わしがあの娘を落札したんだ！」

「いえいえ、わたしはちゃんと千ハールを持っております」

中年の男は、顔を真っ赤にして怒りを見せる老人に静かに言う。

莉世にはこんなやり取りはどうでもよかった。どっちにしろ、ひどい扱いを受けるのは同じ。

自暴自棄に陥りそうになって、舌を噛み切ろうかと思ったりしたが、実際にそんな大それたことはできそうにない。

中年の男の隣にいた外套の男が前へ進み、金の入った丈夫な羊袋を奴隷商人の足元に投げた。ジャランと金が音をたてる。

奴隷商人はその羊袋を取り上げると、中を開けてざっと確認する。

息を呑む瞬間だった。

「た、たしかに全部金だ！　こんな大金、見たことがない！　落札は旦那に決定だ！」

奴隷商人は中年の男を指差した。老人は悔しそうに中年の男を睨んでいる。

「娘！　出ろ！」

檻の鍵が開けられ、背の低い奴隷商人が莉世の腕を強く掴み、外へ出した。そのまま後ろのほうにいる中年の男の元へ連れていかれる。

「どうぞ、この娘はあなたさまのものです。お好きになさってください」

奴隷商人はへつらうような笑みを浮かべて、莉世を差しだした。

中年の男の横にいた、フードを目深に被った男が進み出て、莉世の腰を抱く。

（白檀の香り……？）

「戻ったら、たっぷりお仕置きだ」

聞き慣れた低い声だった。

（えっ⁉）

莉世はフードの男を仰ぎ見た。信じられないことに、莉世を抱いている男は鷹狩りに行っているはずのラシッドだった。夢でも見ているのかと、茫然となった。そして緊張の糸がぷつりと切れたように、莉世は意識を手放した。

「行くぞ」

ラシッドは外套を着たふたりに声をかけると、莉世を抱き上げ、出口に向かう。

屋敷を出たところで、莉世を抱いたまま、ふたりに向き直る。

「アクバール、カシミール、あとを頼むぞ。根絶やしにしてやれ」

「御意！」

アクバールとカシミールはフードを外し、パサリと外套を地面へ落とすと、外で隠れるようにして待っていた近衛隊と共に再び中へ入っていく。

ラシッドは意識のない莉世のさるぐつわを外すと、ガラーナの背に乗せた。外套を脱ぎ、莉世の身体に巻きつける。夜になり、外がかなり冷え込んでいた。

ガラーナの背の上で莉世を抱くようにして、ラシッドは王宮へ向かった。

＊　＊　＊

六時間前。

鷹狩りをしていたが、突然の砂嵐と豪雨に、ラシッドは切り上げることにした。王宮に戻る途中で、衛兵のひとりが早馬でやってきた。

王宮からの早馬を緊急事態と見たラシッドは、ガラーナの足を止め、眉根を寄せる。

衛兵は素早く馬から下りると地面に膝をつき、伏せる。

「陛下、姫さまがいなくなりました」

「なんだと⁉」

ラシッドは思いがけない報告に、馬上で激高する。

報告した衛兵は、ラシッドの怒りに地面にひれ伏すほど頭を下げ、報告を続ける。

「王宮中、探しましたが見つかりません。門に立つ衛兵が早朝、商人四人の他に女官が出ていったと。髪を布で巻いていたので、姫さまかと」

「アーメッドは王宮へ戻れ！　近衛隊に街を捜索させろ！　捜索範囲は周辺の砂漠もだ！　アクバール、カシミール！　お前たちは一緒に来い！」

ラシッドはあと少しで王宮に着くところを、街へ引き返した。

街へ入るとあまりにも三人は目立ちすぎる、と茶色の外套を手に入れ、身に着ける。そこできれいな娘が働き口を探し回っていたと聞き、ラシッドは胸が締めつけられた。それと同時に失望もする。

(なぜリセはわたしの元から離れ、街で働こうと……?)

彼女が自分から離れた理由がわからなかった。もちろんアクバールやカシミールにもだ。

捜索していると、食堂の女店主が莉世らしき娘と歩いていたという情報を得る。

その店は開いており、酒を飲んでいる男たちが数人いた。中へ三人が入ると、女店主が客の男たちに、奴隷市場へ行けば見たことがないきれいな娘を見られると言いふらしていた。

やはり奴隷市場へさらわれたかと、三人は街外れの屋敷へ急いだ。

きれいな娘だからこそ、売られる前に身体を傷つけられるかもしれない。それがラシッドを不安にさせた。

莉世はこの世でラシッドが一番大事にしている娘。どのようなことがあってもラシッドは莉世を受け入れる。そう心して奴隷市場へガラーナを走らせた。

近衛隊を集結させ、屋敷の手前で待機させる。そのうちのひとりを街の男のように変装させ、四人は中へ入った。

驚くことに、買い取られていく娘がたくさんいた。こんなにも秩序が悪くなっていた街にラシッドは憤る。すぐにでも全員を捕まえ、罰してやりたい。しかし、まだ莉世が出てこない。莉世を救出してから根絶やしにしてやると、ラシッドの心は怒りに燃えていた。

ようやく最後に莉世が出てきた。今まで出てきた娘たちと違い、檻に入れられ、しかもさるぐつわをされている。その様子からかなりの抵抗をしたことがわかる。しかしいつも輝いている瞳はうつろで、今にも倒れそうに見えた。

(リセ……!)

ラシッドは気丈に耐えている莉世が愛《いと》おしく、切なかった。

そして救出し、今に至る。

＊　＊　＊

莉世は寝所で深く眠っていた。侍医に診させたが、足の甲と頬の赤み以外、大きな怪我はなかった。

しかし脈から診断した侍医は、非常に体力が落ちていると話す。

(叩かれたのか……)

ラシッドは莉世の寝顔をじっと見つめていた。

「お前はどうしてこんな決断をしたのだ?」

静かに眠る莉世に問う。

「陛下、あとはわたしが付き添いますので、ご就寝くださいませ」

夜中に莉世が目を覚ましたときのために、マハルが軽い食事と飲み物を持ってきた。

夜明け前から鷹狩りへ出かけたので、あと数時間経てば、ラシッドは丸一日寝ていないことになる。マハルはラシッドの身体を心配していた。

「お前は下がれ」

ラシッドは有無を言わさず、マハルを下がらせる。

莉世と話ができるまで、ここから離れるつもりはなかった。

莉世は奴隷市場での夢を見ていた。茶色の外套を着た男が近づいてくる。

『お兄さまっ!』

フードを目深に被った男に、莉世は抱きつく。フードが外された。その人物はラシッドではなく、目つきがいやらしくて皺が無数にある老人だった。

『きゃーっ！』

莉世の身体がビクッと跳ねた。

「リセ！　リセ！　目を覚ませ！」

眠りながら叫び、涙を流す莉世の肩をラシッドは揺さぶり、起こそうとする。

「リセ！」

しゃくり上げながら、莉世は目をゆっくり開けた。

「……お兄さま……ここは……！」

見慣れた寝所のはずなのだが、まだ夢を見ているのか、ここがどこだかわからず、莉世は慌てたように身体を起こす。

「リセ、大丈夫だ。ここはお前の寝所だ」

怯える莉世を抱きしめ、背中を優しくさする。華奢な肩が震え、ラシッドの胸の中で莉世は泣いた。

「もうお前をひどい目に遭わせるやつはいない。安心しろ」

莉世を落ち着かせるように、ラシッドは優しく抱きしめる。

しばらくラシッドの胸で泣いてから、莉世は顔を上げた。

「……もう……大丈夫です……」

気持ちが落ち着き、ラシッドから離れようとする。

「ダメだ。わたしが大丈夫じゃない」

距離を置こうとする莉世の身体を、ラシッドが抱きしめた。

「お兄さまっ!?」

「お前はわたしの心臓が壊れそうなほど心配させたんだ。この罰はわかっているだろうな？」

「……わたしの考えが足りませんでした……どんな罰でも受けます」

ラシッドから瞳を逸らさず見つめながら、口にした。

ひとりでは生きていくことができない無力さを感じていた。

「いい心がけだ」

そう言ったラシッドは、ふいに莉世の唇に口づけた。莉世は驚き、目を見開いて固まる。ラシッドの唇は啄《ついば》むように動かされ、莉世の鼓動は激しく脈打ち始めた。

（お兄さまが……わたしにキス……している？）

額や頬にキスされることはあっても、こんなふうにされるのは初めてだった。

上唇を軽く吸われ、するりと舌が口内へ入ってくる。どういうつもりなのか、困惑しながらも目を閉じて、ラシッドのキスを受け入れた。

何度も角度を変えて、味わうような甘いキスをしてラシッドは満足したのか、ようやく唇を離した。

「お前はどこにも行かせない。わたしの妃になるんだ」

ラシッドのキスの余韻にぼうっとしていた莉世だが、『妃になるんだ』と言われ、瞬《まばた》きをして我に返る。

「お兄さまには、ファティマさまがいます。わたしのような者が、王さまの妃になれるわけがありません」

妃になれと言われて、うれしさは否めない。だが、莉世はこの国の人間ではない。まわりの反対は目に見えている。

ラシッドは「ふん」と鼻を鳴らす。

「この国ではわたしが絶対だ。反対はさせない」

「でも……お兄さまはわたしを愛しているわけじゃない。お兄さまにとって、わたしはペットみたいなものなんです！」

ラシッドを愛しているがゆえ、愛のない結婚は不幸を生むだけだと、莉世は首を大きく横に振る。

「なにを言ってる！　お前を愛していなければ、こんなに捜すこともなかっただろう。お前がわたしの手の届かないところでひどい目に遭っていると想像するだけで、心臓が鷲掴みにされるようだったんだ」

　ラシッドは胸を押さえ、悲痛な面持ちになる。

「お兄さま……」

「これを愛と呼ばずに、なんと呼ぶ？　わたしにとってお前は命より大事な女だ」

　莉世の目から大粒の涙がポロポロこぼれ、頬を濡らしていく。

「わたしも……ずっとずっと好きでした。愛しています。お兄さまはわたしを、求婚者と結婚させようとしているのだとばかり思っていました。それが嫌で街へ……」

「お前に求婚するとは、身のほど知らずな男たちだ。すでにやつらには求婚書を突き返してある」

「え……？」

　自分はなんてバカだったんだろうと、涙が止まらなくなる。

「泣くな。これからは心配はいらない。わたしはお前しかいらない」

　ラシッドは頬を伝う涙を唇で吸い取り、再び口づける。莉世の涙で塩辛いはずなのだが、口づけは蜂蜜のようにとろけるものだった。

莉世を抱きしめて眠るラシッドの耳に、ガシャン！と皿が割れる音が聞こえ、目を開けた。天蓋から下がる薄布は開けられたままで、マハルが青ざめた顔でふたりを見ていた。

「陛下！　し、失礼いたしました！」

ラシッドと目が合うと、マハルはすぐに膝を床につき、頭を下げる。とっさに動くマハルだが、混乱していた。

莉世の寝台にふたりがいるところを見て驚いた。しかもラシッドの腕は莉世を抱きしめるようにしており、唇は額につけられていたのだ。

まるで恋人同士のようなふたりに慌てるマハルだった。

「シッ！　リセが起きるだろう？　片づけるのはあとでいい」

ラシッドは莉世を起こさないように小声だ。マハルは慌てて寝所をあとにした。

「ん……」

物音で莉世は心地いい眠りから浮上し、目を開けた。すぐ近くに莉世を愛おしむようなラシッドの顔があり、愛していると言われたのは夢ではなかったと笑みが広がる。

「おはよう」

ラシッドは莉世の鼻にちょこんとキスをしてから、唇にも触れる。

「おはようございます。お兄さま」

「早くわたしの妃になれ。お前を腕に抱きしめるだけでは物足りない」

甘い言葉をささやかれ、莉世は幸せいっぱいだ。こんな日が来るとは思いも寄らなかった。

名残惜しそうに額に口づけたラシッドは、莉世から離れて身体を起こす。

「まだ身体が疲れているだろう？　もう少し寝ていなさい」

「いいえ。起きます」

床に足をつけると、部屋の中央に水がこぼれ、食器が割れているのに気づく。

「マハルが落としたんだ。すぐに片づけさせる」

（お皿なんて絶対に落としたことがないマハルなのに……もしかしてわたしたちに驚いて……？）

「湯浴みのあと、侍医に来させる」

「もう大丈夫です。侍医の手を煩わせることはないです」

莉世は首を左右に振るが、昨晩の侍医は様子を見たいと言っていた。ラシッドは「そのための侍医だ」と言って出ていった。

「もう元気なのに……」

左手首はまだまだ痛み、足の甲は靴擦れでヒリヒリしているが、幸せでそんなものは気にならないほどだ。

莉世が割れた食器を拾っていると、マハルがやってきた。

「まあ！　姫さま！　そんなことはわたしがやります！」

マハルは慌てて割れたかけらを拾う。拾いながらも、マハルの表情がぎこちないことに莉世は気づく。

（マハルはわたしがお兄さままでなく、他の男性と結婚するのを期待していた……でもわたしはマハルに祝福してほしい……）

「マハル……わたしを見て？」

莉世がかけらを拾うマハルの手に自分の手をそっと重ねると、今まで見たことのないくらいの困惑した瞳と視線がぶつかる。

「マハル、わたしはお兄さまが好き。この想いは決して消すことができないの」

「姫さま。姫さまのためを思ってはっきり言います。王妃になるのは反対でございます。族長や大臣の反対に遭うのは目に見えており、姫さまは不幸になります」

「マハル……」

異世界の人間である莉世を王妃に……という話は、大臣を含め幾度となく議論されており、ラシッドも知っている。王が溺愛している莉世を王妃にすることに賛成している者は、三分の一に満たない。その賛成者も、ただジャダハールの世継ぎが欲しいからに過ぎない。

「娘のように思う姫さまですから、言うのです」

莉世はマハルの手を放すと、ゆっくり立ち上がった。マハルの気持ちはわかるが、莉世のラシッドを想う気持ちもどうすることもできない。王妃になることを望んでいるわけではない。ラシッドと幸せに過ごしたいという気持ちだけ。

「朝食の前に湯浴みをなさると、陛下からお聞きしました。ナウラがすぐに参ります」

マハルは当惑している莉世にお辞儀をすると、寝所を出ていった。

「姫さま、ご無事でようございました」

ナウラは莉世を見ると、瞳を潤《うる》ませながら言った。

「心配をかけてごめんなさい」

「危ない目に遭ったとお聞きしました。もう王宮を出るなんて考えてはダメですよ」

ナウラは衣装部屋へ向かい、すぐにローズピンクのドレスを持って戻ってきた。

「姫さま、今日はこれにしましょう。陛下は、姫さまが明るいお色をお召しになるのを喜びますから」

マハルとの一件があって、明るい気持ちになれない莉世はそっと微笑んだ。


莉世は湯浴みを済ませ、朝食を一階の風通しのいいハディカで食べていた。

テーブルの上には、ひとりでは到底食べきれないほどの料理が並んでいる。

「たくさん召し上がるようにと、陛下に申しつけられました」

ナウラは桃の果汁を莉世の前に置いた。これは莉世の大好物だ。ジャダハールでは気候上、桃は育たず、隣国からの輸入品で贅沢なものだった。

「それにしても、こんなには……」

莉世が笑って果汁に口をつけると扉が開き、精悍《せいかん》な白い長衣姿のラシッドが現れた。政務中でカフィーヤをしている。

「お兄さま」

「お前のご機嫌伺いだ」

莉世に足音もなく近づき、腰を屈めたラシッドは、こめかみから唇へ口づけていく。

ラシッドの莉世への想いは、たがが外れたようだ。恋人同士になったのだから、触れたいと思うのは当然のこと。

「みずみずしい桃の味がする」

「お兄さまにも用意しますね？」

甘くキスされて、目を合わせるのが恥ずかしい莉世は、自分で用意しようと腰を浮かせる。

「いや、これで充分だ」

腰を浮かせた莉世の身体を抱くと、もう一度唇を重ねた。

「んっ……ナウラが……」

「かまわない。お前の女官だ」

唇に触れるだけだった口づけが、濃厚なものになっていくのをナウラは見てしまい、慌てたように後ろを向く。

驚くナウラが暴れる心臓を静めようとしたとき、突然扉が開いた。

「こちらにラシッドさまが――」

扉を開けたのはアーメッドだった。ラシッドが莉世を抱きしめているのを見て、その場で絶句している。

「扉を叩いてから入ってこい」

邪魔が入り、ラシッドは莉世から離れるが、腰を抱く手はそのままだ。莉世はナウラやアーメッドに見られてしまい、顔を真っ赤にしてうつむいた。

「ラシッドさま！　今なにを姫に!?」

ラシッドの莉世への想いは気づいていたアーメッドだが、このような昼間に、しかも女官のいる前で、と驚いている。

「お前にどうこう言われるとはな」

「いえ、少しは自制してくださりませんと……」

アーメッドは後ろを向いているナウラをチラリと見る。

「わかった。今度から少し控えよう。リセの女官が卒倒するのは困るからな」

ラシッドは上機嫌に笑った。

「ところで何用だ？」

「あぁ！　またクドゥス族に問題が起きたようでして」

クドゥス族の族長は高齢で、後釜を狙う者が絶えない。ラシッドが赴けば治まるのだが、特に血の気の多いクドゥス族はよく問題を起こす。

「また行かなければならないか」

「そのようでございます」

「アーメッド、用意をしろ」

アーメッドは頭を下げると部屋を出ていき、ラシッドは莉世に向き直る。

「夜には戻る。今日はなにもせずにゆっくりしていなさい」

「はい……お兄さま……気をつけてくださいね」

唇を重ね、名残惜しそうに莉世の額に口づけると、ラシッドは出ていった。

ラシッドの後ろ姿を見送り、指が自然と、まだキスの余韻の残る唇に触れる。

「姫さま、驚きました！　なんて甘いのでしょう！」

にっこりと微笑むナウラは、マハルと考えが違うようだ。

「いつも厳しいまなざしの陛下が、あんなに甘いお顔をされるなんて！　いえ、姫さまにはいつも甘いお顔になられるんですけど。今日はそれよりも、もっと……」

ナウラはうっとりと言葉にした。

「おふたりが恋人同士になられるなんて、とってもステキですわ。今までもどかしい思いでした」

ひとり味方ができて、莉世はうれしかった。

第三章　王妃への道

「ナウラ、シラユキに会ってくるわね」

食事が済むと、莉世はナウラに断る。

「姫さま、陛下は今日一日お休みになるようにとおっしゃっていました」

「散歩ぐらい、いいでしょう？」

「でしたら、わたしもご一緒いたします」

「いいの。ナウラは戻ってくるまで休んでいて」

莉世はにっこり笑うと、駆け足で部屋を出ていった。左手は極力動かさないようにして、身軽に階段を下りていく。

回廊を抜け、庭に出ると歩を緩めた。

モザイクタイルの噴水に、イムランが楽器を手にして座っていたのだ。

「これは姫さま、わたくしに会いに来てくださったのですね？」

「いいえ。あなたに会いに来たわけではありません」

「そうですか……それは残念です。お座りになって聴いてくだされば、うれしいのですが」

イムランは楽器を小さく掲げて莉世を誘う。イムランの奏でる曲は嫌いではない。むしろ素晴らしいと思っている。

「姫さま？」

「……わかりました。一曲聴かせてください」

莉世はイムランから少し離れた噴水の縁に腰かけた。

「では一曲。姫さまのために」

イムランは静かに楽器を弾き始めた。美しい音色があたりに響き、通りすがりの女官たちがうっとりと立ち止まっている。莉世も例外ではない。彼の奏でる曲に瞼を閉じた。

音楽が静かな余韻を残してやむ。

瞳を閉じていた莉世がハッとして開けると、目の前にイムランが立っていた。

真剣な顔つきの彼を見て、莉世は戸惑いながら立ち上がる。

「イムラン、素晴らしい曲をありがとう」

早口でお礼を言って去ろうとした。

「お待ちくださいませ、姫さま」

イムランは去ろうとする莉世の前に立ち塞がり、ひざまずく。

「姫さま、わたくしは姫さまが好きです。どうかわたくしの妻になってください」

突然の告白に莉世は驚くが、イムランの気持ちは受け入れることができない。莉世はラシッドを愛しているのだから。

「なにをおっしゃっているのか……二回ほど会っただけなのに、好きだなんておかしいです」

「ひと目惚《ぼ》れです。姫さまの舞、美しさ、愛らしさ。すべてを好きになったのです。どうかわたくしに機会をください。陛下には求婚書を返されてしまいましたが」

美麗なイムランに切ない目を向けられ、困惑する。

「やめてください……聞かなかったことにします」

「姫さま！」

呼び止めるイムランを無視して、厩舎へ向かった。

シラユキがいる厩舎に、カリムがいた。柵の中へ入り、一生懸命に掃除をしている後ろ姿に、莉世は微笑む。

「カリム」

莉世の声にカリムが振り向き、シラユキが甘えたように目を細めて、鼻面をすり寄せようと動かす。

「姫さま！」

「カリム、元気だった？　なかなかシラユキを見に来られなくて」

「はい。僕は元気です。シラユキのことは任せてください」

莉世はシラユキのなめらかな頬を撫でる。

「あれからタヒール大臣に会っていない？」

「はい。お姿をまったく見ておりません。安心してください」

突然、隣の柵に入っているガラーナが、なぜか前足を持ち上げ暴れだした。

「ガラーナ、どうしたの？」

莉世がガラーナに近づいたとき、厩舎の入口に青年が立った。

「姫さま」

タヒール大臣の息子、タージルだった。カリムは慌てたように頭を下げ、すっと後ろに下がる。

「タージルさま……」

「姫さま、ご機嫌はいかがですか？」

「……どうしてこのようなところに？」

深緑色の長衣に白いカフィーヤ姿の青年は、真剣なまなざしで莉世を見つめてくる。

「ここでしかお会いできないからです。ずっとお顔を見たいと思っておりました」

「なにを言っているのですか」

今日はイムランにもタージルにも、好意の目を向けられる。こんな偶然が重なれば、莉世はからかわれているのかと思ってしまう。

「でもよかった。ここへ来れば姫さまに会えるような気がしていました」

近づくタージルに、思わず一歩下がってしまう。その仕草を見て彼は寂しそうに微笑む。

「父がひどいことをしたので、警戒なさるのも無理はありません。ですが、わたしは姫さまを妻に欲しい」

莉世を娶ることは絶対に許さないと父親に言われていたが、自分が求婚することによって、妹のファティマに都合がよくなるのではないかと言って説得したのだ。

タヒール大臣はよく考えた末、そのほうがいい結果になると踏み、タージルが莉世に求婚することを許した。

ラシッドに断られたものの、タヒール大臣はまだあきらめていなかった。なんとか莉世をラシッドから引き離し、ファティマを王妃の座にと希望を抱いている。

「タージルさま、はっきりお断りいたします」

「それは、陛下をお好きだからですか？」

タージルは苦悶《くもん》の表情を浮かべて聞く。

「……そうです。わたしはお兄さまを愛しています」

「相思相愛……陛下も姫さまを愛しておられるのは、ありありとわかります。ですが、あなたは王妃にはなれない」

「わ、わたしは王妃なんて望んでいません。ただお兄さまに愛されたいだけです」

ここでもラシッドとの愛を否定され苦しくなった。胸の上に手を置き、無意識にぎゅっと服を掴む。

「……陛下は、姫さまに愛されて幸せな人だ。ねたんでしまいます」

「お兄さま以外の男性には興味がありません。お引き取りください」

「嫌われたくありませんから、今日のところは素直に帰りましょう」

タージルは苦笑いを浮かべると、厩舎から出ていった。彼の姿が見えなくなると、莉世は肩に入っていた力を抜く。

（イムランにタージルさま……今日はわけがわからない日だわ）

「姫さま、大丈夫ですか？」

隅にいたカリムが莉世に近づき、気遣わしげな視線を向ける。

「なんだろうね？　わたしなんかを好きって……わたしより美しい女性は、たくさんいるのに」

莉世はカリムに、なんでもないというように笑った。

「姫さまはお美しいし、お優しいから、無理はありませんよ。僕だって、こんな身分じゃなかったら……」

「カリム、ありがとう」

「でも、姫さまは王さまの隣が似合いますよ。王さまがいると、花のような笑顔になりますから」

カリムに励まされ、莉世はうれしかった。ナウラやカリムが祝福してくれている。勇気をもらえた気分で、ザハブ宮へ戻った。


ラシッドは夕食間際に戻ってきた。砂まみれだと言って湯浴みを済ませたラシッドの湿った黒髪は、色気をまとっており、莉世の胸をドキドキさせる。

「お兄さま、おかえりなさい」

「しっかり休んだか？」

駆け寄る莉世を抱きしめて額に口づけてから、自分の隣に座らせる。

「ここでは……」

マハルの視線が気になり、立ち上がろうとすると、右手を引かれ再び座らされる。

「お前の席はこれから、ここだ」

ラシッドは莉世の長い髪に指を絡める。

「お前たちもわかったな？」

扉の前で控えているマハルとナウラに念を押す。

「もちろんでございます」

ラシッドの言葉は絶対だ。心ではよく思っていなくとも、従わなくてはならない。

「酒をくれ」

そばで酒の瓶を持っているアーメッドに、杯を差しだす。すぐさまアーメッドは酒を注ぐ。

「アーメッド、お前も一緒に飲むか？」

「いいえ、飲みましたらすぐに眠ってしまいそうです」

ラシッドに疲れた様子はまったく見えないが、酒の瓶を持って控えているアーメッドは冴えない顔をしていた。

無理もない。砂漠を馬で二時間の距離の往復だ。アーメッドは疲れていた。

莉世と夕食を食べるために、族長の礼酒も飲まずに、ラシッドはガラーナを飛ばしてきた。アーメッドはついていくのが精いっぱいで、王宮に到着した時間には三十分ほどの差があった。ラシッドと行動を共にできるのはアクバールくらいなものだろう。

「お前はもう休め」

「いいえ、それはできません」

疲れていても、自分の仕事を放棄できないと、きっぱり言いきるが……。

「リセがいる。お前は下がれ。明日もやることがたくさんだ」

ラシッドはアーメッドから瓶をさらうと、そっけなく告げた。

「ありがとうございます。ではお言葉に甘えて、下がらせていただきます」

申し訳なさそうなアーメッドがようやく部屋を出ると、ラシッドは自分で杯に注ごうとした。

「お兄さま、わたしがやります」

「お前も飲むか？　杯を持ってこい」

ラシッドがナウラに命令すると、莉世に杯が渡され、酒を注がれる。

莉世はラシッドが好んで飲む酒に興味はあったが、口にしたことはなかった。

「姫さまっ、そのお酒は強いので、別のものをお持ちいたしますよ」

マハルが驚いて止めようとする。

「マハル、わたしも飲みたいの。日本だったらお酒を飲んでいい年だし」

そう言って、グイッと杯の中身を飲み干した。すると、きついアルコール度数の酒が莉世の喉を焼くように通っていき、思わず咳が出る。

「ゴホッ！　ゴホゴホッ！」

「リセ、飲み慣れていないんだ。一気に飲むもんじゃない」

「ああっ、姫さまっ」

咳が止まらない莉世に、マハルは水を飲ませようとする。

「だ、大丈夫……よ。お兄さま、もう一杯ください」

「お前にはまだ早いようだ」

戻ったときから莉世の緊張を感じていたラシッド。酒でも飲めばくつろげるのではないかと思ったが、彼女の口には合わないようだ。

「そんなことありません！　初めてだったから、咳き込んだだけです」

胃が焼けるように熱く、顔も火照《ほて》ってきた。そして身体が一気にだるくなる。

「スープを飲め」

ラシッドはスープをすくうと、莉世の口に持っていく。そんな仕草に莉世は頬を赤らめながら、口を開けた。

そばで控えている、恋人のいないナウラには目に毒なほど、ラシッドは莉世に甘い。

食事をしていると、先ほどの酒が回ってきたようで、すぐにでも眠りに落ちそうだ。

がんばって抵抗していた莉世だが、とうとう限界がやってきて、ラシッドに寄りかかるようにして眠りに落ちた。

「これほど酒に弱いとはな」

無邪気な寝顔にラシッドは口角を上げる。

「お前たちも下がれ。リセはわたしが寝所へ連れていく」

ふたりの女官が下がると、ラシッドは莉世を抱き上げ、自らの寝所へ運ぶ。

ぐっすり眠る莉世を寝台に横たわらせると、艶のある薄茶色の髪が広がった。思わず指を挿し入れ、梳きたくなる。

「早くお前をわたしのものにしたい」

ラシッドはピンク色の唇に口づけると、隣に身体を滑り込ませた。

翌日、莉世を起こしに来たマハルはラシッドと居間でばったり会い、頭を下げる。

「マハル、リセはわたしの寝所にいる」

「陛下……」

マハルはラシッドの言葉に驚いて、唖然とする。

「心配するな、手を出すようなことはしていない」

莉世の母親代わりのマハルの懸念に、気を揉まないようラシッドは言う。

「なにか言いたそうだな？」

「姫さまに、たくさんのご縁談があると聞いています。ですから陛下は……」

マハルは初めてラシッドに意見をした。

「リセは王妃にする。お前もそのように動け」

「陛下！　それでは姫さまがつらい目に遭います」

マハルの声がつい大きくなる。

「お前のその態度が、リセをつらい目に遭わせているんだ。この世界へやってきて、リセは誰を初めに信頼したんだ？」

「それは……」

マハルの脳裏に、家族を思って泣く莉世の姿がよみがえる。日本へ帰りたくて泣きじゃくる莉世を優しく抱きしめ、落ち着かせたのはマハルだ。

「お前だろう?　母のように思っているお前に反対され、リセは悲しんでいるぞ」

口には出さないが、昨晩のマハルを見る莉世の表情から悟ったラシッドだ。

「わたしは……」

マハルは口ごもる。そしてハッとした。

莉世は自分に祝福してほしかったのだろう、と。

「誰が反対しても、お前だけは味方になるべきだ。お前の言う通り、これからリセは大変な思いをするだろう」

「……陛下、わたしが間違っておりました」

ラシッドは頷くと居間を出ていった。

マハルがラシッドの寝所へ行くと、ちょうど莉世が目を覚ましたところだった。マハルが目を向けると、当惑気味の瞳と視線がぶつかる。

「姫さま、おはようございます」

マハルは笑顔で莉世に挨拶した。数日ぶりに見るマハルの笑顔に、莉世は顔をくしゃっと歪ませる。

「姫さま、わたしが間違っていたとわかりました。どんなことがあっても、マハルは姫さまの味方でございますよ」

莉世はマハルの言葉に涙が溢れだし、どうしようもなくなる。うれしくて涙腺が決壊し、しばらくは涙が止まらなかった。


母のようなマハルに恋を賛成してもらい、莉世は心がはずんでいた。

ラシッドに自分が作った料理を食べてもらいたいと、厨房《ちゅうぼう》で野菜の炒《いた》め物を作っていた。日本の醤油《しょうゆ》やだしに似たものはなく、辛い香辛料を使った味つけになる。

「姫さま、ご機嫌ですね」

左手をなるべく使わないようにしており、ナウラが料理の助手を務めてくれている。莉世の鼻歌にナウラもうれしそうだ。

「すべてを手に入れた気分なの」

莉世がここのところ悩んでいたのはナウラにもわかっていた。王宮を出たのはよくよく考えてのことだろうし、陛下との恋も前途多難だ。一番の理解者であるマハル女官長が考えを変えてくれてよかったと、ナウラは思っていた。

「陛下に愛されて、これからもっと幸せになりますよ」

ナウラが何気なく言った言葉だが、莉世の顔はみるみるうちに真っ赤になる。

「あ、愛され、って……」

「もうっ、姫さまったら可愛いです。恥ずかしがらずに堂々としていればいいのです」

恥ずかしがる莉世は誰が見ても愛らしかった。


今日の夕食に莉世が作った野菜炒めが並んだ。

「陛下、これは姫さまが作られたのですよ」

給仕するマハルが、赤く染まった野菜炒めをラシッドに教える。

「リセが作ったのか。食べてみよう」

隣に座る莉世に、ラシッドは涼しげな目じりを下げて微笑む。

「はい。野菜の炒め物、自信があります」

ラシッドが野菜炒めを口にするのをうれしそうに見ていた莉世は、次の瞬間ギョッとする。野菜を口に入れた彼がつらそうに咳をしたのだ。

「お兄さまっ、大丈夫ですか⁉」

莉世は慌てて水の入った杯を差しだす。

「リ……セ、お前の努力は認めるが……ゴホッ、料理は料理人に任せろ」

「えっ⁉　おいしくないってことですか？」

一生懸命作ったのだが、ラシッドの口には合わなかったのかもしれないと、莉世も野菜を口にした。

「リセ、食べてはいけ――」

ラシッドが止める間もなく莉世が咀嚼《そしゃく》すると、口から火を吐きそうなくらいの辛さに目を白黒させる。

「辛い……」

刺激のあまり、莉世の大きな目が潤んでくる。

「これがあれば、敵国をやっつけられるな」

ラシッドは水を飲む莉世をからかい、白い歯を見せる。

「どうしてこんなに辛くなったの……？　味見をしたときは、こんなに辛くなかったのに……」

「姫さま、もしかしてあとで辛くなる香辛料をたくさんお使いになったのでは？　あれはほんの少しでいいのですよ」

マハルは辛さに涙を流す莉世に優しく教える。

「そうだったのね」

「陛下、姫さま、申し訳ありません。わたしが気づくべきでしたのに」

戸口に控えていたナウラが膝をついて謝る。その顔は青ざめている。

「ナウラのせいじゃないわ。わたしが料理人にちゃんと聞かなかったから」

「リセ、まだ左手が治っていないのだから無理をしないでくれ。お前をわたしの寝所に閉じ込めておこうか」

莉世の髪を撫でながら、甘い言葉をささやくラシッドに、マハルとナウラの顔が赤くなった。


王妃になるには、七人ずつの族長と大臣たちの過半数の賛成が必要だ。現在、三分の一に満たないのだが、王が絶対のこの国では、強引に王妃にすることもできる。

しかし、今後の莉世の幸せのためにラシッドは、反対派の族長らに書簡にて賛成を求めていた。

そして反対派の賛成が得られないまま、一ヵ月が経った。莉世が族長や大臣たちを説得できるすべはなく、ラシッドに任せるしかないのだ。

でも莉世はこのままで幸せだった。ラシッドがそばにいてくれさえすれば満足だ。

莉世の左手首は、侍医の見立て通りよくなった。あと一ヵ月安静にすれば、ラシッドとオアシスへ出かけられる。そして剣舞の練習も再開できる。

莉世は日々楽しく過ごしていた。

愛娘を王妃にする計画をあきらめていないタヒール大臣は、いろいろ画策中だった。

「お父さま、ラシッドさまはまだわたくしと会ってはくださらないのですか？」

召使いに腕をマッサージされながら、ファティマは室内に入ってきた父親に問う。

「おお、ファティマ。今日も美しいぞ」

「お父さま、聞きたいのはそんなことではないわ。早くラシッドさまとお会いしたいのよ」

艶のあるふっくらした蠱惑《こわく》的な唇を突きだし、拗ねてみせる。

「陛下はなかなか忙しくてな。なあに、すぐに会えるとも」

すでにラシッドから断られているのだが、タヒール大臣はヒルのような男だ。

（あの娘よりファティマのことを知ってもらえれば、まだまだ自分にもチャンスがある。まわりから固めるのも手だな）

「お父さま、早くお会いしたいわ」

「族長や大臣を説得している最中だ。まあもう少し待ちなさい」

（さて、早くしなければ娘も痺《しび》れを切らしてしまうな）

タヒール大臣は自身の計画を頭に浮かべ、ほくそ笑んだ。

「ラシッドさま、タヒール大臣の息子タージルから、謁見したいと申し出がありました。外で待っております」

執務室の外で護衛についていたカシミールが、ラシッドの元へ来た。

「タージルが？」

（ほとんど接点のないタージルが何用だ？）

「わかった。通せ」

ラシッドは謁見室ではなく、ここにタージルを通せと指示する。カシミールが出ていくと、すぐにタージルが姿を現した。

「陛下、お忙しいお時間に申し訳ありません」

タージルは礼儀正しく挨拶をする。

「いい。何用だ？」

「お願いがあります。リセ姫と結婚させてください」

床に膝をついたタージルは深く頭を下げる。

ラシッドが莉世を王妃にしようとしているのをわかっての求婚だった。他の求婚者たちも玉砕しているのだが。

　タージルの求婚にラシッドは驚かなかったが、後ろに控えているアーメッドは目を丸くした。

「リセは美しいだろう？」

　ラシッドは書簡をアーメッドに渡しながら話す。

「それはもちろんでございます」

「数えきれないくらい求婚者がいる」

「それも存じております」

　タージルは期待を込めて深く頷いた。

「だが……リセが愛しているのはお前じゃない。わたしだ」

　はっきり言いきられ、タージルの顔は一気に青ざめ、両手の拳をぎゅっと握る。

「ですが！　姫さまは王妃になる資格が！　それは陛下もおわかりのはずです！」

　強引な物言いに、アーメッドが一歩前に出て激高した。

「陛下に意見するとは！　殺されたいのか！」

「承知の上での言葉です」

「ではお前に問う。お前の妻になれば、リセは幸せになれるのか？　お前の父親はリセを嫌っている。資格など問題外だ」

執務机の上で手を組み、静かに問うラシッドに、タージルは言葉に詰まる。

「リセを幸せにできるのはわたしだけだ。お前はわたしに勝てない。そしてリセを守れない。話は終わりだ。出ていけ」

アーメッドが扉を開けると、肩を落としたタージルは出ていった。

「アーメッド、タージルがなんらかの行動を起こさないとも限らない。リセにわからないように護衛をつけろ」

「姫さまにわからないようにですか……？　それなら、剣舞の師匠ライラが適任かと。あの者の腕前は近衛隊にも匹敵するほどですから」

アーメッドの選任に、ラシッドは満足そうに頷いた。


その日の午後、大臣たちとの謁見のあとでのことだった。

タヒール大臣が他の大臣たちの前で、立ち去ろうとするラシッドに、ファティマに会ってもらえるよう上奏した。

大臣たちの中では、ファティマが王妃にふさわしいと賛成している者も多い。彼らの後押しもあり、ラシッドは不本意ながら会うことになった。

そして夜になり、タヒール大臣の宮でラシッドはファティマと会っていた。

ザハブ宮に劣らぬ豪華な部屋だ。複雑に織られた絨毯の上に、最高の手触りのクッション。目の前には、十人分はあると思われる贅沢な食事が並べられていた。

「ラシッドさまがお会いくださるなんて、とてもうれしいですわ」

ファティマはラシッドの目の前に座り、柔らかく微笑む。目を大きく見せるアイラインが、エキゾチックな顔立ちをさらに際立たせて美しい。

胸のラインがウエストまでV字に開いている薄布のドレスを着ていた。金糸の刺繍がされた美しいデザインで、純白の色は褐色の肌によく似合っている。薄布の生地は胸の頂のまわりをうっすらと色づかせ、動くたびに官能の香りを漂わせる煽情《せんじょう》的なファティマだ。

男ならば今日のファティマを抱きたい欲望に駆られるだろう。しかしラシッドはそんな姿を見ても嫌悪しか湧いてこない。抱きたいとは小指の先ほども思わない。

莉世の透明感のある美しさのほうが、よっぽどそそられる。莉世を抱かないでいるには相当の自制心を必要としていた。

真紅のクッションに寄りかかるラシッドは片膝を立て、酒を飲んでいた。

「わたくしはラシッドさまをお慕いしております。こうしてご一緒できて、わたくしの心臓は痛いくらいに暴れておりますわ」

青い長衣に白いカフィーヤの凛々しいラシッドを、ファティマはうっとり見つめる。

「今朝、お前の兄タージルがリセを娶りたいとやってきた」

「ええ。聞いております。兄は姫さまにご執心でございますから。兄はとても優しく温厚なので、夫婦になれば姫さまは幸せに暮らせることと思います」

ラシッドの片方の眉がピクリと動く。

「わたしは優しさもなければ、温厚でもないと言っているのか?」

「ラシッドさまっ。いいえ、いいえ。そうではありません。なによりも威厳と男らしさに満ちたラシッドさまは、愛する女性をとても甘く包み込むことでしょう」

ラシッドの気分を損ねそうで、ファティマは取り繕う。

「わたくしはラシッドさまに、そうされたいのです」

対面に座っていたファティマは優雅に立ち上がると、ラシッドの隣にやってきた。座るとき、なめらかな腕がラシッドに当たる。彼女のつけている甘美な香りが強くにおう。

「ラシッドさま、もっとお酒をお飲みください。ラシッドさまのために、隣国の高級なお酒を取り寄せたのですよ」

ファティマはラシッドの杯になみなみと注ぐ。たしかに酒は最高のものでおいしい。酌をするのが莉世だったら、すぐに酔いが回りそうな強い酒だ。しかし警戒を強めているラシッドは酔いそうもない。

「贅沢極まりないな」

「これも愛するラシッドさまのためですわ」

皮肉めいた口調も気にせず、ファティマはそっとラシッドの空いている手を持ち上げると、濃艶な赤い唇を近づけた。

「今宵はわたくしを……お召しになってください」

磨かれた身体で誘惑しろと父親から言われていた。一度抱けばお前にのめり込むだろうと。

ラシッドはファティマの触れる唇から手を引く。

「ラシッドさま⁉」

「お前たち親子の執着心には反吐《へど》が出る」

ファティマを押しのけて立ち上がると、鋭い口調で言った。

「わたしが欲しいと思うのはリセだけだ」

ラシッドが冷酷に告げると、茫然となっていたファティマは乱暴に立ち上がる。

「そんなわけないわ！　どうしてあの娘を妻にしたいのかわからない！」

莉世を〝あの娘〟呼ばわりされ、ラシッドの眉根がぎゅうと寄る。

「お前は高貴な身分だが、心が汚れている。アーメッド！」

部屋の外で控えていたアーメッドを呼ぶ。

「アーメッド、帰るぞ」

言葉を失ったまま立ちすくむファティマをそこに残し、ラシッドは退室した。

苛立つ心を抑え回廊を歩く。莉世を侮辱したファティマを、男なら殴っているところだった。

（父親に似て、底意地の悪い女だ）

ラシッドは大股でザハブ宮へ向かっている。その後ろからラシッドを追うアーメッドが、主の機嫌の悪さに冷や汗を流していた。

「リセを湯殿によこせ！」

ザハブ宮の一階の回廊を歩いていたラシッドは、アーメッドに指示を出す。

「ええっ!?　湯殿に……でしょうか？」

「アーメッド、聞こえなかったのか？」

静かに問われ、逆らえば激高されると考えたアーメッドは、すぐさま三階の居間へ急いだ。

「お兄……さま……？」

アーメッドにラシッドの湯殿へ行くように言われた莉世は、扉を開けて声をかける。

莉世専用湯殿ができ上がるまでここを使っていたことはあるが、入るのは二年以上も前だ。しかも中にはラシッドがいる。

湯殿の手前の部屋の床に、青い長衣とカフィーヤが無造作に脱ぎ捨てられていた。

ラシッドの背中を流すのはアーメッドの役目だが、今はいない。湯殿の前までアーメッドもついてきたが、莉世だけ入らせて扉を閉めた。

莉世はわけがわからないが、湯船に入っているラシッドがこの扉の向こうにいると思うと、心臓が暴れ始める。

「お兄さま？」

もう一度扉の前から湯殿に向かって声をかけると、「入れ」と中から返事がある。

莉世は真正面を見ず、背を向けながら湯殿に入る。

「なにをしている？」

おかしそうな笑いを含んだラシッドの声がした。

「なにをって、お兄さまは裸ですよね？　見ないようにしているんです」

莉世の目には、ラシッドの湯殿の豪華な内装が映る。だが莉世の湯殿とそれほど豪華さは変わらない。

「ちゃんと前を見ないと、滑って怪我をするぞ」

「前を見ろだなんて、そんなことはできません。こんなところに呼ぶなんて、どういうつもりですかっ？」

戸惑い、大きく首を横に振る莉世が、ラシッドには可愛くて仕方がない。もっともっとからかいたくなる。だが転ばれては困る。

「わたしは湯船に浸かっているから、前を見ても大丈夫だ」

「なにが大丈夫なんですかっ。み、見えちゃうじゃないですか！」

恥ずかしがりながらも湯殿を出ていかないところが、ラシッドを楽しませる。先ほどファティマに激高したのが嘘のようだ。

「髪を洗ってくれないか？」

「わたしは……アーメッドを呼んできます」

莉世の足が扉のほうへ動く。

「リセ、わたしはお前に頼んでいるんだ。湯船には花びらが浮かんでいる。お前が気にしている部位は見えることはないだろう」

「ぶ、部位って……」

かあっと顔が熱くなる。

「リセ、それでもわたしの髪を洗うのは嫌か？」

命令ではなく頼まれている。ラシッドに頼まれればなんでもしてあげたい莉世だ。

「前を向きますから、ちゃんと入っていてくださいね？」

莉世は大きく深呼吸をすると、思いきって振り返る。

ラシッドは莉世に背を向けて、胸まで湯に浸かっていた。言う通り、湯船にはたくさんの花びらが浮かんでいる。

ホッとして、ラシッドに近づいた。

「お兄さま、どうしたのですか？　アーメッドが控えているのに……」

背後から声をかける莉世だが、ラシッドの薄褐色の背中や逞しい肩に心臓が跳ねる。

「お前はわたしの妻になるんだ。こういうことも慣れてもらわないとな」

「こういうことって、髪洗いですね……もちろん結婚したらしっかり妻の務めをさせていただきます」

純真無垢《むく》な笑みを浮かべて、ラシッドの背後にしゃがむ。

政務で忙しいラシッドに、湯浴みをしているときくらいはリラックスしてほしいと思う。彼が望むのならば毎日の髪洗いを喜んでしようと考えた。

「クッ」

莉世の天衣無縫《てんいむほう》にラシッドが笑いを堪える。

「お前は妻の務めとやらを知っているのか？」

ラシッドが振り返って言うと、莉世はにっこり笑う。

「もちろんです」

（まったく……無邪気な笑顔を見せるとは……）

莉世が液体を手に垂らしているところへ、突然ラシッドが立ち上がった。

「きゃっ！」

見事に鍛え抜かれた身体を目の当たりにした莉世は、驚いて目を逸らす。ラシッドは莉世を抱き上げると、湯船の中へ引き込んだ。

ドレスを着たままの莉世は頭からびしょ濡れだ。しかも身体はラシッドの腕にしっかりと抱き込まれている。

「お兄さまっ」

「無邪気なお前が悪いのだ」

ラシッドは、莉世の長いまつ毛についている水滴を吸うようにキスをした。

「お兄さま……」

莉世の鼓動が、ラシッドの身体に響いてしまいそうなほど暴れている。

「愛している。可愛いリセ、お前が愛おしくて気が狂いそうだ」

莉世の唇に、貪《むさぼ》るように口づける。

「唇を奪っても奪い足りない……」

キスをしながら、水を吸った莉世のドレスを脱がしていく。

莉世はキスに応えることに精いっぱいで、ドレスを脱がされていることに気づかない。ふいに胸の小さな蕾《つぼみ》が優しくつままれ、びっくりしてラシッドの腕の中で身体を跳ねさせる。

「っ……あ……おにい……さま、……ダメ……」

「いい声で啼《な》く。可愛いリセ……」

舌を絡ませ濃厚なキスをしながら愛撫《あいぶ》する指に、頂は次第に尖《とが》りを見せる。莉世の胸の膨らみはラシッドの手に吸いつくような触り心地だ。

石造りの縁に莉世の上半身を横たえ、ラシッドは覆い被さるようにして熱く唇を奪う。莉世は初めての経験になすすべがなく、身体中の疼きに困惑していた。

ドレスはウエストのあたりで留まり、邪魔な布が取りはらわれようとしていた。

頂が舌でつつかれたりしてぐるりと動かされ、甘く吸われる。

「んっ、ダ、ダメ……です……」

経験のない莉世でも一線を越えようとしているのがわかり、ラシッドの手を止めようとする。

「まだ……」

心の準備ができていない。このまま進んだら我を見失うほどに快楽の世界へいざなわれるだろう。だがそこへ進むのは怖かった。

「リセ……」

ラシッドは莉世の華奢な身体に、猛《たけ》り狂ったものを沈め、愛し合いたかった。自分の腕の中で快楽に溺れさせてみたいと。

（しかし、まだその時期ではなかったか……）

莉世の身体を起こすと優しく抱きしめた。

「すまない。いたずらが過ぎた。怖がらせてしまったようだ」

鍛えられた胸に柔肌が擦《こす》られ、莉世は自分の身体がおかしくなりそうで小さく喘《あえ》ぐ。

「お兄さま……ごめんなさい……」

「お前をわたしのものにするときは、婚礼の儀の夜だ」

「はい……」

頬を赤く染めた莉世は、愛おしむようなまなざしに自分からキスをした。


ラシッドの妻になることを夢見て毎日を過ごす幸せな莉世だった。だが一週間が経った昼下がり、とんでもない噂が莉世の耳に入ってきた。ちょうど莉世とナウラがザハブ宮に戻る途中にいた女官たちの会話だった。

馬番のカリムと莉世が厩舎で抱き合い、その先の行為に及んでいたとのひどい噂だ。

莉世に気づいた女官たちは、急いで目を伏せて行ってしまった。

先ほどから、通りすがりの女官や衛兵が自分を好奇の目で見ている気がした。ひどい噂に莉世の顔が青ざめる。

「なにを言っているのでしょう！」

去っていく女官たちの後ろ姿を見ながら、ナウラは憤慨している。

「ひどい……行かなくちゃ！」

莉世は青ざめたまま、ザハブ宮ではなく厩舎のほうへ足を向けた。

「姫さまっ！　行くってどこにですか！　気にすることはありませんよ」

莉世の耳に入る噂なのだから、カリムも聞いているはず。そして、もしかしたらラシッドも。そうなれば噂にしろ、なんの力も持たないカリムは投獄されてしまうかもしれない。

ナウラの言葉に聞く耳を持たず、厩舎に向かって駆けだす。

「ああっ！　姫さまっ！」

ナウラも莉世のあとを追う。

厩舎へ行くと、驚くことに衛兵たちやアクバールがいた。そしてラシッドの姿に気づいた莉世の足が止まる。

「カリム⁉」

莉世の姿にラシッドの眉根が寄せられる。

シラユキたちの厩舎の前にカリムはいた。カリムの両脇に衛兵がいて、彼は後ろ手に捕らえられていた。

「ひどいわ！　カリムを放して！」

「リセ！　宮に戻っていろ！」

カリムに近づこうとする莉世を遮るようにラシッドが立つ。

「どうしてカリムを捕まえているのっ⁉」

カリムは怯えたようにうつむき、身体を縮こまらせている。莉世は痛ましくなり、ラシッドの横をすり抜けようとした。だがラシッドに素早く腰を押さえられ、動けなくなる。

「嫌っ！　放して！」

必死にラシッドの腕から逃れようとするも、力の差は歴然。いとも簡単に莉世は押さえ込まれた。

「ひどいわ！」

「リセ、黙らないか。アクバール、連れていけ」

興奮している莉世にラシッドは静かに言うと、アクバールに命令する。

カリムが連れていかれる姿に下唇を噛んで莉世が見ていると、アーメッドが慌てた様子でやってきた。

「ラシッドさま！」

「何用だ⁉」

「アーシファ族とイウサール族が諍いを始めました！」

両族は街の中心部から一番離れた地域に、隣同士で領地をかまえている。アーシファ族の族長は一昨年《おととし》亡くなり、息子のアフマドが継いだ。アフマドはラシッドと年が近く、彼のよき理解者でもある。

イウサール族は若いアフマドを気に入らず、アーシファ族の領地を奪う機会を狙っていた。一度はラシッドの父、ハディード王が入った話し合いで領地問題は解決していた。互いが先祖から譲り受けた土地を守ることで和解は締結されたのだが。

「アーメッド！　わたしが行く！　すぐに用意しろ！　カシミール、近衛隊を百名連れていく。十五分後に出立だ！」

アーメッドとカシミールは深く頭を下げると、準備のために去っていった。

アーメッドの慌てように、火急の大変な出来事が起きたのはわかるが、莉世はカリムが心配でならない。

「お兄さまっ！　カリムとわたしは——」

「リセ、戻ってきてからだ」

取りつく島もないラシッドに、わだかまりを募らせる。ラシッドは莉世の元から立ち去ろうとしていた。

莉世は両手をぎゅっと握って、去っていくラシッドの背中に向かって叫ぶ。

「横暴だわ！」

「姫さまっ！　おやめください」

ラシッドに立ち向かう莉世に、ナウラが慌ててザハブ宮へ戻らせようとする。ナウラを振りきり、ラシッドに駆け寄った。

「お兄さまをっ、嫌いにさせないで！」

莉世の言葉にラシッドが立ち止まり、振り向く。莉世は泣いていた。

「わたしにも、お前を嫌いにさせるな」

ズキッと胸が痛む言葉を返すと、ラシッドは茫然となった莉世を置いて去った。

（お兄さま……ひどい……）

売り言葉に買い言葉だったのかもしれないが、莉世は傷つき、その場にペタンと座り込んだ。


太陽が沈み始め、風が冷たくなってきた頃、ようやく莉世はザハブ宮へ向かって歩きだした。それまで一時間以上シラユキと一緒にいた。

涙が止まらない莉世を、ナウラはやっとのことでザハブ宮へ連れ帰れて安堵する。

「姫さま、そんなに泣いたら目が腫れてしまいますよ」

莉世を慰めようとするが、ナウラではダメだった。今涙を止められるとしたらラシッドしかいない。しかし、彼は砂漠へ出立してしまった。

肩を落としながらザハブ宮に戻った莉世は、その足で湯殿に向かった。湯船に浸かっていると、ラシッドとの甘い時間を思い出す。そうなるとまた涙が溢れだし、湯の中に頭まで沈ませた。


湯浴みを済ませても、気持ちはスッキリしなかった。

「姫さま、お気に病むことはありませんよ。陛下もわかってくださっています」

莉世の気分を変えようと、今日の夕食はハディカに用意された。

ふたり分用意された食事に首を傾《かし》げる。

「マハル、ふたり分って……？　お兄さまがお戻りなのっ⁉」

「残念ですが、違います。ですが、少しは気分が晴れるかと」

ラシッドが戻っていると一瞬でも喜んでしまった莉世は、肩を落とす。

（行ったばかりで、まだ戻ってくるはずがないのに……）

そこへ扉がノックされ、マハルが開けに行く。莉世はぼんやりと料理を見ていた。

「姫さま……」

少年のような少し高い声が莉世の耳に聞こえ、ハッと顔を上げる。

「カリムっ⁉」

目の前に立っているカリムは恥ずかしそうに、はにかんだ笑みを浮かべている。

馬番の汚れた格好ではなく、湯浴みをし、新品の白い長衣とカフィーヤを身に着けていた。

「どうして……」

莉世は唖然として、見違えるほど爽やかに変身したカリムを見つめた。

「それが……僕にも……。噂の出所を知るためと身の安全のために、王さまはああいった芝居を打ったようなんです。牢屋ではなく、ザハブ宮に連れてこられて……」

カリムはまだ戸惑っていた。生まれて初めて豪奢な湯殿で身体を洗い、上質な長衣とカフィーヤを身に着けさせてもらえたのだから。

「そんな……」

莉世の目が大きく見開かれ、そして再び涙が溢れだす。

（わたしはお兄さまにひどいことを言ってしまった！　お兄さまはカリムを守ろうとしてくれていたのに……）

「姫さま……」

「マハル……わたしは救いがたいバカだわ……」

マハルが莉世に近づき、優しく抱き寄せる。

「陛下はおそらく、今姫さまが泣きじゃくっているのもおわかりだと思いますよ。すべてを見通せる素晴らしい方ですから。もう泣くのはやめて、お食事を召し上がってください」

「マハル……」

マハルに涙を拭われ、莉世はコクッと頷いた。

「カリムはこれから馬番ではなく、ザハブ宮の小間使いとして働くように申しつけられているのですよ」

マハルに教えられ、さらに驚く。

「馬番の仕事も好きですが、敬愛する王さまと姫さまのそばで働けるのは本当にありがたき幸せです。それに姫さま、僕が強くなるように、アクバールさまが剣の鍛錬をしてくださるんです」

カリムはこれからの未来に思いを馳せ、うれしそうに笑う。

「僕は強くなって、絶対に姫さまを守れる人になりますから！」

タヒール大臣に脅されて、厩舎の隅で小さくなっていたカリムはこれから変わる。

莉世はカリムの幸せそうな笑顔に、少しだけ気持ちが軽くなった。

部族同士の諍いを治めに砂漠へ向かったラシッドは、翌日の夜になっても戻らなかった。馬で半日以上はかかる場所だ。そうすぐには戻ってこられない。

ケンカ別れをした状態で、莉世の心は鬱々とし、食欲も湧かない。そして戻ってきたら真っ先に謝ろうと心に決めていた。

マハルとナウラはどうにかして食べさせようと、莉世の大好物を食事に出す。だがひとりの食事は味気なく、食べる手が進まない。ラシッドが砂漠の部族に会いに行くたびに、彼の身を案じる。今回は領土問題でなおさら不安だ。

料理をそのままにして立ち上がると、バルコニーへ出る。

視線を下げればランプの灯りで明るいが、街のほうを見ると真っ暗だ。そして身に染みる寒さに背筋がゾクリとする。

（お兄さま、今頃どうしているの？）

ラシッドの両親が暗殺されているせいで、二の舞にならないかと心配なのだ。

（お兄さまにもしものことがあったら……わたしも生きていられない……）

翌日の午後、ハディカにいると美しい音色が聴こえてきた。

「あの音色……」

楽器を奏でながら歩くイムランがいた。大きく開かれた窓から外に目をやると、イムランと目が合う。

「姫さま。ご機嫌うるわしゅう」

「こんにちは……」

窓辺の椅子に座っており、目と目が合ってしまっては挨拶をするしかない。

「姫さま、陛下はまだ戻られないのですね。さぞかし寂しいことでしょう」

「あなたには関係ありません。早く行ってください」

莉世はツンと顔をそむけた。

「つれないお方だ。わたくしの曲で心が少しでも和むよう、しばしここで弾かせていただきますよ」

莉世のそっけない態度に苦笑いを浮かべたイムランは、テラスの階段に腰を下ろし弾き始める。

「イムラン、姫さまが困っていらっしゃる」

別の男性の声に莉世は視線を向ける。

「タージルさま……」

イムランは楽器を弾く手を止めて立ち上がると、頭を下げた。

「タージルさま、このようなところでお会いするとは思ってもみませんでした」

「無礼を承知で、姫さまに用があって来たのです」

タージルの言葉に、イムランは細めていた目を大きく開く。

「わたしに用が？」

莉世は椅子から立ち上がり、テラスからタージルに近づく。一応警戒心を持って。

「イムランは席を外してくれ」

タージルの命令に、イムランは莉世にお辞儀をして去っていった。

「姫さま、嫌な話を小耳に挟んだのですよ」

そう話すタージルは真剣そのものの表情だ。

「嫌な話……？」

なぜかラシッドのことなのではないかと悪い予感に襲われ、莉世の心臓がドキドキし始める。

「陛下のことです。お戻りになる途中で、今までにない規模の砂嵐に一行が襲われたと、父や大臣たちが話をしていたのです」

「ええっ⁉」

立っていた莉世の足がガクガクと震えだす。

「それでっ！　お兄さまは無事なのですよね？　アーメッドやアクバール、カシミールはっ⁉」

莉世が身体を支えていられなくなりふらつくと、タージルが腕を貸す。

「姫さま、大丈夫ですか？　まだなにもわかっていないのです」

「なにもわかっていないってっ⁉」

瞳を曇らせ、莉世はタージルの腕にすがる。

「申し訳ございません。お知らせするのが早すぎました」

タージルは動揺している莉世をテラスから室内に連れていき、椅子に座らせる。

「お兄さまっ……」

莉世はラシッドが心配で胸が押しつぶされそうだった。

「情報が入り次第、お知らせに参ります」

扉の向こうがにわかに騒がしくなった。タージルはお辞儀をすると、去っていった。

「姫さま！」

慌てた様子で入ってきたのはマハルとナウラだ。ふたりとも顔面蒼白で息を切らせている。

莉世の目が真っ赤になっているのを見て、彼女たちは落ち着きを取り戻す。

「姫さま、もしや……」

これから話すことを知っているのではないかと、マハルは先を続けられなかった。

「お兄さまはどうなっているの⁉　マハル！　なにか情報はっ⁉」

莉世はふたりに駆け寄ってすがるように問う。

「姫さま、誰から――」

「そんなことはどうでもいいの！　お兄さまは無事なのでしょう⁉」

「それが……」

マハルとナウラが顔を見合わせて口ごもる。

「早く教えて！」

「……陛下が行方不明に……ううっ……」

マハルは口元を押さえて涙を堪える。

莉世は大きなハンマーで頭を殴られたような衝撃を受けて、その場にくずおれた。

「姫さまっ！　誰かっ！　早く来て！」

ナウラが床に倒れた身体を揺するが、莉世は意識を失っていた。

アーシファ族とイウサール族の諍いを、両族の血が流れる一歩手前で治めたラシッドは、王宮に戻る途中で砂嵐に襲われ行方不明になった。

アーメッドにアクバールやカシミール、近衛隊の大半は無事だったが、ラシッドは砂嵐に遭ったとき、一団から離れ、莉世に一刻も早く会うためにガラーナを急がせていたところだった。

行方不明の知らせから約五時間後の夜中、戻ってきたアクバールから報告を受けた莉世は、絶望的な思いに襲われた。

「お兄さま……」

流れる涙を止められずに両手で顔を覆う。

「姫さま、申し訳ありません……」

アクバールは莉世の悲しみように、その先の言葉が出なかった。

莉世や大臣たちに報告をしたアクバールとカシミールは休む間もなく、ラシッドの捜索に王宮を離れた。

(過酷な砂漠にお兄さまはいるの？　早く見つけて！　生存率が下がってしまう)

今、ラシッドがどのような状態なのか。寒さに震えているのではないだろうかと思うと、いてもたってもいられない。莉世は衣装部屋から黒の外套を手にすると部屋を出た。

ランプに照らされた庭に出て、厩舎へ向かう。行かなければならない気がした。

厩舎には心のよりどころであるシラユキがいる。

道を歩いていると、いつもより立っている衛兵が少ないことがわかる。莉世が真夜中に厩舎へ行くことも気に留めていないようだ。それだけ王の行方不明に衛兵たちも心が乱れているのだろう。

厩舎へ行き、シラユキのいる建物の中へ入ると、誰かが立っているのがぼんやりと見えた。

「お兄さまっ！」

莉世はその人物をラシッドだと思ってしまった。突然の声に、シラユキのそばに立っていた人物が驚いたように振り返る。

「姫さま！」

「カリム……」

一瞬でも期待してしまった気持ちがシュンとしぼむ。痛む胸をぎゅっと押さえた。

「姫さま、どうしてここに？」

莉世が答えないのを見て、カリムは顔を曇らせる。

「王さまが心配なのですね」

「……カリムはどうしてここに？」

見ればカリムは灰色の外套を着ており、足元には大きな袋がふたつ置かれている。

「王さまを探してきます」

「ひとりでなんて無理よ！」

「大丈夫です！　僕は砂漠で育ったんですよ。アーシファ族出身で、王さまが行方不明になった地域に詳しいんです」

タヒール大臣に脅されたときの、あのおどおどしたカリムではなかった。勇敢な顔つきで、男らしく見える。

「シラユキに乗らせてください！　今、ここの馬ではシラユキが一番速いんです」

「カリム……探しに行ってくれるのはうれしいわ。でも、わたしもついていきたいの！」

莉世は手に持っていた黒の外套を羽織る。

「姫さまっ、それはダメです！　夜の砂漠は凍えるほど寒いし、朝になれば酷暑がやってきます」

そのとき、外から「ヒヒーン！」と馬のいななきが聞こえた。

「あれはっ!?」

カリムは驚いた様子で厩舎から飛びだし、莉世も続く。そこで目にしたのは、ラシッドの愛馬ガラーナだった。

「ガラーナ！」

ガラーナはカリムに向かって走ってくると、無駄のない動きでピタリと止まる。

「信じられないっ！　ガラーナ！　お兄さまはっ⁉」

ブルルルッと鼻を鳴らし、足踏みを始めた。興奮したような様子に、カリムは落ち着かせようと腹部を優しく叩くが、足踏みは止まらない。

「もしかして！　ガラーナは王さまの居場所を知っているのかもしれません！」

ガラーナは落ち着く様子がなく、手綱を持ったカリムごと、元来た道へ引っ張ろうとしていた。

「どうどう……わかったから、水を飲んだほうがいいよ」

カリムはすぐ近くの水場までガラーナを誘導する。

「ガラーナは王さまとあらゆる砂漠を走ってきました。だからここへ戻ってこられたんです。そして今、ご主人さまの一大事に、また砂漠へ向かおうと……」

ガラーナは水をたくさん飲んだが、隣にある草や穀物は食べようとしない。

「カリムはガラーナに乗って！　わたしはシラユキに！」

（ガラーナならば、お兄さまの居場所まで連れていってくれる）

そう確信して、莉世は黒い外套のフードを頭から被った。

「姫さま……」

今の莉世になにを言っても無駄だろうと、カリムは頷くと、出立の準備にかかった。

王宮を守る衛兵に「陛下を探してくる」と声をかけ、足止めされないよう莉世はシラユキを走らせた。

マハルとナウラにはなにも言ってこなかったが、今の衛兵が知らせてくれるだろう。

街壁に着くまで、はやる気持ちだった。砂漠に入ると、身を引きしめる。

月は丸く大きい。今日は満月だった。そのおかげで月に照らされ、あたりは明るい。

ガラーナの進む道をシラユキはついていく。

日中のあの熱さはどこへいくのだろう。今は外套を着ていても歯の根が合わなくなるほど震えがくる。

「姫さま、大丈夫ですか？」

「カリム、わたしのことは気にしないで！　大丈夫だから！　ガラーナに注意してっ」

近衛隊もラシッドの行方を捜しているはずだが、誰ひとり見ない。二頭は四時間も走り続け、地平線がうっすら明るくなってきた。もうすぐ夜が明ける。

「姫さま、夜が明ける前に少し休みましょう」

長時間の馬での移動は男でも大変なのに、莉世はつらいのひとことも言わない。

莉世もシラユキが心配だったので、手綱を後ろに引き、足を止めさせた。

シラユキから下りて砂漠に立つと、足の感覚がおかしくて砂の上に倒れ込む。

「大丈夫ですか⁉」

「ちょっと筋肉が固まっちゃっただけ。すぐ直るわ」

莉世が足をマッサージしている間に、カリムは用意してきた水と餌を二頭に与える。

「ガラーナの機嫌がよくなったみたいです。王宮では餌を食べませんでしたから。あと二時間も走らせれば、隣国との境界になりますが……」

太陽が昇れば暑さでラシッドは死んでしまうかもしれない。いや、その前に真夜中の寒さで命が危ぶまれている。砂漠で生まれ育った者でも、なんの準備もなければ生きていけない。

「カリム、行きましょう！」

だいぶ感覚が戻ってきた足でシラユキに近づくと、背に乗った。

莉世が再びガラーナの後ろを走らせていると、太陽が地平線から顔を出し始めた。

三年前、この地に降り立ったときのことを思い出した。

（わたしはお兄さまに救われた。今度はわたしがお兄さまを救わなきゃ）

ジャダハール国の国境を越えてもガラーナは止まらない。隣国のラミアに入ってしまっていた。ジャダハールと友好国であるから、国民の行き来はあり、領土に入ったとしても問題はない。

（暑い……お兄さまを早く見つけなければ……）

しばらく走ると、莉世たちの目にゆらゆらと緑が見えてきた。

「あれは蜃気楼《しんきろう》？」

自然のなせる業で、近くへ行くとオアシスが消えるというのはよくあることだ。

「それにしては大きい気がします。ガラーナはあの方向へ向かっているようですよ」

「もしかしたら！　あそこにお兄さまがっ！」

莉世は希望を持って、オアシスに向かってシラユキを走らせた。


オアシスは蜃気楼ではなく、実在するものだった。水が豊富なようで、緑が生き生きとしている。日陰ができて少し涼しい。

ふたりは馬から下りて、手綱を引きながら木々の間を進む。

「ステキなところ……」

鳥のさえずる声が聞こえる。

「ここに王さまがいれば……王さまーっ‼」

カリムはあたりに向かって、大声でラシッドを呼ぶ。

「お兄さまーっ！」

莉世もあたりを見回しながらラシッドを呼んだ。

（お兄さまがここにいますように……）

藁《わら》にもすがる思いで莉世はラシッドを捜し歩く。

「うわっ」

カリムは突然ガラーナに引っ張られた。カリムの手から手綱が離れ、ガラーナはどんどん先を行く。

「ガラーナ！」

追いついたところで、ガラーナが立ち止まった場所の下に目をやると、ラシッドが草むらに横たわっているのが見えた。ガラーナに長衣を引っ張られているのにピクリとも動かない。

倒れているラシッドに、莉世の心臓がドクンと跳ねる。

〝死〟の文字が頭に浮かび、信じられない思いで駆け寄った。

「お兄さま！」

莉世はラシッドの胸に頭を置いて、心臓の鼓動を確かめる。力強くドクン、ドクンと打っているのがわかり安堵した。ポロポロと涙が出てきてラシッドの長衣を濡らす。

「よかった……」

莉世のホッとした様子に、カリムも肩の力を抜く。

「わたしは夢でも見ているのか……？」

ラシッドの呟くような声がして、莉世はガバッと上半身を起こして顔を見る。

「お兄さまっ！　よかった！　カリムっ、気がつかれたわ」

カリムもラシッドのそばに膝をつき、頭の下に手を入れて起こすと、羊袋に入った水を飲ませる。ラシッドの身体が熱い。

「熱があるわ！」

「王さま、大変心配いたしました……」

水を飲んだラシッドは顔を歪めながら自力で身体を起こす。右足首をひどく捻挫していた。

砂嵐から逃れるためにガラーナを懸命に走らせ、このオアシスを見つけた。右足首の捻挫は、砂嵐のせいで落馬したときにあぶみに右足をひっかけてしまったのだ。

熱射病にもかかっており、身体を起こすにも苦悶の表情を浮かべていた。

「……ガラーナは王宮へ戻ったのだな」

「はい！　そしてここへ連れてきてくれました」

ラシッドはカリムに頷くと、漆黒の瞳を莉世に向けた。

「お前が来るとは……砂漠は危険だというのに……」

「無茶を承知で来たの。お兄さまがいなかったら、わたしはこの世界で生きる意味がないもの！」

泣きながら莉世はラシッドの胸に飛び込んだ。ラシッドは自分の胸の中で莉世の髪を静かに撫でる。

「早く謝りたかった……カリムのこと、ごめんなさい。嫌いにさせないでって言ってごめんなさいっ」

「わたしがわけを話せばよかったんだ。あの場で話せず、時間もなかった。リセ、どんなことがあってもお前を愛している。それだけは疑うな」

ラシッドは莉世の震えている唇に口づけた。

キスをするふたりにカリムは急いで後ろを向くと、気を遣い、あたりを散策し始める。少し歩くと、大きな泉を見つけた。透き通った水だ。カリムが現れたために小動物がサッと身を隠してしまったが、生き物が暮らせるオアシスでひと安心だ。

　カリムはカフィーヤを取ると、泉できれいに洗い、ふたりの元へ戻った。ラシッドの額に泉で浸した布を置くと、表情が和らぐ。

「お兄さま……」

「心配はいらない。軽い熱射病だ」

「僕、もっと水を持ってきます！」

　カリムはガラーナとシラユキを泉まで連れていき、たっぷり水と餌を与える。それが済むと、冷たい水を汲《く》み、再び戻った。

　ラシッドの捻挫の状態を見て、カリムは水に浸した布で右足首を冷やす。

　ふたりは二度と離れないというようにぴったりと身を寄せ合っていた。

　ガラーナの鞍の後ろに吊《つ》り下げていた荷物から、干し肉とナツメヤシの乾燥した実を取りだすと、ふたりに持っていく。

「カリム、本当にありがとう。カリムの用意のおかげで栄養が取れるわ」

「さすがアーシファ族だな。ガラーナも乗りこなすとはさすがだ」

　ガラーナは信頼した者しか乗せない。カリムが心を込めて世話をしたのがガラーナには伝わっていたのだろう。王であるラシッドのそばにいるだけでカリムは緊張するのだが、褒められて破顔する。

「王さま、ガラーナをもう一度お借りできますか？　まだ王さまは動けませんし、僕が助けを求めに行ってきます」

「ではここから一番近いアーシファ族のアフマドのところへ行ってくれ。それならば負担も少ないだろう」

「はい！」

「万が一の場合に備え、これを持っていけ」

ラシッドは首から下がるエメラルドのペンダントを外すと、カリムに渡す。

「こんな高価なものを……」

「それはお前にやる。アフマドはこれをわたしが着けていたのを知っている。見せれば理解するはずだ」

ラシッドは恐縮するカリムに白い歯を見せて笑った。


――パチッ……。

枝のはぜる音が心地いい。虫の音さえも、音楽を奏でているかのようだ。

カリムはガラーナに乗り、先ほどアーシファ族の領地へ向かった。

昨晩の満月に続き、今日も月は丸く、あたりを明るく照らしている。カリムも疲れる前にアーシファ族の元へ到着することだろう。

「寒くないか？」

莉世は外套を着ておらず、水色のカフタンとゆったりしたパンツ姿で焚火を前にしている。ラシッドも丸太を背に身体を起こしていた。

「焚火のおかげでまったく寒くないです」

心配するラシッドに微笑む。

「それよりもお兄さまの熱がまだ……」

ラシッドの額に乗せていた布を外すと、泉に浸しに行く。

ふたりは泉のすぐそばに移動していた。莉世は戻ってくると、再びラシッドの額を冷やす。

「……お前が無鉄砲だということを忘れていた。危険な砂漠を走り、無事に会えてよかった。神が守ってくれたに違いない」

「太陽が昇る景色を見て、三年前にお兄さまに出会ったときのことを思い出しました。わたしもお兄さまと会わせてくれた神さまに感謝しています」

「リセ……」

ラシッドは莉世の唇に唇を重ねた。まるで自分たちを癒《いや》すようなうっとりとした口づけに、莉世は身をゆだねる。

敷布の上に莉世を横たえ、愛おしい娘にラシッドは貪るようにキスをする。

「ん……っ……お兄さま……熱が……」

唇を重ねれば莉世がもっと欲しくなる。唇を離れ、耳たぶを甘噛みすると、莉世の口から甘い声が出た。細い首にキスを落とし、鎖骨の少し下、胸の膨らみを吸う。

「あ……」

「お前が愛おしすぎる……王宮へ戻ったらすぐに結婚しよう」

過半数の賛成がなくとも、ラシッドはすぐにでも莉世を王妃にすると心に決めた。

(それはリセにとってつらいことになるかもしれないが、自分が盾になろう)

ラシッドは莉世を抱きしめながら、戻ってからのことを考えていた。


夜が明けた。再び砂漠に暑さが戻ってくる。

ラシッドより先に目を覚ました莉世は、起きると冷たい泉の水で顔を洗う。

シラユキと目が合い、「シーッ」と指を口元に持っていく。ラシッドを起こしたくなかったのだ。まだ熱がかなりあり、心配だった。

（もっと栄養のある食べ物があれば……）

カリムが置いていった干し肉とナツメヤシの実は、今日の分ほどしかない。

（こんなに緑があるんだから、食べられる実をつけている木があるかもしれない）

まだ眠るラシッドを見て微笑むと、食べ物を探しに出かけた。

オアシスは中央に泉があり、まわりにうっそうと木々が茂る。ぐるっと一周すれば食べられそうな実があるのではないかと考えながら歩いていたが、あまり遅くなると目を覚ましたラシッドが心配する。

莉世は近場を探すことにして、上や下を見ながら歩いた。

「あったわ！」

木になっている拳大の赤い実を見つけた。だが莉世には届かない。

「シラユキの背に乗れば採れそう。あとでまた来ればいいね」

実を見上げていた莉世が自分に言い聞かせるように呟いたとき、突然口を手で塞がれた。

「んーっ！」

「静かにしろ！」

野太い声が莉世を襲う。

（盗賊⁉）

莉世は恐怖におののく。

「こんな上玉がいるんだ。他にも人がいるはずだ！」

男はあたりを見回しながら、連れに言う。連れの男が莉世の前に立ち、気持ち悪くなるような笑みを浮かべる。ひげを伸ばしっぱなしで、見るからにむさ苦しい。

「すごい美人だぞ！　こんな女とヤレるんなら死んでもいいな」

ガハハと大きな声で笑う。

「しっ！　この女の連れに聞こえるぞ！」

莉世の口を塞いでいる男が声を低くして叱り飛ばす。

（こんな男たちにお兄さまは負けない。けれど……熱と怪我が……）

出立のときにいつも腰から提げている剣は、ここでは見かけていなかった。砂嵐のときに失ったのだろう。

（干し肉を切った短剣でこの男たちと戦える……？　お兄さまのところへは連れていけない）

「おい！　女！　他の者はどこにいるんだ⁉」

口を押さえていた手を外し、声を低くして聞く粗野な男。着ている服はボロボロで、盗賊ではなく単なる物取りのような気がする。

しかしこのままではひどいことをされてしまう。首を何度も横に振る莉世の額から、汗が噴きだしてきた。

「この娘をヤっちまおうぜ！　俺、我慢できねえぜ」

舌なめずりをして莉世の胸倉を掴み、強い力で引っ張る。

「きゃーっ！」

ビリッと柔らかい薄布のカフタンの前身頃が破られる。突き飛ばされ、莉世は地面に倒れた。

「へへへっ、本当においしそうな娘だ」

「来ないでっ！」

逃げようと足をバタつかせる。その足が男の腹部にヒットする。

「おい、押さえてろ！」

ひげの長い男が莉世の肩を強く押さえ込んだ。

「嫌ーっ！」

薄汚い布が莉世の口に突っ込まれ、吐き気に襲われる。

「この娘、すごい足輪をしているぞ！」

キラキラと光る宝石の入ったアンクレットに男たちは驚く。

「金持ちの娘か、はたまたどこかの姫さまか。いい拾い物をしたぜ」

「たまんねぇ。早くヤっちまおうぜ！」

カフタンが胸のところで破れ、膨らみが露わになっていた。よだれを垂らしそうな勢いで、男はズボンを脱いでのしかかる。

（やめてーっ！）

女の力の限りの抵抗でも、男の力には敵《かな》うわけがない。

（お兄さまっ！）

こんな男たちに奪われてしまうのなら、死んだほうがましだ。

そのとき――。

莉世の上にいた男が突然、すごい形相で叫び、倒れ込んだ。そして男は何者かに蹴り上げられ、地面に転がる。

「よくも汚い手でリセをっ！」

「お兄さまっ！」

自由になった莉世は震える足で、現れたラシッドのほうへ行く。ラシッドは地面に転がった男の肩に刺さった短剣を抜き取ると、もうひとりに向ける。

突然のラシッドの出現に驚いた男は腰から長剣を抜き、ラシッドに向けてかまえる。

「リセ！　離れていろ！」

男がラシッドに長剣を振りかざす。ラシッドは右足をかばいながらも見事に男をかわしていく。

幼い頃から猛者たちと鍛錬をしていたラシッドに敵うわけがなかった。男は長剣を持っていたが、大人と子供が戦っているかのようにいとも簡単にかわされ、ラシッドの短剣が腹部を一撃した。

「うわーっ！」

短剣を腹部に受けた男は痛みに叫ぶ。

肩と腹部にそれぞれ深傷を負った男たちは、ふたりの元から去っていく。後ろ姿は命からがら逃げていく、といったふうだ。

茫然と立っている莉世に、ラシッドは右足を引きずりながら近づく。

「リセっ！　大丈夫か!?」

ただコクコクと頭を動かす莉世の顔には、血の気がなかった。

「もう心配ない」

そう言ったラシッドは目の前が一瞬真っ暗になり、ガクッと膝を地面につけた。

「お兄さまっ！」

莉世はラシッドの懐に入って身体を支えた。彼の身体は服の上からでもわかるくらい熱かった。

（こんな身体なのに……）

今の出来事と相まって、涙が止まらなくなる。

「驚いただろう？　ときどき水を求めてああいう輩《やから》が現れるんだ」

ラシッドは泣きじゃくる莉世の髪を優しく撫でた。


月が真上で輝く頃、木に寄りかかって座っていたラシッドは、馬が走るような振動をかすかに身体に感じた。

これが敵のものか味方のものか、緊張が走る。先ほどの男たちが仲間を連れてこないとも限らない。

腕の中の莉世の身体も、なにかがこちらにやってくるのがわかったようで一瞬こわばった。

「これはカリム……？」

複数の蹄の音をどう判断していいのかわからず、立ち上がったラシッドに、莉世は不安の瞳を向ける。

「カリムたちでない可能性もある。茂みに隠れよう」

ラシッドは泉から水を汲んで焚火にかけると、莉世の手を引き、うっそうと茂る葉の中に身を潜ませた。

＊　＊　＊

カリムはふたりがいるオアシスの近くまで来ていた。アクバールとカシミールも一緒だ。

夜が明ける前、アーシファ族の領地に入ったカリムは、そこでふたりに会うことができた。ガラーナに乗るカリムが現れ、驚くふたりに、隣国のオアシスにラシッドと莉世がいることを説明した。

アクバールとカシミールは寝ずの捜索で疲れを見せていた。体力もかなり消耗している。カリムも彼らと同様、疲れた表情を見せていた。

彼らの様子に、アーシファ族の族長アフマドは、ここでゆっくり休んでから、過ごしやすくなる夕方に出立するようにと助言する。

三人はアフマドに栄養のある食事でもてなされ、ゆっくり休んだ。

そして夕刻、温かい外套を身にまとい、隣国のオアシスを目指して三人は砂漠を駆けていた。

「カリム、本当にこの先にオアシスがあるのか？」

アクバールはカリムが乗るガラーナの横に並び、尋ねる。

「はい！　ガラーナがこっちだと」

アクバールは夜空を見上げ、月と星の位置を確認した。

＊　＊　＊

馬を連れた三つの影が現れた。松明《たいまつ》を持ってあたりを照らしながらやってくる。

「きっと泉のほうへ移動したんです」

カリムの声に、莉世は緊張でこわばらせていた肩の力を抜く。

「お兄さま、カリムだわ！」

緊張が解けて安堵の笑顔になる。

ふたりは茂みから出て、松明の灯りを照らして捜す彼らの前に姿を現した。

「ラシッドさま！　姫さま！」

アクバールたちは片膝をつき、頭を垂れる。

「ふたりとも心配をかけたな」

「ラシッドさま、心配をしておりました。ご無事な姿に喜びもひとしおです」

立ち上がったアクバールは、不安から解放された思いだ。

「姫さま、鍛えられた男でも砂漠は困難なのに、このようなところまで……」

「カリムが一緒でなかったらここまでたどり着けなかったわ。カリム、本当にありがとう」

「カリム、ご苦労だった」

莉世とラシッドから礼を言われ、カリムは照れたように頭をかいた。

太陽が昇り明るくなると、アクバールとカシミールは緑と水が豊富なオアシスに感嘆の声を上げた。

ここの美しさを知っているカリムは敷物を敷き、アフマドに持たせられた食事を広げた。

馬たちは草を食《は》み、水を飲んだりとのんびりしている。シラユキもガラーナに会えて喜んでいるかのように寄り添っていた。まるで莉世とラシッドのようだ。

「王さま、姫さま、たくさん召し上がってください。アフマド族長がたっぷり持たせてくださったのです」

平たいパンや香辛料の効いた肉の煮込み。卵料理や串に刺した肉もある。干し肉やいろいろな種類のナッツもあった。

「リセ、夕刻になったら出立する。猛暑より寒いほうが行動しやすい。できるだけ食べて休みなさい」

「はい。お兄さまも栄養をつけてくださいね」

仲睦まじくラシッドと莉世は食事の時間を楽しんだ。

食事が済むとラシッドやアクバール、カシミールは木陰で休み、莉世とカリムは泉に足を浸したり水をかけ合ったりして、楽しんだ。

のんびりとした時間に、莉世はまだ帰りたくない気持ちが芽生える。

（こんなに肩の荷が下りたようなお兄さまを見るのは初めて。王宮にいると重責が肩にのしかかってリラックスできないから……）

アフマドが持たせた薬のおかげもあり、ラシッドの体調がよくなると、なおさらここであと数日過ごしたいと思った。

「カリム、見て！　きれいな虫がいるわ」

莉世は葉の上にいる、七色に光るテントウムシのような丸い虫を指差す。別のところを見ていたカリムは、振り向いて葉を覗き込む。

「すみません。見るのが遅かったようです」

カリムが見たとき、七色の虫はいなくなっていた。

「どんなきれいな虫だったんですか？」

虫がいなくなってガッカリした表情の莉世を眺めて、カリムはにっこり笑う。

「小さくて丸い、七色に光る虫だったの。あんなに発色する虫、初めて見たわ」

「そんなに美しかったんですね。僕も見たかった」

カリムは葉の後ろ側をめくってみたりして探したが、莉世の言う七色に光る虫は見つからなかった。

ラシッドたちの元へ戻ろうとしたとき、莉世は右足首の内側にチクッと痛みを感じた。しゃがんでその箇所を見てみる。内側のくるぶしの上のところが赤くなっていた。

だが一瞬チクッとしただけで今はなんともない。

「姫さま、どうかしましたか？」

急にしゃがんだ莉世にカリムが首を傾げる。

「ううん。なんでもない」

立ち上がってにっこり笑ったそのとき、ふいに莉世の身体がふんわり浮いた。

「リセ、出立まで休んだほうがいい」

「お兄さま、抱き上げたりしたら、捻挫した足が……」

心配をして「下ろして」と頼む莉世に、ラシッドは目じりを下げる。

「もうだいぶいい。カリムも休め」

「はい！　王さま」

カリムは頭を下げると、日陰を選んで腰を下ろした。


太陽が沈む頃、一行は王宮へ向け出立した。

ガラーナにラシッドが乗り、莉世は力強い腕に抱かれ砂漠を行く。カリムはシラユキに乗っていた。

たっぷり休養を取った四頭の馬は元気に王宮を目指す。到着予定時間は真夜中過ぎ。

風を切るように走るガラーナ。莉世はフードを深く被って風を正面から受けないようにする。外套を二枚重ねて着ていても、震えるくらい寒かった。

ラシッドを捜して砂漠を横断したときより寒い気がする。あのときは必死だったからに違いない。


王宮まであと三時間ほどのところで、馬たちに水を与えるため休憩を取る。

ラシッドがガラーナから下り、莉世は背に残った。

(なんだろう……クラクラしてる……疲れと寝不足のせい……?)

ガラーナに水を飲ませ終えたラシッドは、再び背に戻ってくる。

「疲れた顔をしている。あと少しの我慢だ。スピードを緩めるから眠りなさい」

「はい。お兄さま」

莉世はラシッドの腕の中で目を閉じた。


ジャダハール国の街へ入ると、カシミールが馬の速度を上げ、先に王宮へ向かった。王の無事の帰国を知らせるためだ。

(もうすぐ王宮……とても長い旅をしてきた気分……)

ふたりを乗せたガラーナは王宮の門を通り過ぎ、ザハブ宮の前庭で足を止めた。

「陛下!　姫さまっ!」

マハルが泣きながら待っていた。ラシッドと莉世を見ると駆け寄ってくる。そこにはアーメッドやナウラ、ザハブ宮で働く女官や召使いが大勢いた。

「神よ。感謝いたします！」

「マハル、心配をかけてごめんなさい」

莉世は泣いているマハルを見て、自分の家に戻ってきたのだと実感した。

（ここがわたしの家……）

「姫さまっ！」

マハルはガラーナから下りてフードを外した莉世を抱きしめる。

「とても心配しておりました。こんな華奢な身体で砂漠へ出ていくなんて無茶をして！」

「いても立ってもいられなくて……」

そこへアーメッドに出迎えられていたラシッドが、ふたりの元へ近づく。

「陛下、無事のお戻り、大変うれしく思います」

マハルは膝を折り、ラシッドに微笑んだ。

「心配かけたな。リセ、湯浴みをして冷えた身体を温めるんだ」

「はい……」

莉世はラシッドから離れて歩こうとした。その一歩がなぜだか力が入らず、ぐにゃりと倒れそうになる。

「リセ!」

ラシッドが素早く莉世の身体を支えた。

「お兄さま……ごめんなさい……眩暈がして……」

「疲れたんだ。湯浴みはやめてすぐに寝なさい」

ラシッドは莉世の膝の裏に手を差し入れて抱き上げると、寝所へ向かった。


黒の外套を脱ぐと、ナウラがすぐに、破れて結ばれている衣装に気づく。

「姫さま、どうしてこんな破れ方を?」

驚くナウラに莉世は微笑む。

「いろいろあって。でも平気よ。マハルが見て心配するといけないから、その衣装は処分してね」

「姫さま……」

とにかく今はゆっくり寝てもらうことが大事だと、ナウラはこれ以上聞かなかった。

寝台に向かうとき、前を歩く莉世が足元をふらつかせた。その様子が気になり、ナウラが額に手を置くと熱かった。

「姫さまっ、お熱があります！」

「ちょっと疲れただけだから」

莉世は寝台に横になる。

「侍医に診てもらったほうがいいですわ」

「こんな真夜中に診てもらうなんて。大丈夫だから。ナウラも早く寝てね」

そう言って目を閉じる莉世に、心配そうな瞳を向けるナウラだった。

寝心地のいい寝台に横になった莉世だが、体調の変化には気づいていた。王宮に帰ってこられて安堵したせいだろう。

（無事に戻ってこられてよかった）

莉世はこの三日間の冒険を振り返りながら、いつの間にか眠りに落ちていた。

第四章　病魔と秘薬

「姫さま、体調はいかがですか？」

ナウラから莉世の体調を聞いていたマハルは早朝、様子を見に来ていたが、そのとき熱は下がっていた。

マハルの声に莉世は眠りから浮上し、目を開ける。

「マハル、おはよう。ゆっくり寝て気分爽快よ！」

「それはよかったですわ。湯浴みの準備ができております」

「ありがとう。さっぱりしたかったの」

昨日は一刻も早く眠りたくて湯浴みができなかったが、実際のところ身体は砂まみれだった。

莉世はナウラに付き添われて湯殿のある二階へ向かう。

「お兄さまは？」

「陛下は早朝から執務室に」

「それほど眠っていないのに……数日間留守にしただけで政務が溜《た》まってしまってい

るんだわ……」

ゆっくり休めないラシッドが心配だ。

「あ！　そうでした！　姫さまに陛下からおことづけです。ご夕食は一緒にとのことです」

ということは、夕食まで会えないということだ。莉世は早く会いたい気持ちを抑えて、湯殿に入った。


湯浴み後、香油でマッサージされた身体はすっかりリフレッシュされ、いつも以上に元気になった気がした。

昼食をとってハディカで本を片手にくつろいでいると、テラスにタージルが現れ、驚く。

「タージルさまっ！」

「姫さま、ご無礼をお許しください。無事のお戻り、お喜び申し上げます」

莉世は椅子から立ち、タージルの元へ近づく。

「あのときは知らせてくださってありがとうございました」

「いえ……お知らせするのが早すぎました。姫さまが気を揉むのはわかっていたというのに……本当にご無事でよかった」

タージルは明るい表情から一転、悲しげな表情になる。

「姫さまの陛下を想う気持ちには感服いたしました。姫さまのお心は陛下のもの。わたしはおとなしく引き下がることにいたしました」

「タージルさま……」

「どうぞ陛下とお幸せになってください」

タージルは莉世に深くお辞儀をすると、去っていった。

(タージルさまがタヒール大臣の子供だなんて、なにかの間違いだわ)

正々堂々、潔く男らしいタージルに好感が持てた。


しばらくして椅子の上でまどろんでいると、音楽が流れてきて目を覚ます。

開け放たれた窓からイムランの姿が見えた。椅子に座っている莉世に気づくと、楽器を弾く手を止めてお辞儀をする。

「姫さま、ご機嫌うるわしゅう。このたびの勇敢な行動には驚かされてしまいました」

「イムラン、相変わらず女官たちをうっとりさせているのですね」

莉世は窓辺に近づくと、笑みを漏らす。

「わたしは姫さまのためだけに弾いております」

口がうまいイムランだ。彼は平凡ではないが、人畜無害に思えてきた。

「今日も光り輝くような美しさ。眩しくて目を細めてしまいます」

莉世はイムランの褒める言葉がおかしくて顔をほころばせる。

そこへ部屋の扉が叩かれ、返事をするとライラが入ってきた。

「ライラ先生！」

「姫さま、お元気でなによりでございます」

頭を深く下げたライラは、テラスの向こうにいるイムランに目を留める。

「イムランさま」

ライラが優雅に頭を下げると、編み込んだ飾りがシャランと音をたてた。

「美しいライラ殿。一度あなたとご一緒に舞ってみたいと思っていました」

褐色の肌のライラの頬が赤らむのを見て、莉世は目をぱちくりさせる。

（もしかしてライラ先生は、イムランを好き？）

以前、ライラがイムランは素晴らしいと褒めていたのを思い出した。

ライラが美しいのは確かだが、イムランの口の雄弁さに莉世は感心してしまう。

「ライラ先生、イムラン、ぜひおふたりの剣舞を見せていただきたいです」

（これでふたりに恋が芽生えたら、きっとお似合いの恋人同士になるはず）

ふたりは莉世の提案に驚きの表情になる。

「イムランは剣を持っているし、ライラ先生の剣は取りに行かせます」

莉世は瞳を輝かせて勧める。

「姫さまもこうおっしゃっていることですし……ライラ殿、ぜひわたくしと舞っていただけますか？」

「……はい。光栄でございます」

莉世はナウラを呼び、ライラの剣を取りに行かせ、これから中庭でふたりの剣舞があるので、時間がある女官たちは見に来るように伝えた。

剣が到着する間、莉世はふたりにお茶とお菓子を振る舞い、準備が整うのを待っていた。


夕食のために、莉世は柔らかい色味がきれいな薄紫色のドレスに着替えた。

「まるで女神のようですわ。陛下も、美しくて華やかな姫さまを見てお喜びになるでしょう」

ナウラがほーっとため息をつく。

「昼間はイムランさまとライラさまの剣舞を鑑賞できて至福のときでした。今は姫さまの美しさを堪能できて……幸せな日でございます」

「ナウラ、おふたりの剣舞は胸がドキドキするくらいステキだったけれど、わたしのことは褒めすぎよ」

莉世はひとしきり笑うと、ラシッドの待つ居間へ足を運んだ。

「お兄さま、お待たせいたしました」

くつろいで座っているラシッドの隣に腰を下ろす。

「ゆっくり休めたか？」

ラシッドの手が莉世の両頬を包み込み、鼻にちょこんとキスを落としてから唇を重ねる。

「はい。お兄さまは休めていないのでしょう？　熱射病にかかったのだから、もっとゆっくりしてください」

「侍医に大丈夫だと太鼓判を押してもらった」

「まあ……侍医はお兄さまには甘いのですね」

莉世が頬を膨らませて拗ねるフリをすると、ラシッドが声を出して笑った。

「アーメッドも砂嵐に巻き込まれたと聞いたけど……」

莉世はラシッドの斜め後ろに控えているアーメッドを見る。

「大丈夫そうね」

「姫！　わたしも大変でございました。あらゆる穴から砂が……」

砂に埋まり、苦しい思いをし、あのときはもうダメかと思ったアーメッドだった。

「アーメッドもゆっくり休んでね」

「これまた、心にないことを……」

その場にいたみんなが愉快そうに笑った。

アーメッドも莉世を思えばこそ、ふたりの結婚をよく思っていなかった。だが不慣れな砂漠を命がけでラシッドを捜した莉世に感心し、どんなに反対をしてもふたりを引き離せないと悟った。今は王妃になるのは莉世しかいないと思っている。


食事が終わると、莉世は自分の寝所に戻った。

ラシッドを休ませたいのもあったが、身体がだるくなってきていたのだ。寝台に腰を下ろすと、一気に体調が悪くなっていく感覚に襲われる。

ナウラは衣装部屋から夜着を取ってくると口を開く。

「陛下はまだまだ姫さまとご一緒にいたかったようですよ」

莉世が寝所へ戻ると言うと、ラシッドは口をへの字に曲げたのだ。

「明日は大臣たちと会議があるようだから、ゆっくり休んでほしかったの」

（一緒にいたいのはやまやまなんだけど）

「お互いに思いやるなんて、本当に素晴らしいおふたりです」

莉世が着替えようと寝台から腰を上げたとき、グラッと目の前が揺れた。

「姫さまっ⁉」

「だ……いじょうぶ……なんだろう……貧血気味なのかも……」

莉世を支えたナウラは、また熱が出てきたことに気づく。

「姫さま、熱があります。今、侍医を呼びますね」

莉世を寝台に座らせて呼びに行こうとするが、手を掴まれて引き止められる。

「大丈夫よ。朝にはよくなっているから。それで治らなかったら侍医に診てもらうわ」

（たいしたことないのに侍医を呼んだら、お兄さまが心配する）

「姫さま……絶対ですよ？　約束してくださいね」

心配しながらもナウラは莉世の着替えを手伝うと、静かに出ていった。

それからは朝起きると熱が下がり、夜になると上がる日々。熱が出る間隔が日々少しずつ早まるようになっていった。

三日続くとナウラは心配になり、莉世に口止めされていたが、マハルに相談した。莉世がハディカにいると、マハルが侍医を連れてやってきた。

「侍医……」

「姫さま、砂漠から戻って以来、夜になると熱が出るそうですね。侍医に診させてください」

扉近くにいるナウラに困惑した視線を向けると、申し訳なさそうな顔をしていた。

侍医は莉世の脈を測り、首を傾げる。

「姫さま、至って健康でございます」

「そうでしょう？　本当に元気なんだから」

「……では、また今晩診させていただきましょう」

侍医は莉世が寝る前に診に来ると言って、ハディカを出ていった。

「姫さま、申し訳ございません」

侍医とマハルが出ていくと、ナウラが焦った様子で莉世に近づき、謝る。

「ううん。ナウラは心配してくれているんですもの。あ、昨日焼いたナツメヤシの焼き菓子を持ってきてくれる？　ナウラもお茶にしましょう」

シュンと肩を落としているナウラに、莉世は笑顔を向けた。

「リセ、一ヵ月後の新月の日にお前を王妃にする」

「え……」

ラシッドが莉世にうれしそうに告げたのは夕食のときだった。アーメッドとマハル、ナウラの三人は驚いたのち、うれしそうに微笑む。

「でも、まだ族長や大臣たちの賛成を得られていないのでは……？」

（お兄さまの妻になることが最大の喜びであり、幸せだけど、無理をしてほしくない）

「オアシスで言っただろう？　過半数の賛成が得られずとも、わたしはお前と結婚すると」

「お兄さま……」

莉世は目頭が熱くなった。涙が頬を伝わると、ラシッドの指先で拭われる。

「アーメッド、みんなで乾杯してくれ」

「はい！」

アーメッドらは杯を手にし、ラシッド直々の酌で酒を注がれ、一斉に飲み干した。みんなに自ら酒を振る舞うほどラシッドは上機嫌だった。

莉世も夢見心地になるくらいにうれしいのだが、心の片隅になにかが引っかかっていた。

ナウラはまるで夢を見るような顔つきだ。

「婚礼のご衣装をお召しになった姫さまを見るのが待ちきれませんわ」

マハルはうれしそうに莉世に笑顔を向ける。

「これから結婚のご準備などでお忙しくなりますわね」


食事のあと、寝所に戻る莉世は熱が出てきたのがわかり、泣きたくなる。

(やっぱりわたしの身体はどこかおかしいのかも……)

ラシッドは心を許しているアクバールやカシミールと酒を飲み交わしに出かけていった。今夜はアーメッドを含めた男四人だけで楽しむのだろう。

寝所にラシッドがいないのは莉世には都合がいい。これから侍医が来る予定だからだ。どんな診立てになるかはわからないが、ラシッドに話すのは結果が出てからにして、今は余計な心配をかけたくなかった。

侍医は莉世が夜着に着替えて寝台に横になったところで、マハルの案内で現れた。

「姫さま、おおっ、具合が悪いようですね」

莉世の状態をひと目見ただけで侍医はわかったようだ。

「顔が赤く、瞳が潤んでおられる。昼間のお元気な姫さまが嘘のようです」

「侍医……」

莉世の熱を確かめると、侍医はナウラに冷たい水と布を用意するように指示をする。

脈を測って「失礼します」と言ってから、莉世の上がけをめくる。

全身をくまなく診ていた侍医は、足首の内側にある赤みに気づき、指で触れた。

「これは……？」

以前、オアシスでなにかに刺されたところを侍医に触れられ、莉世は身体を起こす。

起きて見ると「あっ！」と叫んだ。刺された箇所が、手のひらくらいの大きさに、赤くなっていたのだ。

「痛みはありますか？」

「ないです……これはオアシスでなにかに刺されて……」

（今日湯浴みをしたとき、赤みはもっと小さかったのに……）

足を見ていると眩暈がしてきて、身体を起こしているのがつらくなった。

「どのようなものに刺されたのかわかりますか？」

侍医に支えられ、身体を横たえると首を左右に振る。

「わからないのです……あ、刺される少し前に、七色に光る丸い小さな虫を見ました」

「七色に光る虫……ですか？　そのような虫はわたしの知る限り、我が国にはおりません……」

そこへ冷たい水と布を用意したナウラが戻ってきた。

「姫さま……また高いお熱を……」

ナウラは心配そうに眉根を寄せて、熱い額に濡れた布を置く。

「ナウラ、大丈夫よ。きっと朝になったら下がるから……」

侍医は莉世に上がけをかけると、薬をナウラに渡す。

「この熱冷ましですぐに下がるといいのですが……昼間はお元気で、夜になると熱を出す。奇病でございますから、文献にて調べてまいります」

侍医は初めて見る症状に困惑していた。七色に光る虫を調べればなにかわかるかもしれないと、自室には戻らず、古くからの蔵書が保管されている宮の書庫へ向かった。

「姫さま、侍医からのお薬でございますよ」

苦い薬を飲み込むと顔をしかめ、莉世は目を閉じる。

（この病気はあの七色に光る虫のせいなの……？　ううん、あの虫が刺したとは限らない）

「姫さま、わたしとナウラがずっとついておりますので、お休みくださいね」

莉世は眠りに就いた。すぐに熱くなる布を取り替えながら、マハルは不安な気持ちを拭い去れない。

(今回の砂嵐の件で、姫さまと陛下のご婚姻に賛成する者が増えてきたのに……)

「ナウラ、わたしは陛下に報告してきます」

「やはりそのほうがいいですよね。姫さまは、原因がわかってからと考えておられますが……」

ナウラは神妙な面持ちで頷いた。


男四人で酒を飲んでいたところへのマハルの報告に、ラシッドは心臓を鷲掴みされたような痛みを覚え、急いで莉世の寝所にやってきた。

眉根を寄せ、沈痛な面持ちで、眠る莉世に近づく。

「リセ……お前はなんでも自分で解決しようとするのだな……」

長いまつ毛が影を落としている頬にそっと触れる。

「マハル、ナウラ。リセにはまだ、わたしはこの件を知らないことにしろ」

心配させないように隠したがった莉世の考えを汲み取り、彼女が自分から話すまで知らないフリをしていようと決めたラシッドだった。

「今夜はわたしがついているから、お前たちは下がっていい。リセが目覚める前に来るように」

高熱が出ているときに莉世が目を覚ますことはないと報告を受けていた。夜通しいても気づかれないだろう。

ナウラが先ほどまで座っていた椅子に腰かけた。


空が白み始める頃から、莉世の熱は下がり始める。

「あれほど高かった熱が……」

このような症状の病気をラシッドは知らない。やはり侍医の言うように『奇病』のようだ。

「どんな病気でも世界中の優秀な医師を探し、治してやる」

ラシッドは莉世の手を握ると静かに口づけた。

扉が静かに叩かれ、ナウラが入ってくる。

「陛下、ご朝食の用意ができております」

マハルは複雑な表情でラシッドに告げる。

「リセの熱は下がり始めた。おそらく夜の熱で体力が弱まっているだろう。栄養のある食事をたくさん食べさせてくれ」

マハルは「承知しました」と深く頭を下げた。


莉世は目を覚ますと、白檀の香りに気づく。

「ナウラ、お兄さまがいらした?」

莉世の問いかけに、衣装を抱えていたナウラはドキッと心臓を跳ねさせた。

「あ、け、今朝おいでになられました。姫さまのお顔を見たかったのでしょう」

「熱は下がっていた?」

気づかれなかっただろうかと不安げな瞳を向けると、ナウラは安心させるように、

「大丈夫でした」と嘘をついた。

「お食事をお召し上がりくださいませ。夜のお熱に負けないように、体力をつけませんと」

莉世はラシッドに気づかれず安堵した。

(でも病気が治らなければ、話すしか……)

「ナウラ、食事前に湯浴みがしたいわ。熱で汗をかいてしまったみたい」

「あんな高熱が出れば当たり前でございます。すぐにご用意いたします」

ナウラは寝所を出ていった。

昼食が済んだ午後、莉世がハディカにいるとライラがやってきた。ライラは莉世の話し相手だけでなく、護衛も兼ねている。

先ほどマハルから莉世の病気を聞かされ、昼間の様子もしっかり観察してほしいと言われたのだ。

「姫さま、厨房からおいしそうな焼き菓子をいただいてまいりました」

ライラの右手には甘い香りがする焼き菓子の皿が乗っている。

「ライラ先生、ピンク色でおいしそうですね」

花の香料と蜂蜜などを生地に混ぜて焼いたもので、ピンク色の可愛い焼き菓子だ。

「ナウラ、お茶をお願い」

莉世の前にライラは腰を下ろした。

たわいもない話に花を咲かせていると、ライラの視線が落ち着かなくなったことに莉世は気づく。頻繁にテラスへ視線を向けるのだ。

「ライラ先生、もしかしてイムランが通るのを期待し――」

「姫さまっ、そんなことないですわ！」

ライラの顔がみるみるうちに真っ赤になっていく。

「イムランを好きなんですね。ごめんなさい。わからなくて……求婚書の話をしていたときは――」

「姫さま、それは仕方のないことですわ……これは内緒ですからね？　お顔をときどき拝見できるだけで充分なのです。わたしなんかがとても……」

「顔を見るだけで充分だなんて……好きなら好きと……」

莉世は奥ゆかしいライラに口ごもる。

「姫さまが羨ましいですわ。陛下のほうがご執心ですもの。もう、それはそれはご寵愛が激しいとお噂になっておりますわ」

今度は莉世が赤くなる番だった。

「そういえば、陛下は姫さまとの婚礼の儀を新月の日になさると公言なさいましたわ。楽しみで今から待ち遠しいです」

「お兄さまは発表を……」

うれしい気持ちは否めないが、新月までに病気が治るか不安だ。

そこへ音楽が風に乗って聴こえてきた。曲は次第に大きくなっていく。

「きっとイムランです」

「あの、わたしはこれで」

莉世がにっこり笑うと、ライラが落ち着かない様子で席を立つ。

「ライラ先生、どうしたんですか？　イムランの奏でる曲を一緒に聴きましょうよ」

莉世はライラの手を引いて、もう一度席に着かせようとする。莉世の表情はいつになく楽しそうだ。

ライラが観念して椅子に腰を下ろしたとき、テラスの向こうに楽器を弾きながら歩くイムランが登場した。

「姫さま、ライラ殿、またお会いできて光栄でございます」

ちょうど莉世たちから見える場所で立ち止まり、芝居がかったお辞儀をする。

「イムラン、なにか一曲弾いてくれますか?」

「はい。おおせの通りに。では甘い恋の歌にいたしましょう」

イムランはテラスの石段に腰かけると、楽器を奏で、しっとりと歌い始めた。

「突然現れた美しい少女。

砂漠の王に拾われる。

時は流れ、美しく成長した娘に求婚者は絶えない。

美しい娘に恋をした砂漠の王は、結婚を申し込む。

ある日、砂漠の王に危機が迫る。

美しい娘は神に祈った。

自分の命と引き換えに、砂漠の王を助けてほしい。

神に愛されし美しい娘。

そなたは愛する者の元で暮らすがいい。

砂漠の王に寵愛され、美しい娘は生涯幸せに暮らしました」

聴いていた者は、この詩が莉世とラシッドの物語だとわかった。

余韻を残して曲が終わったとき、扉のほうから手を叩く音がした。

「陛下！」

イムランがラシッドに気づいて即座に膝をつき、頭を垂れる。

「お兄さまっ！」

莉世も驚いて席を立ち、ラシッドに近づくと、腰が抱き寄せられる。

「イムラン、素晴らしい歌だったぞ」

「陛下……いえ、お恥ずかしい。おふたりの愛は歌では表しきれませんが、お喜びいただけて光栄でございます」

莉世に好意を抱いていたイムランだが、今はあきらめていた。危険をかえりみない愛に心を打たれたのだ。

(わたくしは陛下には勝てない)

「イムラン、本当に驚かせるのが上手ですね。歌ってもらえてうれしいです」

イムランに笑みを向ける莉世のこめかみに、ラシッドは唇で触れる。

「リセを喜ばせてくれたのはうれしいが……リセ、お前はわたし以外の男に笑みを向けてはいけない」

「お兄さまっ、なにを――」

「陛下の姫さまへのご寵愛に比べ、わたしの歌は浅薄だったことに今気づきました」

イムランはラシッドの嫉妬に気づき、やんわりと申し出る。

「いや、イムラン、素晴らしい歌だ。その歌を我が国に広めるがいい」

「ありがたき光栄」

当初はこの歌は莉世にだけ聴かせようと考えていたイムランだった。しかし素晴らしく出来がよく、広めたいとも思っていたところだった。

思いがけなくラシッドの許可が下り、イムランは微笑を浮かべた。

「ライラ、昨日のイムランとの剣舞も見事だったと聞いた。婚礼の儀ではこの歌で剣舞をふたりで舞ってほしい」

大事な婚礼の儀に自分が舞えることに驚き、ライラは呆気《あっけ》に取られるが、すぐに我に返ると「光栄でございます」と震える声で伝える。

またふたりの剣舞が見られると、莉世は両手を合わせて喜んだ。


今夜の夕食はラシッドが不在だった。

莉世はラシッドがいなくて寂しいのだが、ホッとした面もある。夕食中に熱が出始めたら知られてしまうからだ。

（侍医が治る薬を見つけているといいのに……）

「姫さま、たくさん召し上がってくださいね。お熱で体力を消耗してしまいますから」

マハルは皿に料理をたっぷり給仕する。

昨晩、侍医が処方した薬はまったく効かなかった。熱に負けたくない莉世は、マハルが給仕するたびにきちんと食べていく。

ところが今日は昨日より一時間早く体調が変わった。夕食を食べ終えたばかりで熱が出てきたのだ。

「姫さま、大丈夫ですか？」

居間から寝所への移動も大儀で、ナウラに支えてもらいながら寝台に横たわる。

少しして侍医が古い書物を持ってやってきた。

「姫さま、原因がわかりました」

「侍医、ありがとう」

しかし、侍医は黙ったままで、莉世は潤んだ瞳を向ける。

「どうしたの？　なにか悪いことが？」

「……はい。お話ししていいものか……」

「ちゃんと話してほしいの……よくないことでも」

戸惑っていた侍医は、ようやく分厚い書物を開いた。

その古い書物は虫に関する文献だった。侍医は目当ての箇所を莉世に見せる。

「……姫さまが見たという、七色に光る虫ですよね？」

文献に莉世があのとき見たきれいな虫が描かれていた。

「ええ、これです……」

「これでしたか……できればこの虫でないほうがよかったのですが……」

侍医の呟きが莉世の耳に届く。

「それは……どういう意味……」

熱が出てきて頭が朦朧としてくる。莉世は懸命に侍医の言葉に集中しようとした。

「……この毒虫に刺された者は夜になると熱を出し、朝になれば熱はひく。それだけだったらよかったのですが……」

侍医の様子に、そばにいたマハルが身を乗りだす。

「侍医、いったいどういうことなのです？　それ以上になにか悪いことが!?」

「……熱の時間が次第に長くなり……昼間でも下がらなくなるのです」

莉世の目がショックで大きく見開かれた。

「嘘……」

「侍医！　なにをおっしゃるのですか！」

マハルも驚き、唖然とする。

「そうなれば体力はどんどんなくなっていき、身体がもたなくなります」

そう口にする侍医もつらそうだ。その先の話は莉世の目の前では言えない。隣国のラミアでは年間数十人が亡くなっているのだ。

マハルが信じられないと侍医に詰め寄る。

「治療法はないのですか!?　薬はっ!?」

「残念ながら我が国に生息しない虫で、生息地であるラミアでさえ治療法がありません。ですから早く陛下にお話しして、諸外国の治療できる医師を探すべきかと……」

莉世は身体をむしばむ熱に耐えられなくなり、ぎゅっと目を閉じた。


執務室にいたラシッドの元へ、マハルと侍医がやってきた。

「マハル、どうしたんだ？　リセの話だろう？」

マハルは涙を布で拭《ふ》いている。その様子に驚きを隠せないラシッドは彼女に近づく。

「どうした？　話せ」

椅子にふたりを座らせると、アーメッドに飲み物を持ってくるように言う。

侍医は先ほど莉世に説明したのと同じ話をした。

「それでは、治療ができる医師が見つからなければリセは死ぬというのか⁉」

到底信じられない話にラシッドは激高する。

――ガシャン！

アーメッドが運んできた飲み物が床に飛び散る。

「も、申し訳ありません！」

今の話を聞いたアーメッドが驚き、手を滑らせたのだ。

すぐに片づけ始めるが、衝撃でアーメッドの手が震えっぱなしだ。この場にいる全員が動揺していた。

「すぐに諸外国へ人をやれ！　治療法を知っている医師を探すんだ！」

自分が砂嵐に遭わなければ、莉世がオアシスへ来なければ……そう考えても現実に起こってしまったこと。

ラシッドは「ひとりにさせてくれ」と言い、執務室を出ていった。


翌朝、莉世はまた白檀の香りに気づいた。

（お兄さまが、またいらしていた……？）

昨晩は会えなくて寂しかった。

「ナウラ、湯浴みをしたらお兄さまに会いに行くわ」

（病気のこともちゃんと話さなければならない）

「姫さま、今日の陛下は高官たちの謁見があります。お時間を見てから行かれたほうが……」

「謁見の日……ナウラ、湯浴みをするけど、マッサージはいいから。お兄さまの空く時間をあとで教えてね」

起き上がって歩いてみると、身体に鉛がついたように重かった。

(昨日よりひどくなってる……)

「わかりました。もう少し横になっていたほうが……」

莉世のつらそうな様子にナウラは腕を支える。

「大丈夫。昼間はわたしの時間よ」

奇病に負けたくない莉世は、ナウラに着替えを手伝ってもらい、湯殿に向かった。湯浴みをして気分もさっぱりすると、身体が少し楽になった。

昼食後、莉世はひとりでザハブ宮を出てラシッドの執務室へ向かった。執務室は前庭を通った右の宮にある。

女官の姿は見当たらず、衛兵があちこちで警備していた。

莉世が執務室へ行くのは久しぶりだった。止められることもなく、莉世は金とターコイズブルーの壁が美しい回廊を進んだ。この先に謁見室があり、奥がラシッドの執務室だ。

扉の前にカシミールと衛兵が立っていた。

「姫さま」

カシミールは莉世を見ると笑顔になり、頭を下げる。

「お兄さまは今、お会いできる……？」

「少しお待ちください」

莉世をその場に待たせて、執務室へ入る。

これからラシッドに話さなくてはならないことを考えると、莉世の心臓が暴れてくる。このまま引き返したくなった。

「リセ、入りなさい」

若干驚いた顔で、ラシッド自ら莉世を出迎えると、カシミールに向かって口を開く。

「カシミール、誰も取り次ぐな」

「御意」

ラシッドは莉世の背に手を当てて、執務室の椅子まで案内する。

「座りなさい」

「……お兄さま、わたし……」

部屋の中ほどまで来ると、話すのが怖くて逃げだしたくなる。

「や、やっぱりお話はあとでいいです」

莉世は足を奮い立たせ、扉に向かった。

「リセ！」

扉に手をかけたとき、背後からラシッドの腕に引き寄せられ、抱きしめられる。

「リセ、お前の話したいことはわかっている」

腕の中で震える華奢な身体を守るように、ラシッドは力を込めた。

「……お兄さま」

頭の上から聞こえる優しいラシッドの声に、莉世は涙を堪える。

(お兄さまは病気のことを知っていた……)

たしかに、自分よりラシッドに忠誠を誓っているマハルや侍医が話さないわけがなかったのだ。しかも事は重大で。

「ごめんなさい……どうしてこんなことになってしまったのか……」

「大丈夫だ。どんなことがあっても治せる医師を連れてくる。お前を王妃にするのも変わらない」

ラシッドは莉世を振り向かせ、優しく誓う。

「でも、新月までには……」

あと一ヵ月もなく、治せる医師が見つかるとは限らない。

「婚礼の儀の準備は進めている。新月の日、お前は王妃の衣装を着るんだ」

「お兄さま……」

はっきり結婚をすると言われた莉世だが、複雑な気持ちで素直に喜べない。

「そんな顔をするな。お前の病気は絶対に治る」

ラシッドは莉世の唇に口づけを落とした。


それから四日が経ち、文献にあったように莉世の熱は夕方から出るようになってしまった。大々的に諸外国へ人をやっているため、莉世の病気は隠し通せず、族長や大臣たちの耳にも入る。

ラシッドを捜しだした勇敢な娘として敬う声が出始め、十四名中八名が結婚に賛成していた。だが、莉世の病気が知られ、三名の賛成が取り下げられ、ふたりの結婚には暗雲が立ち込めていた。

強引に婚礼の儀を勧めようとするラシッドに不満の声を上げる族長や大臣ら。それにつけ入るように、タヒール大臣は再び愛娘ファティマを王妃に推し始める。

いまや莉世は王妃にふさわしくなく、健康で気高く美しいファティマでなければ務まらないという声が上がっており、その声は莉世にも届いていた。

細工を凝らした長テーブルの上座にラシッドが座り、大臣たちの上奏を聞いていた。

王妃にはファティマが最適だ、ファティマは気品があり素晴らしい王妃になる、などと、ここにいる大臣たちが口々に褒めたたえたのち、ラシッドはやっと口を開いた。

「お前たちにとやかく言われるほど、わたしは愚王なのか？」

「いえ、そのような……そうは申しておりませぬ」

ラシッドの冷たい瞳に見据えられて、大臣のひとりが額の汗を布で拭きながら言う。

「だが、わたしの選んだ王妃に納得がいかないということは、わたしの意見などどうでもいいということだろう？」

タヒール大臣の差し金だろうと推測するラシッドは、苛立ちが込み上げていた。

「陛下が姫君を大切に想う気持ちはわかります。ですが、奇病を患っているようでは我が国の国母には……」

「リセの病気は必ず治る！　とやかく言わず治せる医師を連れてこい！」

ラシッドは椅子から乱暴に立ち上がり、言葉を発した大臣に怒りを投げつける。

その場が一瞬静まり返った。後ろに控えているアーメッドは、この恐ろしい雰囲気にハラハラしている。

「王妃には別の女性がいいのではないかというのが、ここにいる全員の気持ちでございます」

「わたしを気に入らない女と結婚させる気か？」

もう一度腰を下ろしたラシッドは、くだらないというようにフンと鼻を鳴らす。

「何度も申し上げるようですが、ファティマさまを娶られることをお勧めいたします」

同じことの繰り返しにラシッドは辟易《へきえき》していた。

「わたしがファティマを娶ったとしても、子を作る気はない」

静かに告げると、大臣たちの顔色が一気に青ざめた。

「ファティマは抱く気も起こらない」

ラシッドは、この話はこれで終わりだというように立ち上がった。

「陛下！　お話はまだ終わっておりませぬ！」

大臣たちが、部屋から出ていこうとするラシッドを口々に引き止めようとする。ラシッドは取り合わず出ていき、アーメッドがあとに続く。

「ラシッドさま、あのような言い方では大臣たちが余計に反発いたします」

アーメッドは大股で進むラシッドに小走りで追いつくと、急ぎ足で言う。

「元々この召集はファティマを王妃にさせようとする策略だったんだ。タヒールに操られた情けないやつらだ。ほっとけばいい」

ラシッドはガラーナを思いっきり走らせたくなり、厩舎へ向かった。

その頃、莉世はライラと中庭を歩いていた。そこへタヒール大臣と護衛たちが歩いてくるのが目に入った。

悠々と歩くタヒール大臣に莉世は緊張し、身体をこわばらせる。引き返したくなったが、そうしたら敗北感に襲われるだろう。

「のんびりお散歩でございますか？　姫君。奇病を患っておるのに、ずいぶん幸せそうだ」

タヒール大臣の後ろには護衛がふたりついていたが、息子のタージルはいない。

「もうタヒール大臣にまで知れ渡っているのですね」

「無論。わしの耳に入らないものなどございませんし、有力者たちは全員知っておりますぞ？　娘が王妃になるのもすぐでございます」

ファティマが再び王妃候補に挙がり、機嫌がいいのか、笑みを浮かべている。

「早く奇病を治せる医師が見つかるといいですな」

いやらしい笑顔を向けてタヒール大臣は去っていく。

奇病を患った莉世など、すっかり取るに足らない存在のようだ。

「姫さま、タヒール大臣の話など気になさる必要はありませんわ。陛下が愛しておられるのは姫さまなのですから」

ぼんやり立ちすくむ莉世に、ライラは優しく声をかける。

「……わたしを愛してくれていても……それだけではダメみたい……」

莉世は無性に悲しくなって泣きそうになったが、女官や衛兵が行き交う中庭では涙を流せない。

そっと目に溜まった涙を指先で拭うと、ザハブ宮に向かって歩きだした。


「姫さま、熱が出る前にお食事を召し上がってくださいませ」

まだ陽が落ちるまであと二時間はあるだろうか。それでも莉世の身体を襲う熱は、日を追うごとに時間が早まっていく。

ラシッドはまだ政務中で、寂しくひとりでの食事だ。

座って食べていると、足首の内側が目に入る。手のひらくらいの大きさだった赤みは、ふくらはぎにまで広がっていた。

(このままではどんどんこの赤みが広がり、全身に……)

そう思うと、ブルッと身体を震わせた。

「リセ、しっかり食べなくてはダメだ」

驚くことに、いつの間にかラシッドがいて莉世の隣に座る。

「お兄さまっ、まだ政務中ではないのですか？」

「政務よりお前のほうが大事だ」

ラシッドは涼しげな目元を愛おしげに細める。

「お兄さま……」

忙しいのに時間を割いて来てくれたことはうれしいが、その分負担をかけているのではないかと思うと、申し訳ない気持ちでいっぱいになる。

食事をしながらラシッドと会話をしていると、頭がクラクラしてきた。

つらくなり、手に持っていたパンを落としてしまうと、ラシッドがすぐに気づく。

「熱が出てきたんだな」

ラシッドはすぐさまぐったりとした身体を抱き上げ、寝所へ連れていき、横たえる。

ナウラとマハルは用意していた冷たい布で、莉世の身体を手際よく冷やし始める。

しかしそれは気休め程度で、熱は莉世を苦しめるばかりだった。

「お兄……さま……」

「話さないでいい。目を閉じて眠るんだ」

つらそうな瞳にラシッドは胸が痛くなる。柔らかい髪を撫でるラシッドの手を感じながら、莉世は眠りに落ちた。

「姫さま、今日はゆっくりなさってください」

毎日熱に侵《おか》されていく身体をマハルは心配して、散歩をしようとする莉世を止める。

「熱が出たら、否が応でも寝るんだから、気分転換に歩きたいの」

「でも外は暑いですし……」

「マハル、大丈夫だから」

莉世は居間を出ると、ゆっくりした足取りで外に向かった。そのあとをナウラが追いかける。

実を収穫したあとのさっぱりしたナツメヤシの並木を抜け、中庭まで歩くと疲れてしまい、モザイクタイルの美しい噴水の縁に腰かける。

「姫さま、飲み物を持ってきますね。ここで待っていてください」

「ナウラ、ありがとう。本を読んでいるから。急がなくていいからね」

ナウラは莉世の様子を見て言うと、急いで去っていく。

「体力がなくなっちゃったみたい……」

噴水から勢いよく出る水が心地よさそうで、思わず手をつけてみる。片手には、涼しいところで読もうと持ってきた本がある。

「気持ちいい……」

水の中に手を浸していると、ふいに影が落ちた。莉世は顔を上げて影の主を見る。

そこにはひとりではなく三人の若い女官がいた。

「あなた方は？」

（この中庭は特定の者しか入れないのを知らずに、入ってしまったの？）

「わたくしたちが誰であろうと関係ございません」

「いったいなにを……」

彼女たちが知らずに入ってきたのではなく、自分に会うために来たのだと悟る。

（この人たちは誰……？）

「陛下との結婚を辞退してほしいのです。このままでは陛下の立場が危うくなります。あなたからファティマさまとの婚姻を勧めてくださいませ」

口調は丁寧だが、内容は驚くものだった。突然のことに莉世は戸惑いの瞳で彼女たちを見る。

「鈍感な姫君はご存じなかったようですわね」

（わたしから……わたしがお兄さまに、ファティマさまと結婚をするように勧める？　そんなことは無理！　でもお兄さまの立場が悪くなると……）

「このままですと、陛下は王の座から降ろされるかもしれませんわ」

「そんなことできるわけがないわっ！」

（何代もお兄さまの一族がこの国の王だったのに……）

莉世は混乱するばかりだ。

「それはわかりませんわ。今の状態では誰も味方はおりませんから」

三人はまるでシナリオを作ってきたかのように、交互に話していく。

あまりにも唖然とする話で、莉世の手から本が地面に落ちる。

「姫君、いい加減目を覚ましてくださいませ。あなたは異世界から来た人です。王妃になれるわけなどないのですよ」

三人はにっこりと莉世に微笑む。莉世はなにも答えることができなかった。

そのとき――。

「お前たち、こんなところにいたのね？　探したわ」

妖艶な声の持ち主が現れた。

「ファティマさま！」

女官三人は急いで頭を深く下げる。

「このようなところでなにを……？」

鮮やかなオレンジ色のドレスを着たファティマは、噴水の縁に座っている莉世に目を留める。

「あら？　そうだったわね。ここはラシッドさまの中庭だったわね？」

莉世を見てにっこり口角を上げた。

「わたくしの女官たちがなにか？」

莉世がまるで彼女たちを引き止めていたかのような話しぶりだ。

「いいえ、ここはあなた方が入る場所ではありません。早く出ていってください」

莉世はそれだけ言うと、噴水の縁から立ち上がる。

「姫さま、ひとついいことを教えてあげます」

人差し指を自分の口元に置いて微笑むファティマ。

「いいことですか……？」

「この国には秘薬というものがあります」

「秘薬？」

莉世は耳慣れない言葉を聞いて首を傾げる。

「ええ、どんな病気にでも効くという万能の薬ですわ」

「そんな薬、初めて聞きます」

(どんな病気にも効く万能の薬……？　本当にあったらどんなにいいか)

一瞬期待してしまったが、そんなものがあったらとっくに投薬されているはずだと首を横に振る。

「あら？　侍医は知っているはずですよ？　彼の部屋にあるんですもの」

ファティマは笑みを浮かべ、得意げに話す。

「では、どうしてわたしに使ってくれないのですか？」

「侍医もあなたが王妃になるのは反対なのですよ。だから病気を治さないようにしているのでしょう」

「そんな……」

莉世は愕然となり、噴水の縁に手を置いた。

「侍医の部屋に行ってみてください。ブルーの液体の入った小さな瓶がありますから。それを飲めば病気は治るはずですよ」

「なぜそんなことを教えてくれるの？」

(わたしが助からないほうがいいのでは……？)

ファティマが手助けになる話を教えてくれることに、納得がいかない。

「だって、正々堂々と戦いたいですから。わたくしは卑怯《ひきょう》な人間ではありませんのよ？　それではごきげんよう」

にっこり笑ってファティマは行ってしまった。取り巻きたちもあとを追う。

ファティマが教えた秘薬は、どんな作用をもたらすかわからないものだった。死ぬかもしれないし、身体の一部が機能しなくなることもありえる。どうなってしまうか誰もわからないのだ。

残酷なファティマは莉世を陥れたかった。


部屋に戻った莉世は心もとなく寝台の端に腰かけると、先ほどのファティマの話を思い出していた。

（侍医はわたしたちの結婚を反対しているの？　いつも優しいのに。でもそんな秘薬があるなら、どうしてわたしに飲ませてくれないの……？）

莉世の顔がつらそうに歪む。

『侍医の部屋に行ってみてください。ブルーの液体の入った小さな瓶がありますから。それを飲めば病気は治るはずですよ』

ファティマの妖艶な声が頭の中で響く。

「ブルーの液体……秘薬……侍医に聞いて……」

(ううん。侍医はわたしたちのことを反対していると言っていた)

いつも優しい侍医が本当にそう思っているとしたら、悲しいことだった。


翌朝マハルとナウラが居間を出ていくと、莉世はこっそり部屋を出た。昨晩の熱も早まり、残された時間が少ないことで焦っていた。

まだ諸外国からの奇病を治療できる朗報もなく、心細かった。

(本当に秘薬があったら……)

侍医の部屋はラシッドの執務室のある宮と対面にある。莉世は急ぎ足でザハブ宮を出る。外に出て強い太陽の陽射しを浴びると、クラッと眩暈を覚えた。

(体力がどんどんなくなっていく。昨日より今日、今日より明日……明日はもしかしたら歩くのもつらくなるかもしれない……そんなわたしがお兄さまと結婚なんて無理に決まっている)

莉世は喉から手が出るほど秘薬が欲しかった。

庭には衛兵や女官がいたが、侍医の部屋がある宮へ入ると、誰にも会わずその前にたどり着く。扉を叩いても返事はない。

「いない……？」

取っ手を引っ張ると扉は開いた。

「侍医？　侍医はいる？」

部屋の中は治療をするための寝台がふたつと、簡素な机に壁一面に設置された薬棚といった、まるで学校の保健室のような部屋だった。

（誰もいない……）

莉世はおそるおそる、目に入った薬棚に近づいた。

「この中に秘薬があるの……？」

棚に並べられた瓶のラベルを見ていく。そのとき、秘薬がブルーの液体だということを思い出した。

「ブルーの液体……」

（秘薬っていうからには、そのあたりに置かれているわけがないよね……？）

薬棚を慎重に見て、ブルーの液体を探した。棚の四分の三を見終えたが、それらしき薬はない。隣の棚に目を向ける。細長い棚は鍵付きだった。

「この棚……」

（この棚だけに鍵がついているということは……）

ガラス戸棚の中を上から順に見ていくと、一番下の段にブルーの液体の入った小瓶があった。

「あった……あれかもしれない……でも、鍵がかかっている……」

机の引き出しを開けてみる。

自分のやっていることは盗みと一緒で、絶対にやってはいけないのだが、治りたい一心で行動していた。

（ファティマさまの言う通り、ブルーの液体があった。本当に秘薬なのかもしれない）

「これ……？」

鍵を探していると、三番目の引き出しの隅に入っていた。

「これかもしれない……」

鍵を手にして、薬棚の鍵穴に挿し込む。

――カチッ。

小気味いい音をたてて扉が開いた。

莉世は部屋に戻ってもドキドキと胸が鳴っていた。暴れ回る心臓がなかなか静まらない。

（いけないことをしてしまった……）

盗みを働いたのだ。手のひらに乗るサイズの小瓶を見つめる。

（これが秘薬……）

布に包むと、マハルたちに見つからないように引き出しの奥へしまった。

「姫さま？　どちらへ行かれていたのですか？」

引き出しを閉めたとき、背後からナウラの声がして、静まってきていた心臓がドクンと跳ねた。

「散歩を……」

「そうでしたか。今度はわたしに声をかけてくださいね」

ナウラは無邪気な笑顔を莉世に向けた。


それから莉世は、秘薬がなくなったことが侍医にバレてしまわないかハラハラし通しだった。秘薬を盗んでしまい、後悔もしている。

（でも……治らないと、お兄さまの花嫁になれない……）

病気になった自分との結婚を無理に押し通せば、ラシッドは王の座を追われてしまうかもしれない。

（それだけは絶対にダメ）

だが、盗みを働いた時点で王妃失格だろう。どちらにしても自分は王妃にふさわしくないのだ。

（元気になったとしても、お兄さまと結婚はできないかもしれない。けれど……今は一縷《いちる》の望みを秘薬に……もう一度だけお兄さまとオアシスへ行きたい……）

ラシッドがファティマと結婚すれば、莉世はザハブ宮にいられないのだ。他の男性と結婚させられるのならば死んだほうがマシだとも思っていた。

（そのときは……）

そう結論づけた莉世はうなだれた。

居間へ行くとマハルが拭き掃除をしていた。

「マハル、書庫へ行きたいのだけど……」

「書庫でございますか？」

「読む本がなくなってしまって」

莉世は不安な気持ちを悟られないように、マハルに笑顔を向けた。

「最近の姫さまは、本の虫でございますからね。すぐに参りましょう」

マハルは愛おしそうに莉世を見て言った。

書庫には古い文献や世界中から集めた本などがあり、莉世はときどき足を運ぶ。

マハルは入口付近の椅子に座り、莉世が本を選ぶのを待っていた。

莉世が探しているのは、秘薬の本。

(この国に伝わる秘薬が本当にあるのならば、古い文献にも載っているはず)

奥にある医学の棚を探し始めた。気になる本をひとつずつ手に取って読み始める。

意外にもすぐに目当ての本は見つかった。だが、かなりの古い書物で丁寧に扱わなければバラバラになってしまいそうだ。本棚の間に座って、それを読み始める。

「我が国に伝わる……秘薬……には……多大な……」

(古すぎて文字が読めない部分が……)

「青い液体を……飲めば……すべての……病気……回復……」

そのあとは擦れていて解読不可能な状態だった。

(でも知りたいことはわかった。秘薬を飲めばやっぱり治るんだわ)

莉世の心は少し軽くなった。

「マハル、ありがとう」

莉世は三冊の本を胸に抱えて、マハルのところへ戻ってきた。

「お持ちいたします」

マハルは本を莉世から受け取り、ふたりは書庫を出た。

ザハブ宮に戻る道を歩いていると、タヒール大臣と数人の男たちが向こうからやってきた。タヒール大臣は莉世を見ても無表情で通り過ぎようとしていた。

「タヒール大臣、ファティマさまのご婚礼のご用意は進んでおられますかな？」

通りすがりに聞こえてきた男の言葉に、莉世はドキッとした。

「滞りなく進んでおりますよ」

うれしそうな笑い声を上げながら、上機嫌にタヒール大臣らは去っていく。

莉世は立ち止まって振り返り、タヒール大臣の後ろ姿を見た。

（婚礼の用意……）

「姫さま、お気になさらないように。さあ、行きましょう」

マハルは立ち止まってしまった莉世を促す。

「う、うん……」

「惑わされてはいけません。陛下を信じてくださいませ」

（お兄さまはファティマさまと結婚するのが一番……）

莉世は大きく息を吸い込むと、再び歩きだした。

居間に戻ると、精神的にも体力的にも疲れてしまい、クッションにもたれるようにして休んでいるうちに、いつの間にか眠りに落ちていた。

頬になにかが触れるのを感じて、眠りから覚める。目の前に美麗なラシッドの顔があり、莉世は微笑む。

「お兄さま……」

もう夜なのかと思ったが、まだ外は明るいし、夜だったら熱が上がってこんなに気分はよくないはず。うたた寝程度だったようだ。

「こんなところで寝てしまうとは、身体が疲れているのだろう」

ラシッドは莉世の隣に横になると、顔を起こし、腕で支える格好になる。

「お兄さま、政務は？」

「お前のご機嫌取りに来たんだ」

「わたしの機嫌はそう簡単には直りませんよ？」

ラシッドの言葉に合わせて、莉世はツンとすまして言う。

「いや、お前の機嫌はすぐに直るさ」

ラシッドは莉世に被さるようにして顔を近づけると、唇を重ねた。

「ん……っ……」

上唇や下唇を甘く食まれ、舌が歯列を割って入り込む。舌は莉世の舌を追い、絡め取り、溜まった唾液を吸い上げる。

何度も何度も口づけられて、ようやく莉世は解放された。

「お姫さま、ご機嫌は直ったかな?」

甘いキスが終わり、ラシッドの声でハッと我に返る。

「もう……」

恥ずかしそうな莉世に、ラシッドは楽しそうな笑い声を上げた。


翌日、身体を動かすのも大儀だったが、シラユキに会いたくなって莉世はひとりで向かった。

ナウラとマハルがついてこようとしたが、どうしてもひとりになりたいと頼むとわかってくれた。ふたりがいると、つらい顔を見せたりぼんやりしたりできないからだ。

途中で足が重くなり、休みながら時間をかけてシラユキのいる厩舎へ向かうと、ガラーナにブラシをかけているカリムがいた。

「カリム、もう厩舎の仕事はしなくてもよくなったんじゃ……」

「姫さま、こんにちは。好きで来ているんです。ガラーナとシラユキは素晴らしい馬ですから、すぐに会いたくなるんです」

カリムは勉強と剣の鍛錬の合間を見て、毎日厩舎へ来ていた。

「そうだったの。カリムが愛情を注いでくれるおかげで、この子たちもうれしそう」

莉世はガラーナとシラユキに近づく。それからガラーナの頬を優しく撫でると、持ってきていた野菜を二頭にあげた。


ふたりは二頭から少し離れた丸太に腰を下ろした。

「姫さま、病気のこと、聞きました……あのときあそこにいなければ……」

カリムは悔しそうに両手を拳に握る。

「……カリム、この国に伝わる秘薬があるって知ってる？」

莉世は思いきって秘薬のことを口にした。誰にも話せず苦しかったのだ。

「秘薬ですか⁉　いいえ、初めて聞きます」

「その秘薬を飲めば、どんな病気でも治るらしいの」

「それは素晴らしい薬ですね！　それを飲めば姫さまの病気も治るのでは！」

秘薬と聞いてカリムは瞳を輝かせるが、莉世の顔は浮かない。

「侍医が持っているとファティマさまから聞いて……それで……侍医の部屋に行った

ら誰もいなくて……」

泣きそうな顔になった莉世にカリムが驚く。

「姫さま！　どうしたんですか⁉」

「鍵がかかって……いたけど……開けて……秘薬を盗んでしまったの」

そう言うと、顔を伏せて泣きだしてしまった。

「盗んだ、って……姫さまならば、お望みになれば手に入るのでは？」

泣きだしてしまった莉世に、オロオロとするばかりのカリムだ。

「侍医が、わたしとお兄さまを結婚させないために飲ませないのだと……」

「そんな！　王さまは秘薬があることをご存じなのですか⁉」

知っていれば命令ひとつで手に入るに違いない。手に入らないものなど王にはないのだから。

「わからないの……」

「わからないって……それにファティマとおっしゃいましたね？　あの大臣の娘じゃないですか！　あの女の言うことを信じるのですか⁉　もしかしたら毒薬かもしれないんですよ！」

興奮したカリムの声がつい大きくなる。

「声を潜めて……。わたし、書庫で秘薬を調べてみたの。彼女の言う通り、本当になんでも治ると書かれていたわ。読めない箇所もあったけど間違いないと思う。あれを飲めば治る」

「本当にそんなすごい薬があるんでしょうか……姫さま、そんなの飲んじゃダメです」

「カリム……」

カリムに反対され、莉世は秘薬を飲むことに迷いが生じた。

涙が乾くと、「よく考えるから」と言って厩舎をあとにした。

「おかえりなさいませ、姫さまっ！　この美しいご衣装、見てくださいませ！」

居間へ戻ると、マハルが興奮を抑えきれない様子で、莉世を部屋の中央まで連れていく。

実物大の人型に着せられた金色の婚礼衣装があった。光り輝く美しさで、繊細な透ける生地などがふんだんに使われたふんわりとしたドレスだ。

「姫さまがお召しになったところを早く見たいですわ」

ナウラも婚礼衣装の横で待ちきれない様子。

「陛下と姫さまが並んだ姿はさぞ神々《こうごう》しく、お似合いでしょう」

マハルは目を閉じ、想像してうっとりしている。

今の莉世は美しい婚礼衣装を見るのが苦痛だった。視線を逸らしたとき、ラシッドが現れた。

「リセ、どうだ？　気に入ったか？」

「お兄さま……」

「どうした？　不安なのか？」

莉世の揺れ動く瞳にラシッドは眉根を寄せる。

「族長や大臣たちから反対されていると聞きました」

「わたしはこの国の王だぞ？」

反対などものともしないラシッドの口調に、莉世は力なく首を横に振る。

「王さまでもできないこともあります。それにわたしの病気も……」

「リセ！　お前はわたしと結婚したくないのか？」

自分たちの気持ちはひとつだと思っていたラシッドの心が苛立つ。

「わたしでは王妃にふさわしくないからです！」

「ふさわしくないだと？　お前はそんなに弱虫なのか？」

ラシッドは鋭い口調で切り返す。

「そうです！　弱虫です！　わたしはいつもビクビクしています」

病気になってから自信が失われていった。莉世は涙を見せまいと、下唇を噛む。

「……では……お前の望み通りにしてやろう」

ラシッドは莉世に理解できない言葉を告げると、部屋を出ていった。

（お兄さまを怒らせてしまった……どこへ行ってしまったの？）

『お前の望み通りにしてやろう』

（もしかしたらファティマさまのところへ？）

そうだとしても仕方がない。自分は無力で、ラシッドから離れるしかないのだ。秘薬で身体が治ったとしても。

「姫さま、早く陛下にお謝りくださいませ」

ふたりの言い争いの場に、去る暇もなく留まっていたマハルが莉世に言う。

莉世のラシッドを想う気持ちは強い。ラシッドの幸せを考えたかった。

（お兄さま、ごめんなさい……）

突然、莉世の身体がふらつく。急に全身の力が抜けた感覚に陥り、その場にしゃがみ込んだ。

「姫さま！」

「マハル……ひとりになりたいの……」

マハルに支えられて立ち上がった莉世の顔色は悪い。

「大丈夫ですか？　お熱が出てきたのでは？」

「いいえ。まだ大丈夫。少し休むからひとりにして」

莉世と共にマハルは寝所へ向かい、寝台に寝かせると、ひとり出ていった。

莉世は起き上がり、引き出しの奥から、布にくるんだ秘薬の小瓶を取りだす。

（きれいなブルー……）

目の前に掲げて小瓶を見る。

（これが毒薬だとしても……もうなにも考えずに死ねる……でも本当に秘薬だったら、病気が治る……）

莉世にとって、これが毒薬でもかまわない気持ちだった。

ゆっくり小瓶の蓋を開ける手が震えている。深呼吸をしてから口につけると、一気に小瓶の中身を流し込んだ。

次の瞬間、全身が焼けるような感覚に襲われる。

「うう……っ……嫌……熱い……ああああっっっ‼」

莉世の手から小瓶が離れ、床に転がった。そして身体も床に崩れるように倒れた。

（お兄さま……）

全身がまるで火に焼かれているような熱さで、薄れゆく意識の中、最後に浮かんだのはラシッドの顔だった。

莉世の寝所からの悲鳴と物音に、居間にいたマハルは部屋に飛び込んだ。

「姫さま⁉」

マハルが見たのは、寝台のそばで莉世が床に倒れている姿。

「どうしたのですか！　姫さま⁉　誰か！　誰か！　いないのですか⁉」

マハルは莉世の身体を揺さぶるが、ピクリとも動かない。

「姫さま⁉　姫さま⁉　目を開けてくださいまし‼」

必死に莉世の目を覚まそうとするマハルの、悲痛な声が響いた。

ラシッドがガラーナを馬番に出させたところで、莉世が倒れたと知らせを受けた。すぐに引き返しザハブ宮へ急ぐ。

病気の莉世と言い争ってしまい、ラシッドは居間を出てから後悔していた。

起きていられる時間がだんだんと短くなっている莉世。諸外国に手配しても医師はなかなか見つからず、ラシッドは焦っていた。

彼は、まさか莉世が秘薬を飲んでしまったとは夢にも思っていなかった。

「陛下！」

莉世の寝所へラシッドが姿を見せると、マハルが慌てた様子で近づく。

「姫さまが大変でございます！」

ラシッドは寝台に寝かされた莉世に愕然とした。

顔は赤く、玉のような汗が浮かび、途切れ途切れに呼吸をして苦しそうだ。

マハルが見つけたときに比べ、莉世の容態が変化していた。少し前からこのようにつらそうな様子になったのだ。

「リセ⁉　いったいどうしたんだ⁉」

ラシッドが莉世の頬に触れると、思わず引っ込めたくなるほどの熱さだった。

「熱すぎる！　侍医はまだか⁉」

声を荒らげたとき、つま先になにかが当たった。

「この瓶は？」

瓶を拾ったラシッドは眉根を寄せる。

「……瓶……ですか？　わたしは存じません……」

初めて見る小瓶に、周章狼狽《しゅうしょうろうばい》しているマハルは首を横に振る。

「なぜこんなものが落ちていた？　これはなんなんだ⁉」

小瓶を手にして莉世の顔と交互に見ているところへ、侍医が現れた。

「侍医、早くリセを診てくれ。ひどい熱だ！」

「陛下……その小瓶は……？」

見たことのある小瓶に、侍医は眉根を寄せ、「あっ！」と声を上げた。

「侍医、これがなにか知っているのか？」

ラシッドが怪訝そうな顔で侍医を見つめる。

「それは……それは……秘薬でございます」

「なんだと！　秘薬⁉」

侍医は小瓶を受け取り、まじまじと見る。小瓶にはブルーの液体がまだ少し残っていた。

「間違いありません。秘薬です」

断言し、熱に苦しんでいる莉世を見た。

「姫さま……いったいどうして……」

「秘薬とはどういうことなのですか⁉　姫さまがこんなに苦しんでいるのです。早く楽にしてあげてくださいませ！」

ラシッドと侍医の会話がまったくわからないマハルは叫ぶ。一刻も早く莉世に楽になってもらうことだけが望みだ。

「マハル殿……」

侍医は言葉に詰まった。その代わりにラシッドが口を開く。

「マハル、莉世は秘薬を飲んだようだ」

「陛下……その秘薬とは……？　治る薬なのですね？」

秘薬というからには莉世の病気も治るのではないかと、マハルは瞳を輝かせる。

「秘薬は万能薬だが、副作用が不明だ……だから使う勇気がなかった」

「それでは、治らないかもしれないのですか⁉」

ラシッドは『治らない』と言いたくなかった。

「マハル殿、あとは姫さま次第でございます……」

侍医はがっくりと肩を落として呟いた。

莉世がどうなってしまうのかはまったくわからない。苦しんでいる様子を見ると、助かる見込みなどないように思える。

ラシッドは力なく椅子に座ると、うつむき、両手で顔を覆った。

「苦しむところは見たくない……」

「とにかく熱が少しでも下がるように身体を冷やしましょう」

侍医はナウラとマハルに、たくさんの氷と冷たい水を持ってくるようにと指示を出した。

(なぜリセが秘薬を知ったのだ?)

顔を赤くして苦しんでいる莉世の姿を見ながら、ラシッドはふと思った。

(誰かに入れ知恵されたか……)

ぎゅっと拳を作り、落ち着かなければと自分に言い聞かせる。

(お前を失いたくない……失うわけにはいかない。お前がいなくなったら……わたしも生きてはいられない……)

意識のない莉世の手を口元へ持ってくると、愛おしそうに口づけた。


莉世が秘薬を飲んだことは、瞬く間に王宮中に広がった。

ファティマは莉世が苦しんでいると聞いて喜んだ。

「お父さま、もうあの娘が目を覚ますことなんてありませんわ。秘薬が効くはずがありませんもの」

「なぜお前が秘薬を知っておるのだ？」

タヒール大臣は娘の上機嫌に満足していた。

「わたくしはバカではありませんわ。数年前に秘薬の噂を聞いたことがありましたの。秘薬は侍医の元にあると。それで文献を調べて、あの娘に助言したのですわ」

「さすがは我が娘」

隣に座っている娘の手を、ポンポンと自慢げに叩いたのだった。


アクバールと剣の鍛錬中だったカリムは、莉世が秘薬を飲んで生死をさまよっていると聞き、驚愕した。

(やっぱり飲んではいけない薬だったんだ……なんであのとき、強く飲まないよう言わなかったんだ！)

しっかり止めておけばよかったと後悔し、自分の頭を拳で数回殴る。

そのとき、カリムはハッとする。

(そうだ！　あの女のせいだ！　あの女が姫さまに秘薬のことを話さなければこんなことにはならなかったはず」

憤るカリムは、ラシッドが信頼を置いているアクバールに、知っていることを全部話す決心をした。

「ラシッドさま、アクバールとカシミールがお会いしたいとのことですが」

莉世から片時も離れずにいるラシッドに、アーメッドが知らせる。

「会おう。居間へ通してくれ」

（あのふたりがここまで来るとは、大事な話に違いない）

ラシッドは、苦しむ莉世の赤らんだ頬にキスをすると寝所を離れた。

「ラシッドさま、こんなときに申し訳ありません」

アクバールがかしこまって言うと、ラシッドは疲れた笑みを浮かべ、「そこに座れ」

と命じる。

「どうしたんだ？」

「姫さまが秘薬の情報をどうやって得たのか、ご存じでしょうか？」

アクバールが静かに切りだした。

「いや……。わたしもなぜ莉世が秘薬を知ったのか不思議に思っていた」

「ラシッドさま、わたしたちも教えられた話なので、本人をここへ呼び、話を聞いてくださいませんか？」

「本人とは？」

ラシッドは整った眉の片方を上げて見る。

「カリムです」

「わかった。カシミール、カリムをここへ呼べ」

カリムのような身分の者がこの部屋へ通されるのは、異例中の異例だ。

「御意」

カシミールが部屋を出ていく。

「お前は内容を聞いているのだろう？」

ふたりだけになったラシッドはアクバールに問う。

「はい。この話を聞いたときは驚き、開いた口が塞がりませんでした」

「リセはカリムに話をしていたのか……」

自分ではなくカリムに大事な話をしていたと知り、ショックは否めない。

カシミールに連れられて、カリムがラシッドの目の前に立つ。

「カリム、座りなさい」

ラシッドに深く頭を下げたカリムは、静かに座る。

「秘薬のことでなにかを知っていると？」

「はい。姫さまが秘薬を飲まれる前に、たまたま厩舎にいたところ、お会いして話をしました」

ラシッドの鋭い瞳に見つめられ、カリムは緊張し、背すじを正す。

「続けろ」

「姫さまに秘薬を教えたのは、タヒール大臣の娘ファティマさまです」

「なんだと⁉　ファティマが？」

いつ接触したのだろうか。ラシッドの眉根がきゅうっと寄る。

「姫さまは書庫でも秘薬について調べたようです。読めない箇所はあったけど大丈夫だと……」

「リセを陥れるために秘薬を教えたに違いない」

ラシッドはぎゅっと両手で拳を作る。

「侍医殿が姫さまと王さまの結婚を反対しているから、秘薬を飲ませないんだとも言われたらしくて。だから内緒で侍医殿の部屋から……」

莉世がどれだけ悩んでいたのか考えると、ファティマに対し、はらわたが煮えくり返る思いだ。

「王さま、おそれ多いことながら……あの一族は危険です。実は以前……姫さまの左手首に怪我をさせたのは、タヒール大臣なのです」

カリムの告白にアクバールたちは驚き、ラシッドはさらに憤る。

「姫さまの左手首をねじ上げて『お前は奴隷市場へ行かされる』と脅しました。そして左手首がひどく腫れ上がったのを見ると、誰がやったか話せばわたしを殺すと脅迫したんです」

話を聞いているラシッドの顔がどんどん険しくなってきた。それはアクバールとカシミールも同じだ。

「だからリセは、誰がやったか絶対に口にしなかったのだな……」

ますますタヒール大臣とファティマに怒りを覚え、ラシッドは身を震わせる。

「陛下、タヒール大臣とファティマを捕らえましょう」

カシミールは愚行にいきり立つ。

「愚かなやつらだ」

(そんなにリセが邪魔だったのか。王妃の次になにを望むつもりだ？　タヒール、ファティマ)

「カシミール、落ち着くんだ。証拠がない」

そう言ったのはアクバールだ。

「そうだな……相手は権力のある大臣。たかが召使いの話など一笑に付して終わりだろう」

ラシッドは模索し、重いため息をつく。ふたりへの怒りは沸々と湧き上がったままだ。そしてあることを思いついた。

「わたしにいい考えがある」

ラシッドの頭の中に、ひとつの筋書きができ上がった。読みが正しければタヒール親子は必ず動くはず。

ラシッドは三人に考えを話し、行動の指示を出した。


翌日の午後、大臣らに呼ばれたラシッドは彼らと謁見室にいた。顔を見るだけで剣を突きつけたくなるタヒール大臣の姿もある。

「何用だ？」

ラシッドは不機嫌な顔を隠そうともせず聞く。

「陛下、お忙しいところを申し訳ございません。話というのはリセ姫のことでございます」

大臣のひとりが切りだしたが、莉世の名前を聞いたラシッドは冷たく睨む。

「リセがどうしたのだ⁉」

「盗みを働いたと聞きました」

大臣は深々と頭を下げて話す。

「盗みだと？　聞き捨てならないぞ！」

ラシッドは台座から立ち上がると数段の階段を下り、『盗み』と言った大臣の胸倉を掴んだ。

「陛下‼」

まわりにいた大臣たちがオロオロし始める。

「ラシッドさま、お放しくださいませ」

そばに控えていたアーメッドがラシッドに言う。

「言葉を撤回しろ！　侮辱罪だ」

ラシッドは激高しながら、乱暴に大臣を突き放し、大臣はよろけた。

「ダニア大臣、リセ姫のことはもうよしといたしましょう。大事なのは、これからのこと」

タヒール大臣が穏やかに口を挟む。

「そ、そうです。これからのことを話し合うために陛下をお呼び立てしたのです」

ダニア大臣と呼ばれた男は慌てて言い、頭を深く下げる。

アーメッドはラシッドの背後で冷や汗を流していた。

莉世が昏睡状態になってからというもの、ラシッドの機嫌が悪くなる一方だ。もちろん愛する人が死ぬかもしれないときに、愛想よくできるわけがないのだが。

「ここにいる者、全員一致で陛下の婚姻のお相手はファティマさまに決定いたしました」

「まだそんなことを言っているのか……」

すでにタヒール大臣とファティマの悪行を知っているラシッドは、怒るどころか呆《あき》れて言葉も出ない。

「我が娘は、陛下の伴侶にするために育ててまいりました。必ずや立派な王妃になりましょう」

タヒール大臣は、ラシッドが考え込んでしまったのを見ると言った。

「……わかった。ファティマを王妃に迎えよう」

ラシッドはファティマを王妃に迎えるとその場で宣言した。

「おぉ！」

大臣たちが喜びの声に湧く。

「さすがは陛下でございます。我が国ジャダハールの長」

先ほど胸倉を掴まれたダニア大臣が、うやうやしくもう一度頭を下げた。

「だが……婚礼の儀までにリセの病気が治ったあかつきには、この話はなかったことにする」

「それは……もちろんでございます」

ダニア大臣はまわりの大臣の顔を見て、打ち合わせたように頷く。

「陛下！　では準備を進めさせていただきますぞ」

謁見室から立ち去ろうとするラシッドの背中に向かって、タヒール大臣が言った。

ラシッドはその言葉を無視して出ていった。


「我が美しい娘！　うれしい知らせだ！」

上機嫌のタヒール大臣は、ファティマの部屋の扉を開けると同時に言った。

ファティマは細長い寝台にうつ伏せになり、薄布がかけられているだけの姿だった。

毎日欠かさない施術師によるマッサージをしている。

薄布のすぐ下は裸なのだが、ファティマは恥ずかしがることなくゆっくり起き上がり、召使いの広げたドレスに着替える。

「ご機嫌でございますのね？　お父さま」

「機嫌がよくならないはずがないぞ！　愛おしい娘よ！」

タヒール大臣はファティマを抱きしめると椅子に座らせる。

「これほど上機嫌なのは、よっぽどいいお話なのね？　もしかして……！」

「そうだ、陛下がお前を王妃に迎えると、たった今公言した」

タヒール大臣は自信のみなぎる笑顔だ。

「お父さまっ！　うれしいですわ！」

「すでに準備は始めておる。お前はドレスを選ぶだけだ」

「それではすぐに婚礼の儀を挙げられますわね？」

ファティマは今にも飛び上がりそうなほど喜んでいる。

「あとはあの娘が死ねばいいんだわ」

「あの娘は放っておけ。お前の婚礼に不吉なことがあってはならない。万が一のときはわたしに任せなさい」

タヒール大臣は喜んでいる愛娘に目じりを下げた。

ラシッドは、寝台の上で呼吸を荒くして苦しんでいる莉世を見つめていた。

（もう苦しまないでくれ！　お前の苦しむ姿を見たくない……）

ここ数日で莉世はかなり痩せてしまっていた。

ラシッドは莉世の額から玉のように噴き出る汗を、冷たい布で拭う。

「お前はなにも話してくれなかったんだな……」

タヒール大臣は、邪魔な莉世に何度となく乱暴を働いていたというカリムの話に、怒りが込み上げてくる。

「なぜ話してくれなかった⁉」

思わず言葉を発してから、自分のせいでもあると肩を落とす。

「わたしのためだな……」

自分に迷惑がかからないように言わなかったのだろう。

（なんでも耐えてしまうリセの性格を逆手に取った、卑劣な男め！　この報いは必ず受けさせる！）

ラシッドはふたりにどんなことをしてでも償わせると、心に誓った。

数日後、ファティマは上機嫌で婚礼衣装の寸法を測らせていた。

「寝る間も惜しんでドレスを仕上げてね？」

「はい。誠心誠意、作らせていただきます」

召使いはファティマのウエストへ寸法用の紐《ひも》を回す。

そこへ慌てた様子のタヒール大臣が入ってきた。

「ファティマ！」

父親の額から流れる汗に、ファティマの細く整った眉が上がる。

「お父さま、どうしたのですか？　そんなに慌てて」

いつもと様子の違う父親を見て、召使いに部屋から出ていくよう命令する。

「さあ、誰もいませんわ。気つけにお酒でもお飲みになって？」

ファティマは酒を杯に注ぐと、苦々しげな父親の手に渡す。汗を手の甲で拭いたタヒール大臣は、度数の高い琥珀《こはく》色の酒をグッとあおると、口を開いた。

「……あの娘が目を覚ました」

「なんですって⁉　あの娘って、リセよね⁉」

ファティマは自分も飲もうと手にしていた杯を、驚きのあまり床に落とす。

「目を覚ましただけ？　それとも熱はまだあるの？」

「完璧に治ったようだ」

「そんな！」

王妃に決まり、天下を取ったような思いを胸に抱いていたファティマは茫然とした。リセの身体が治れば王妃に反対する理由がなくなる。

「お父さま……」

不安そうな顔になった娘を見て、タヒール大臣は頷く。

「そうだ。お前は王妃になれない。秘薬を盗んだとて、たいした騒ぎにはならぬ。あの娘には陛下がついているのだからな」

「そんなバカな！　……そうよ、わたくしはあの娘が治らないと思っていた。もし治ったときには殺そうとまで考えていたけど……秘薬ならばわたくしが手を下すこともないと」

一生目が覚めずに死んでもらうつもりで秘薬を教えたファティマなのだが、計画は失敗し、気が狂いそうだ。

ファティマは両手で顔を覆った。

「ファティマ……そう嘆くな。わしがなんとかしてやる」

タヒール大臣は、うなだれるファティマの肩を数度撫でるように叩く。

「お父さま……なんとかって……？」

「もうあの娘を生かしておくことはできない」

愛娘を幸せにするために莉世を殺すことを決心した。

「殺すなら早いほうがいい。他の者では信用できない。わしが殺そう」

「お父さま……」

ファティマは頼もしい父親の胸に飛び込んだ。

「安心していいぞ、ファティマ。王妃の座はお前のものだ」

タヒール大臣はファティマを胸に抱きながら、莉世をどうやって殺そうかと考えていた。


「姫さまが目を覚まされたことを、お喜び申し上げます」

ダニア大臣はタヒール大臣に、莉世の様子を確かめてほしいと頼まれ、ラシッドの執務室を訪れていた。

「ああ。最高の気分だ」

ラシッドはいつになくにこやかな笑みで答える。

「すぐにでも姫さまの快気祝いの宴をしなくてはなりませんな」

「いや、快気祝いの宴をするのなら、婚礼の儀も一緒にやってしまおう」

「ファティマさまとの婚礼の儀では、姫さまは気分を害されるのでは？」

ダニア大臣はラシッドの言葉を取り違え、うやうやしく言う。

「誰がファティマとの婚礼の儀だと言った？」

「えっ⁉」

「リセの病気は治ったのだ。もう誰もなにも言えないだろう？」

ラシッドはクッと口元を上げて笑う。

「陛下！　それはっ！」

心の中で早くタヒール大臣にこのことを話さねばと、ダニア大臣は焦る。

「そうだな……進言通り、一週間後に婚礼の儀を挙げよう。すでに婚礼衣装はでき上がっている。そのとき、存分にリセの快気祝いをしてくれ。今日は前祝いとして宴を開くぞ」

「は、はあ……」

ダニア大臣は戸惑いながら頷いた。


その夜、ザハブ宮の隣にある宮で宴が開かれた。

男だけの宴なのだが、素晴らしい肢体を持つ踊り子や酒を注ぐ美しい女は、こういう席では必要不可欠だ。

ラシッドは上座におり、まわりには美しい女性が座っている。

しばらくすると会場がざわめいた。そのざわめきの原因であるひとりの女が、ラシッドの元へやってきた。

「ラシッドさま」

ファティマだった。純白のドレスを着た彼女はラシッドの前まで来ると座り、床に頭がつくくらいに深々とお辞儀をする。

「お前のような身分の女は立ち入り禁止だが？」

ラシッドが杯を持ちながら言う。

「リセさまのご回復、おめでとうございます。残念ですが、ラシッドさまのお心がわたくしにありませんので……結婚はあきらめます。このたびはご祝福申し上げます。それだけを言いたくてこの場にやって参りました」

「お前には迷惑をかけたな。この償いはあとでさせてもらうぞ」

ラシッドはファティマに自分が飲んでいた杯を渡すと、酒を自ら注ぐ。

「いただきます」

ファティマはたっぷり注がれた酒をすべてゆっくり飲み干した。

いつになく優しい表情を浮かべているラシッドを見て、ファティマはやはり欲しいと思ってしまう。

（でも、もうすぐラシッドさまはわたくしのものになるわ。お父さまがあのしぶとい娘を殺してくれる）

ファティマはにっこり、ラシッドに笑みを見せると、空になった杯を召使いに渡す。

「それではもう戻らせていただきます」

優雅な所作で立ち上がった。

「いや、特例を認めよう。お前はここにいるがいい」

ラシッドは父親の隣に座るようファティマに命じる。彼女は笑みを浮かべて座った。

（計画を実行するにはまだ早い）

タヒール大臣は、踊り子が妖艶に腰をくねらせているのを見ながら、時間を見計らっていた。


満月が莉世の部屋の中を照らしていた。

明るい月明かりで、裸眼でも寝台の上に莉世が眠っているのがわかる。

タヒール大臣は悪どい笑みを浮かべた。

（宴に娘の女官たちは駆りだされ、衛兵たちもおこぼれをもらいに、捌《は》けている。こ

の宮が手薄になっておるのは幸いだった。順調なのも神のおかげじゃ。王妃にはファティマがふさわしいと思っておられるのだ)

月に照らされた莉世の寝顔は美しい。

「殺すには惜しいほど美しい娘だ」

(だが、我が娘のため)

タヒール大臣は胸元から短剣を取りだす。そしてその手を大きく振り上げた。

月の光に照らされ、磨かれた短剣がキラッと光る。

「悪く思うな」

振り下ろしたとき、突然、足元を強い力ですくわれた。背後にある衣装部屋の扉の隙間から見ていたアクバールの合図で、カシミールがタヒール大臣の足を払ったのだ。

「な、なに⁉」

バランスを崩したタヒール大臣は無様に床に転がった。なにが起こったのかわからないまま、持っていた短剣が手刀で落ちる。そして腕をひねり上げられたタヒール大臣は、低く呻く。

「うううっ……」

「もうあなたは終わりだ」

タヒール大臣の腕をひねり上げたアクバールが告げた。

「お、お前は⁉」

タヒール大臣は近衛隊長であるアクバールの顔を見て絶句した。そして目の前にもラシッドの側近カシミールがいる。

「よくも今まで姫さまを！」

カシミールは腕を振り上げ、タヒール大臣の顔を殴る。

「ぐわっ！」

タヒール大臣の口から呻き声が漏れた。

「な、なんてことをするんだ！　わしは大臣だぞ！」

「その大臣がラシッドさまの婚約者を殺そうとしましたね？　立派な反逆罪です」

アクバールは静かに言った。

腕を捕らえられたタヒール大臣は、どうにかしてアクバールから逃れようと足をばたつかせる。

「お前たちの言うことなど誰が信じるものか！　族長や大臣たちはわしの味方だ！」

タヒール大臣は開き直った口調で、アクバールとカシミールに向かって鼻で笑う。

「そうだろうか？」

聞こえたのはラシッドの声。

彼が口元に笑みを浮かべて部屋に入ってきた。

「陛下っ！　お助けください！　この者たちがいきなり部屋へ連れてきて濡れ衣を！」

タヒール大臣はラシッドに助けを求めた。

「もうお前は終わりだ」

次の瞬間、今度は数人の族長と大臣が居間から入ってくる。

「おおっ！　ムハンド大臣！　わしを助けてください。濡れ衣です！」

仲のいい大臣を目にするとタヒール大臣は早口で言う。

「タヒール、お前は潔く認めたほうがいい」

ムハンドと呼ばれた大臣は呆れ顔だ。

「わたしたちはお前の卑劣な行動を一部始終見た。よってお前を拘束し、そのあと処分を決める。すでにお前の娘も拘束している」

発言したのは、アーシファ族の族長アフマド。

タヒール大臣はファティマも拘束されたと聞いて、がっくりと肩を落とす。

「まだ姫さまは目を覚まされないのですね」

ムハンド大臣は静かに眠る莉世へ視線を向ける。その言葉が、部屋から連行されるタヒール大臣にも聞こえた。

「な、なんだと⁉　娘はまだ目を覚ましていないだと⁉」

アクバールとカシミールに両脇を拘束されていたタヒール大臣は、強引に振り返る。

「そうだ、タヒール。まだリセは昏睡状態だ」

ラシッドに告げられ、まんまとはめられたとわかったタヒール大臣は、怒りで顔を真っ赤にさせた。

「連れていけ」

悔しそうなタヒール大臣はラシッドの目の前から消えた。

タヒール大臣は私利私欲に走ったために、焦った行動を取った。結果的にはラシッドの策略にはまったわけだが。

「リセ、もうなにも心配はいらない。お前が目を覚ましてくれることだけがわたしの望みだ」

タヒール大臣を罠《わな》にかけるとき、あれほど高かった莉世の熱が奇跡的に引いた。だが目を開けることはなかった。熱が高ければ、タヒール大臣は部屋に入った時点で罠だと気づいただろう。あのときの莉世は穏やかに眠っているようだった。

「早くお前の笑顔を見せてくれ……リセ」

ラシッドは莉世の額に口づけを落とすと、部屋を出ていった。

それから数日が経ったが、いまだに莉世は目覚めない。

熱が下がったことに一同は喜んだものの、いっこうに目覚める様子がない。このままでは体力がどんどんなくなるばかり。

ラシッドは莉世の頰を手のひらで包み込む。頰はひんやりと冷たい。

（お前は手の届かないところへ行ってしまったのか？）

「陛下、もう一度秘薬を姫さまに飲ませてみませんか？」

侍医がよく考えた末の言葉だった。

「秘薬を？」

「はい。もう一度、古い文献をいろいろと読んだのですが、二度飲ませて病気が治った事例があるようなのです」

治る見込みはわからない。ならば、秘薬をもう一度飲ませて奇跡を願いたい。

「そのようなことがあったとは。まだ秘薬はあるのか？」

「はい。もうひと瓶だけございます」

静かに眠る莉世を見てから、侍医はゆっくり頷いた。

「それしかないな……秘薬を飲ませよう」

ラシッドもこのまま待っているより奇跡を望んだ。


ラシッドが決心したのち、みんなを集めた。

「そんなことはいけません！　もう一度秘薬を飲ませるなど……」

ラシッドから聞いたマハルは驚き、大きくかぶりを振る。

「また姫さまがおつらい目に遭います！」

再び苦しむかもしれない。あのときの叫び声がマハルは忘れられなかった。

「マハル。このままでいれば栄養も取れず、リセは死んでしまうだろう」

「陛下……」

マハルが肩を震わせて嘆く。そばにいた息子のアクバールが母親の肩を寄せる。

「母さん、わたしはラシッドさまの意見に賛成です。奇跡を願いましょう」

「ひとつ問題があります」

侍医が言いづらそうな顔になった。

「問題？」

ラシッドが問う。

「はい。姫さまは自力で飲む力がございません。誰かが秘薬を口に含み、飲ませなければなりません。それには危険が伴います」

「もちろん危険は覚悟の上だ」

（そんなことは承知している。今はリセを目覚めさせることが第一だ）

ラシッドの頭にはそれしかなかった。

「秘薬を口にした者はどうなるのかわからないのです」

「リセの唇に触れる者がいるとすれば、それはわたしだけだ」

ラシッドがこともなげに言う。

「陛下、それはなりません！　陛下に万が一のことがあれば我が国は……」

侍医はやはり秘薬を勧めなければ……と後悔する。

アクバールも驚いたが、莉世を愛しているラシッドならば、誰かに彼女の生死をゆだねることはしないと頷く。

「わたしはリセのために生きる。大丈夫だ」

「では……くれぐれも飲み込まないでください。姫さまに飲ませたあとはすぐに口の中をよくすすいでください」

侍医は苦い顔をラシッドに見せた。

「無論、リセが目覚め、わたしがどうにかなってはたまらないからな」

ラシッドは満足げに頷いた。

「では、秘薬を持ってまいります」

侍医はラシッドに頭を下げると、莉世の寝所を出ていった。

「アクバール、居間へ来てくれ」

莉世の寝所にマハルを残し、ラシッドはアクバールを呼んだ。

先に入ったラシッドは窓の外を見ていた。後ろ姿を目にして、アクバールはラシッドの覚悟がわかった。

「アクバール、これでリセが助かるとは限らないが……リセが助かり……わたしに、もしものことがあれば、この先リセを守る者が現れるまで頼む」

「ラシッドさま！　なにをおっしゃいますか！」

「お前しか頼める者はいない。リセが不自由のないように面倒を見てくれ」

振り向き、ラシッドは涼やかな目でアクバールを見る。

「……もちろん全力で姫さまはお守りいたします。ですが……」

（自分のためにラシッドさまが亡くなった場合、姫さまはどうなってしまうだろうか）

「わたしは死ぬつもりは毛頭ない。何百万分の一の確率の話をしているんだ」

ラシッドは片手をアクバールの肩にポンと乗せて笑った。

侍医が戻ってきたとアーメッドから知らされ、ふたりは莉世の寝所へ戻る。侍医は神妙な面持ちで、ブルーの液体が入った小瓶を持って待っている。

「では……陛下、くれぐれも秘薬を飲み込まないでください」

ラシッドにもう一度注意をした。

「ああ。わかっている」

寝台に胡坐をかいて座ったラシッドは、莉世を抱きかかえる。

「ラシッドさま、もう一度お考え直し……」

アーメッドはラシッドの身を案じていた。

「アーメッド、うるさいぞ」

ラシッドは侍医へ手を伸ばす。マハルはすぐに差しだせるように水の入った杯を持っている。

侍医はゆっくり小瓶の蓋を開けてラシッドに手渡した。

受け取ると、ラシッドはためらうことなくそれを口にして、顔を莉世に傾けた。ラシッドの唇と莉世の唇が合わさる。

こぼれないようにゆっくりと莉世の口の中へ秘薬を流し込んでいく。

秘薬を口に含んだ瞬間から、ラシッドは眩暈を覚えていた。口の中が熱く、意識が朦朧としてくる。

（まだダメだ！　リセに飲ませなくては！）

なんとか気持ちを保ちながら、莉世の口に秘薬を流し込み続けた。

莉世はゆっくりとなにかが喉を通っていく感じがわかった。

（誰……？　お兄さま……？）

唇が触れられている感触。

「ラシッドさま！　もうおやめください！　早く吐きだしてください！」

誰かの悲痛な声が聞こえた。

（ラシッドさま……お兄さま……？　吐きだすって……）

アクバールはラシッドの膝の上から莉世を抱き上げ、寝台に寝かせる。莉世はそれと同時に目を開けた。

目に入ったのはラシッドの端整な顔。だが、目を閉じている彼の身体はグラッと揺れて寝台に倒れた。

「お兄さまっ!?」

「姫さま！」

その場にいた者たちが、目を開けた莉世を見て驚きの声を上げた。

莉世は力が入らない腕でやっと身体を起こすと、ラシッドを見て恐怖を感じた。

「どうしたの⁉　お兄さまっ！　目を開けてください！」

ラシッドの胸に手を置き、揺さぶる。

「ラシッドさま！　ラシッドさま！　お水を！　秘薬を吐きだしてください！」

アクバールはラシッドの身体を起こし、口に杯を当てる。

「秘薬を飲んだのね⁉　嫌！　嫌よ！」

莉世は動かないラシッドを見て、泣き叫んでいた。

「姫さま、どうか落ち着いてくださいませ」

マハルが莉世をなだめようとする。

「侍医！　お兄さまを助けてっ！」

「リセ……目覚めたのか？」

気が狂いそうな莉世の耳に、静かなラシッドの声が聞こえた。マハルにすがりついていた莉世の腕の力が抜ける。

アクバールの腕の中にいるラシッドへ視線を移した。ラシッドの黒い瞳と莉世の薄茶色の瞳が見つめ合う。

「……リセ、心配したぞ」

「お兄さまっ！」

倒れ込むようにラシッドの身体に抱きついた。その姿を見てアクバールたちは安堵した。マハルは涙を流して喜んでいる。

「みんな……心配をかけたな」

莉世を抱きしめたまま、ラシッドはその場にいた者たちに言葉をかけた。

ラシッドは秘薬を口に含んだ瞬間、意識が飛びそうになった。そして実際に意識が一瞬なくなったのだが、泣き叫ぶ莉世の声が聞こえてきた。

(目を覚ますことができたのは、リセのおかげだ)

「陛下、ご無事でなによりです」

侍医が満面の笑みを浮かべた。

しかし、ラシッドの胸の上で莉世はハッとした。

(わたしは侍医の部屋から秘薬を盗んだ……)

ラシッドに支えられながら侍医を見た。

「侍医……秘薬を盗んでごめんなさい……」

「リセ、侍医はわたしたちのことに反対で秘薬を知らせなかったのではない。どうなるかわからないから飲ませられなかったんだ」

莉世の目から涙がこぼれる。

「どうなるかわからない……？　秘薬は万能薬って……」

「姫さま、わたしは秘薬を使おうと思っておりました。ただ……副作用がわからない薬なので怖かったのです。それでも、姫さまが行動を起こさずとも、いずれは飲ませる決心をしたでしょう」

侍医は優しいまなざしで、泣く莉世を見つめる。

「姫さまはとても勇気があるお方です。お身体が元通りになってよかった」

「わたしは怒っている」

侍医の優しい言葉に安堵したのもつかの間、ラシッドの言葉に莉世は凍りつく。

「……わかっています。お兄さまの命までも危険にさらしてしまいました……」

シュンとして顔を伏せた。その愛らしい姿にラシッドはフッと笑う。

「だが……そのおかげですべてがうまくいった」

莉世の薄茶色の髪に指を滑らせる。自分の元へ引き寄せて抱きしめると、莉世の身体から力が抜けていくのがわかった。

「リセ？」

「……クラクラして……力が……」

「無理もない。まったく食べていないのだからな」

ラシッドは寝台に横たわらせると、額にキスを落とす。

数週間、水を含ませる以外はなにも口にさせていないのに、生きているということは、いかに秘薬がすごいものだったかがわかる。

「マハル殿、胃に負担をかけない食事を姫さまにお持ちください」

侍医が指示すると、マハルは「すぐに用意します」と言って出ていった。

エピローグ

「姫さま、おきれいでございますよ」

莉世は金色の美しい花嫁衣装に包まれて、鏡の前に立った。

肩紐のない身頃。胸の膨らみが強調されるハート型のライン。ウエストは細く、そこから下は透ける素材の生地がふんわりと幾重にも広がっている。

最初にこのドレスを見たとき、色に驚いた。莉世の頭の中での結婚式の衣装は、純白のドレスだった。まさか光り輝く黄金色だとは夢にも思っていなかった。

そしてあのときは、自分が本当にこのドレスを着てラシッドの花嫁になれるのかもわからなかった。

薄茶色の髪は結い上げられ、額に大きなトパーズがぶら下がっている。

いつもよりアイラインを濃く施されて、大きな目がさらに大きく、エキゾチックな雰囲気を醸していた。

昨夜から莉世はラシッドに会っていない。彼は前夜祭と称して男たちが集まる宴に出席し、部屋に帰ってこなかった。

＊＊＊

莉世が目を覚ましてから半月。最初の一週間は体調がまだ戻らずに、寝台の上で過ごした。その間にタヒール親子の話を聞き、動揺した。

莉世を殺そうとしたタヒール親子は終身刑をまぬがれないらしい。

「ファティマさまも終身刑なのですか？」

「ああ。ファティマも同罪だ。お前は死んでいたかもしれないのだからな」

この先、生涯ずっと牢屋に入って過ごすのは当たり前のようにラシッドは言う。

「お兄さまっ！　わたしは反対です！　ファティマさまがいなければ、わたしはあのままだったわ。秘薬を飲まなければ死んでいたかもしれない」

（よく言えばファティマさまはわたしの恩人）

「お兄さま、ファティマさまの刑を軽くしてください」

莉世は両手を合わせて懇願した。

「お前は優しい……素晴らしい王妃になるだろう」

ラシッドは涙を溜めて言う莉世に微笑んだ。

「では、なんとかしてくださるのですね？」

「わたしの一存ではなんとも言えないが、大臣たちに話してみよう」

ラシッドはそう約束して莉世を安心させた。

そのあと、タヒール大臣は生涯、牢獄暮らしだが、ファティマは国外追放処分になった。他国に知り合いがおり、不自由はないだろうと聞いて莉世はホッとした。

そして、タヒールの親族たちはジャダハール国を出ていった。その中にはタージルもいた。

＊　＊　＊

王宮中に鐘の音が響いた。

「姫さま……お時間でございます」

正装したマハルはうっとりとした表情から、気を引きしめた顔になった。

「マハル……」

マハルに先導されて莉世は一歩踏みだした。後ろにはナウラがついてくる。

——シャラン……。

歩くたびに、金色の細い鎖につけられた、本物の金で作られた鈴の音が鳴る。

居間を出ると、莉世の目が大きく見開かれた。

「お兄さま……」

金色の生地にシルバーの刺繍が施された長衣とカフィーヤを身に着けた、凛々しいラシッドが待っていた。

砂漠の王たる威厳のある堂々とした姿。その両脇には正装したアクバールとカシミールがいる。そしてアーメッドもうやうやしくラシッドのあとについていた。

「……美しすぎる」

光り輝くような莉世を見て、ラシッドは感嘆の声を上げた。

褒められて莉世の顔がみるみるうちに赤くなっていく。

「アクバール、カシミール、わたしの花嫁は美しすぎると思わないか？」

「姫さまは女神のように輝いております」

「あまりの美しさに目を開けていられません」

真面目に聞くラシッドに、ふたりは莉世を口々に褒めた。

（お兄さま、それって強制しているみたいです……）

「リセ、早くわたしのものになれ」

ラシッドは莉世の腰に手を回して歩きだし、聖堂へ向かった。

聖なる婚礼の儀を挙げてから数時間後。

ふわふわのクッションに座る莉世は、ラシッドの隣で微笑んだ。

「なにを笑っている?」

ラシッドはもう一度莉世を引き寄せ、顔を近づけた。

「だって……婚礼の儀……」

莉世がニコッと笑うと、ラシッドの口元にも笑みが浮かんだ。

誓いの言葉のあと、イムランとライラが舞い、それが終わると同時に莉世はラシッドに抱き上げられた。そしてまっすぐ厩舎に向かい、ガラーナに乗せられたのだ。目的地はラシッドが莉世を連れていきたいと思っていたオアシスだった。

真夜中に到着すると、莉世の驚きはさらに大きくなった。泉のそばに大きな赤い天蓋のテントが張られていたのだ。

そして中には豪華な絨毯が敷きつめられ、真ん中にはふたりが眠るには充分なサイズの寝台が置かれていた。

ジャダハール国のオアシスには七色に光る毒虫は生息していないが、侍医が念のため、秘薬を元に、昼夜を惜しまず苦心して薬を完成させていた。それを聞いて莉世は安堵した。

最高に幸せな時間が、これからふたりにやってくる。

「お兄さま、とても幸せです」

「もう兄ではない。これからはラシッドと呼べ」

ラシッドは莉世の白い首に唇を寄せる。

「ん……っ……」

首筋から鎖骨に移動していく唇に、莉世の口から甘い声が出る。

「お……兄さまっ……」

「ラシッド、だ。ようやくお前を抱ける」

胸の膨らみに移動した唇は、莉世の身体を溶かしていくようだ。

「ラ、ラシッド……愛してます……」

ラシッドの名前を言うと恥ずかしくなり、両手で自分の顔を隠す。その手は優しく外され、黒い瞳と目が合う。

「リセ、永遠に愛を誓おう。死がわたしたちを別つまで離れない」

莉世の唇にラシッドは口づけを落とす。

そのまま、莉世の甘くて柔らかい唇に酔いしれた。

特別書き下ろし番外編

「王妃さま〜、どちらにいらっしゃるのですか〜」

王妃莉世の女官ナウラは、額から垂れる汗を手の甲で拭いながら、ジャダハール国王ラシッド・ベン・ザイール・ジャダハールの妻である莉世を探していた。

「厩舎も見たし……どこへ行ったのかしら。これからご結婚二周年の宴があるというのに」

莉世が紆余曲折《うよきょくせつ》ののち、ラシッドと結婚したのは二年前のこと。

この国にはいない薄茶色の髪と瞳の莉世は、ラシッドに愛され、ますます内面からも輝かんばかりの美しい女性になっていた。

欲を言えば、まだふたりに世継ぎができないことだけが悩ましい。愛し合うふたりに神さまが嫉妬しているのかもしれないと、王宮や街では噂がたっている。

莉世が見つからずに焦るナウラは、王宮の左手の、書庫がある宮まで足を延ばしてみた。

ナウラが探し回っている頃、莉世はザハブ宮の裏手にあるハーレム宮のあたりを歩いていた。

ハーレム宮はラシッドの祖父の時代に、王妃や数人の妃が住んでいたところだ。

ずっと使われていない宮なのだが、今日は窓という窓が開け放たれていて、中で動く女官たちが見えた。

「掃除してる……？」

ハーレム宮の掃除は一年に一回で、定められたその日まであと半年ほどある。

不思議に思い、まだ一度も入ったことのないハーレム宮の中へ足を踏み入れた。

扉の先は、円形の広いスペース。床は美しいブルー系のモザイクタイルで、とても華やかな雰囲気だ。

「王妃さま！」

掃除をしていた五人の女官は、莉世の姿に慌ててモザイクタイルの床に膝をつく。

「どうして掃除をしているの？」

「王妃さま、それは……」

若い女官たちは、莉世から目線を下にずらして気まずそうだ。

そこへ奥から、マハルと同じくらいの年齢の女官が現れる。

「それは、近々ハーレム宮が復活するからですわ。今後、ハーレム宮を取り仕切る女官長のタスニムと申します」

タスニムは得意げにお辞儀をする。

「ええっ⁉　ハーレム宮が復活って……」

いったいどういうことなのだろうかと、莉世は目を大きく見開いて驚く。

「ご結婚されて二年も経つのに、王妃さまにお世継ぎができないからですわ」

「それは……」

もちろん莉世の悩みでもあった。毎晩のように愛されて眠りに就くのに、いっこうに妊娠せず、ラシッドに申し訳ない気持ちでいっぱいだったのだ。

（わたしはこの世界の生まれじゃない。そのせいで妊娠しないのかも……）

侍医からは、妊娠、出産できる健康体であるとお墨付きをもらっているのだが、不安を抱えていた。

「族長と大臣の会議で、アフマド族長を除いた全員が、陛下が五人の妃を娶ることに賛成したのです」

「ご、五人もですか？」

「はい。みなさまお若く美しい女性でございます。陛下もお気に召すかと」

（ラシッドに五人の妃……彼女たちと……）

子供を作る行為を考えてしまうと、悲しい気持ちが先立ってしまい、なにも考えられなくなる。

「王妃さまも、ザハブ宮からこちらへお引っ越しいただきます」

「わたしがここへ……？」

「ええ。五人の妃と不公平がないように」

タスニムの口調は丁寧なものだが、明らかに莉世をバカにしたような顔つきだった。他の女官たちもタスニムの後ろで、笑いを堪えるかのように口元を歪めている。

莉世の心には屈辱よりも、悲しみが大きく広がる。

「王妃さま、どうか五人の妃を受け入れてくださいませ」

深くお辞儀をしたタスニムになにも言えず、莉世はハーレム宮の出口に向かった。

ザハブ宮に戻る道を茫然自失のまま歩いていると、莉世を見つけたナウラがホッとした表情で駆け寄ってくる。

「いったい今までどこにいらしたのですか！　早くお支度をしなければ！」

「……支度？」

莉世はぼんやりした瞳をナウラに向ける。

「王妃さまっ！　ぼんやりして、どうしたのですか？　ご結婚二周年の宴でございますよ！」

「あ……」

祝いの宴があることを思い出した。今朝までは夜の宴が楽しみだったのだが、先ほどのタスニムの話に困惑して、今は頭の中が真っ白になってしまっていた。

「早く湯浴みをして、お身体を磨かなければ！」

「ご、ごめんなさい。忘れていたわ。早く行かなきゃ」

自分を探していたナウラの苦労が申し訳なく、早歩きでザハブ宮へ向かった。


二階の王妃専用湯殿の扉をナウラが開けたとき、背後から人の気配がした。気づいたナウラがすぐに頭を下げる。

カフィーヤを巻き、シャープな顔立ちを引き立たせた、凛々しいラシッドだった。

「陛下……」

ふたりきりのときは『ラシッド』、まわりに人がいるときは『陛下』と、莉世は呼び名を使い分けていた。

とする。

「リセ、湯浴みか」

ラシッドは颯爽とした足取りで莉世に近づくと、手を掴んで自分の湯殿へ向かおうとする。

「陛下っ、わたしは自分の湯殿で――」

莉世はナウラを振り返る。彼女は困ったようにオロオロしていた。

ラシッドは有無を言わさず、莉世を自分専用の湯殿に連れていく。

カフィーヤを外し、長衣を脱ぎ捨てたラシッドは、莉世の胸元のリボンに手をかけると、するっとほどいていく。ドレスの身頃がいとも簡単に脱がされ、胸の膨らみが露わになる。

ウエストの後ろにあるボタンも外され、ドレスがふわっと床に落ちた。

（いつものラシッドより強引……なにかあった……？）

考え事をしていたところで、胸が揉みしだかれ、頂が舌に絡め取られる。甘やかな痛みが、ぷっくり尖った頂から生まれ、ラシッドの舌の動きだけで莉世の身体は芯から痺れてくる。

華奢な身体は、ラシッドが脱いだ長衣の上に押し倒された。再び、彼の熱い舌が莉世の口腔《こうくう》内を動き回る。

長い指が莉世の下肢に滑り込み、小さな蕾に触れた。どこに触れれば一番感じるのか、すべてわかっているラシッドは、莉世の反応を楽しみながら愛撫していった。

「ラシ……ぁ……っ、……ああん……」

ラシッドの下で莉世の身体が跳ねる。

「指にすごい勢いで絡みつく。お前のここは、もう欲しがっているようだ」

ほぼ毎日莉世を抱くラシッドだが、二年経っても飽くことなく、自分の腕の中で乱れる姿が愛おしい。

ラシッドに委ねた莉世の身体は絶頂に昇りつめ、小刻みに震える。

莉世の頭の中が真っ白になったとき、ラシッドは最奥に熱い飛沫《しぶき》を注ぎ込んだ。


湯殿から出て、莉世はラシッドが見立てたドレスをマハルとナウラによって着つけられていた。

そこへ支度を終えたラシッドが現れる。湯殿で彼の機嫌が直ったと思っていたが、そうではないようだ。

「ラシッド、なにかあった……?」

「お前には隠せないな。ちょっとした大臣らの上奏に、腹を立てただけだ。たいしたことはない」

莉世は大臣の上奏と聞いて、妃を娶る件だと悟る。

「それより、疲れさせてしまったようだ。すまない、顔色がよくないな」

「……今夜の宴に緊張しているのかも」

(わたしの心の内を悟られてはいけない……ラシッドは早く世継ぎが欲しいと思っているのかもしれない)

「リセ、宴は顔を出すだけにして、ふたりきりで祝おう」

ラシッドは甘くささやいて、莉世の唇に口づける。

ふたりだけで祝えるのなら、どんなにいいか……莉世は今日の宴が怖かった。


結婚二周年の宴は、族長や大臣、その他の高官、彼らの家族まで出席する大規模なものとなった。

ラシッドの言う通り、ふたりきりで結婚二周年を祝いたかった莉世だが、今はにぎやかな宴の上座に座っている。

ウエストが絞られた白いドレス。スクエアカットの胸元と袖に、金糸と赤糸で刺繍がされ、気品があり、王妃である莉世にぴったりの衣装だ。

その姿を見たラシッドが、目を細めて息を呑むほどだった。

ラシッドは、夜の星空のような光沢のある長衣に銀色のカフィーヤ。カフィーヤを留めているのは数々の宝石。

莉世にも、エメラルドやサファイヤを使った見事なペンダントやブレスレット、そしてアンクレットを身に着けさせている。

こういった豪華な宝石を莉世は好まないので、今身に着けているのは、あくまで王妃としての威厳を保つための盾だと思っている。

ふたりの後ろにはアーメッドとマハルが控えていた。マハルは光り輝くような、美しい莉世に誇らしげだ。

客たちは中央を囲むように座っている。今、中央では、豊満な肉体を持つ踊り子が腰をくねらせ、リズムを取っている。

「リセ、あまり食が進んでいないようだな」

「このような席で、そんなにバクバクとは食べられません」

莉世はごまかすように笑う。食が進まない本当の理由は、五人の妃を迎えるという、思いがけない話のせいだった。とはいえこの宴の上座席で、しかも王妃が夢中になって食べるのも品がなさすぎると思われそうで、遠慮している気持ちもあった。

「では、ふたりだけになったら食べることにしよう」

ラシッドは杯を莉世に掲げてから、クイッと一気に飲み干す。杯が空っぽになれば、後ろに控えているアーメッドが間髪容れずに注ぐ。

「アーメッド、マハル、居間にリセの好物をそろえろ」

「かしこまりました」

莉世がほとんど料理を口にしていないことを、マハルも心配していた。ラシッドの命令は願っていたものだ。

踊り終えた踊り子は床にひれ伏すと下がり、次に莉世の剣舞の師匠であるライラと、ジャダハール国で一番の吟遊詩人であり舞い手であるイムランが登場した。

ラシッドと莉世に礼をしてから、ふたりは剣を合わせる。

歌は、二年前にイムランが作ったラシッドと莉世の恋の話だ。そしてその歌には続きが加えられていた。それは王が愛する人のために命をかけて秘薬を飲み、見事にふたりの愛を実らせたという内容だ。

ライラとイムランは一年前に夫婦になった。夫婦ならではの息の合った剣舞に、まわりの者は、ほーっとため息をついている。

黄色の衣装で舞うライラは神秘的な美しさがあり、美麗なイムランは男っぷりのいい堂々とした動きで、周囲を魅了する。

莉世も、うっとりとふたりの剣舞を見ていた。

（久しぶりに見たけれど、やっぱりふたりはジャダハール国で一番の踊り手だわ）

ふたりの見事な剣舞が終わると、ラシッドが近づくようにと手招きする。

「イムラン、ライラ、素晴らしい舞だった」

ラシッドはふたりをねぎらい、酒を振る舞う。

「ありがとうございます。いつか陛下と王妃さまの剣舞を見たいものです」

イムランはそう言って、一滴も残さず飲み干す。

「そのうち見せよう」

ラシッドと莉世はときどき一緒に剣舞を舞うが、見ている者は側近たちだけだ。ふたりの舞は始終、愛に満ち溢れ、観客たちには目の毒。ラシッドの溺愛っぷりは、独身のアーメッドやナウラがいつも目のやり場に困るくらいだ。

今日の族長と大臣の上奏は、不穏な空気を運んできた。二年経っても世継ぎができないのを懸念して、五人の妃を娶るようにとの上奏だ。『生涯、妃はリセだけだ』とラシッドはその場で即座に一笑に付したが、このままでは終わらないだろうとアーメッドは思っている。

（一番いいのは王妃さまのご懐妊なのだが……あれだけご寵愛を受けているのに）

ライラとイムランが自分の席に戻ると、ダニア大臣がふたりの前にやってきて座る。

丁寧に頭を下げて顔を上げたダニア大臣は、にこやかな笑みだ。

「陛下、王妃さま、このたびはご結婚二周年、まことにおめでとうございます」

ラシッドは頷くだけだが、莉世はうれしそうに口を開く。

「ダニア大臣、ありがとうございます」

「民にお優しい王妃さまは、我が国の誇りでございます」

ダニア大臣といえば、二年前にタヒール大臣と一緒に莉世が王妃になるのを反対した者だ。タヒール大臣が失脚してからはおとなしくなったが、最近はラシッドの世継ぎ問題で騒ぎだした張本人でもある。

その内情を知らない莉世は、彼ににっこり笑みを向けるが、ラシッドは不機嫌そうに口元を歪めて眺めていた。

「ところで……王妃さま、お世継ぎはまだできないのですか？」

突然切りだされて、莉世は心臓が止まるほど驚く。祝いの席で出席者たちも聞いている中でのダニア大臣の言葉。

「ダニア！　ぶしつけにもほどがあるぞ！」

ラシッドは持っていた杯を、怒りに任せてダニア大臣に投げつける。杯はダニア大臣の胸元に当たり、絨毯の上に転がる。

「陛下、お静まりを。このような席だからこそ、あえてお話をしたのです」

「お前たちの言葉など、聞く耳を持たない！　ここから立ち去れ！」

ラシッドの怒りに、莉世は自分を守ろうとしてくれているのがよくわかった。だが、大勢が聞いている中なので、公明正大な王ラシッドの立場が悪くなる。

一夫多妻制のジャダハール国。妻が多ければ多いほど、富と権力があると言われている。ひとりの女性しか愛さないのは前王も同じだったが、今の王室にとって世継ぎ問題は深刻だった。

民は〝世継ぎも作れない無能な王〟と位置づけるだろう。そして王妃は、自分以外の妃を陛下が娶らないよう、寵愛を武器にする悪妃として噂が広がっていく。

「陛下……」

莉世は今日の午後に知ったばかりの妃の件に、戸惑うばかりだ。

「お前がそのようなバカなことを上奏するのなら、わたしたちが退席する！」

「陛下、どうかお静まりを……」

ラシッドの激高に、ダニア大臣は絨毯の上にひれ伏すが、顔を上げた彼は莉世を挑戦的にまっすぐ見る。

「王妃さまは、陛下が妃を娶られることをどう思われますか?」

「貴様! 王妃も賛成するはずがない!」

ラシッドは立ち上がり、莉世の腕を掴んだ。引っ張られるままに茫然と立ち上がった莉世の心は葛藤していた。

(ラシッドに跡継ぎができないのは、国にとって大変な問題……わたしに子供ができるかわからないのに『妃を娶らないで』なんて言えない……)

莉世を立たせたラシッドが歩きかけたとき――。

「わ、わたしは……」

喉から声を振り絞ると、震えていた。

「リセ⁉」

「わたしは、陛下が妃を娶られることに賛成です」

口に出してしまうと、目頭が熱くなって涙が出そうだった。

莉世の口から出た発言にラシッドは一瞬言葉を失ったが、すぐ我に返る。

「なにを言っている⁉」

うつむく莉世の顎を持ち上げ、泣きそうな瞳を見つめる。

「陛下、これはジャダハール国の問題です。どうぞ妃を娶ってください」

泣くまいと気持ちを強くし、莉世はラシッドにはっきり言った。

「リセ！」

ラシッドは声を荒らげるが、莉世は動じないように振る舞うのが精いっぱいだった。

「素晴らしい！　王妃さまのお人柄は、この国の財産でございます！」

ダニア大臣がパンパンと手を叩くと、まわりの者たちの拍手も部屋に大きく響いた。

「陛下、王妃さまもそうおっしゃっています。妃はこちらで決めさせていただきます」

「勝手にしろ！」

ラシッドは莉世の腕を引いて、出口へ向かう。激怒している彼は口元をぎゅっと引きしめ、まわりの者をまったく見ず、正面だけを見据えていた。

大股で歩くラシッドに、莉世はついていくのが大変で、無様に転んでしまわないよう必死に足を動かす。それと同時に莉世の瞳は、ラシッドの広い背中を見つめるばかりだった。

（今は怒っているけれど、時間が経てばわかってくれるはず……）

潤んでくる目を瞬きさせないよう、がんばっていた。

宴を出た勢いのまま、ザハブ宮の階段を上がっていくラシッド。腕を掴まれたままの莉世の心臓は悲鳴を上げ、呼吸は荒くなっていた。

莉世にとって、全速力で走らされた感じだ。

「っ……は……ぁ……」

追いかけてくるアーメッドも息切れしている。マハルもついてきていたのだが、途中で苦しくなり断念せざるをえなくなった。

「ラシッドさまっ……っはぁ……王妃さまが、苦しそうですよっ」

アーメッドはふたりの後ろから声をかけるが、ラシッドは聞く耳を持たない。

ようやく三階の寝所に到着すると、扉の前で立ち止まり、振り返る。

「いいと言うまで部屋に入ってくるな」

「ラシッドさま！　王妃さまにお食事を！」

ラシッドの横で苦しそうに呼吸する莉世がかわいそうで、アーメッドが物申す。

「あとでだ！　いいな？　いいと言うまで扉も叩くな！」

ラシッドは扉を開けると、莉世を中へ入れた。

「ああっ！　ラシッドさま！」

アーメッドの鼻先でバタンと扉が閉められる。

ラシッドの手から解放された莉世は、喉が渇きすぎて水が欲しかった。荒く息をつきながら、水差しが置かれている台に近づき、水を注ごうとした杯を取り上げられる。

「あっ！」

ラシッドは水を口に含むと、莉世の顎に手をかけ、唇を重ねる。口移しで水を飲まされたあと、莉世の身体は寝台の上へ投げだされた。

乱暴に投げられたわけではないが、うろたえながら身体を起こす。

「これからお前がどんな思いをするのか、わかっているのか⁉　まんまと策略にはまるとは！」

「……ごめんなさい」

莉世は小さく呟いた。こんなにも怒っているラシッドが愛おしい。怒りのすべては自分のためなのだ。

ラシッドは莉世の気持ちを思って、妃を娶る気はなかった。最愛の人だからこそ、傷ついてほしくない……そう思ってもダニア大臣に陥れられ、怒りは治まらない。

乱暴に長衣を脱ぎ捨て、莉世に覆い被さる。唇を重ね合わせ、舌を莉世の口腔内へ侵入させた。その舌を巧みに絡ませながら、莉世のドレスを脱がしにかかる。

莉世の華奢な身体がすっかり露出する。

「こんなことを、わたしが他の女としていいのか？」

胸の膨らみが揉まれ、頂が指で捏ねられる。反対の胸はラシッドの熱い舌で舐《ねぶ》られ、莉世の身体は痺れ始めた。

「生涯、女はお前だけと儀式で誓った。それをお前は破らせたいのだな？」

「違うっ……」

莉世は首を何度も左右に振る。

（こんなに衝動的なラシッドは見たことがない……）

でも、自分に赤ちゃんができる保証がない限り、突っぱねることができない。

「……愛が……愛が、なければ……」

自分を愛するときのように、他の女性と肌を重ねてほしくはない。でも心がなければなんとか我慢できる。それがジャダハールの王妃としての務めではないのだろうか。

涙を堪えきれなくなり、ぎゅっと目を閉じた。涙は目じりを伝わって敷布を濡らす。

なんとか耐え抜こうとしている莉世の姿に、ラシッドの口から深いため息が漏れる。

そして小さく震える唇に、唇を重ねた。

何度か愛の行為に及んだラシッドは、夜着を身に着け、扉に近づく。開けると、アーメッドとマハルが控えていた。

「居間に食事を用意しろ」

穏やかな波のように静かな声でふたりに命令したラシッドは、すぐに寝所へ戻る。

寝台では莉世が疲れきった様子で、うつ伏せで目を閉じていた。

「リセ、起きろ。食事だ」

眠る莉世の身体には、ラシッドがつけた赤い花が無数にある。

(愛おしいリセ……)

愛しても愛し足りない存在である。

「リセ」

もう一度名前を呼ぶと、うっすらと目を開けて薄茶色の瞳を覗かせた。

「食事の用意ができた」

「……いらないです」

めちゃくちゃに愛され、体力を使いきった莉世は、身体を動かすのも億劫《おっくう》だった。

「ダメだ！　食事をするんだ！」

無理やり夜着を羽織らされ、抱き上げられると、隣の居間へ連れていかれる。

時刻は深夜。胃の負担にならないような温かいミルクのスープや茹《ゆ》でた野菜、淡白な鳥肉を調理した食事が並んでいた。

食べている間にも眠ってしまいそうな莉世だったが、ラシッドに次から次へと食べさせられるたびに飲み込んでいく。

（ラシッドは、わたしが妊娠するようにしてくれている……何度も高みに持っていかれ、小さな命を注ぎ込まれ、これでも妊娠しなかったら、母にはなれない……）

そのことばかりが頭に残り、泣きたくなった。


食事が終わると、ラシッドは再び莉世を愛した。明け方、疲れきって眠る莉世を抱き上げ、湯殿に連れていく。

翌日もそのサイクルは変わらず、莉世は何度も翻弄され、食事をし、湯殿へ連れていかれる。少しの睡眠しかなく、莉世の頭も身体もふらふらだった。

その間、ラシッドは政務を一切しなかった。ずっと莉世と一緒におり、大臣や結婚二周年のために祝いに来ていた族長たちも困り果てていたが、そんなものはたいしたことじゃないと、ひとりのんきにかまえている男がいた。その男はラシッドの旧友アフマドだ。ただひとり、王妃問題に賛成しなかった男だ。

三日目の朝、莉世はひとりで目を覚ました。隣にラシッドの姿はなかった。

自分がホッとしているのか、彼がそばにいなくて悲しいのかわからない。

空が白むまでラシッドに翻弄されていた莉世の身体は、まだ痺れている気がする。起きなければと思うのに身体が言うことを聞かず、ようやく寝台の足元に丸まっていた夜着を身に着けたとき、扉が開き、マハルが入ってきた。

莉世と目が合ったマハルは、なんだか悲しそうだ。

「マハル……」

「王妃さま……本日からハーレム宮にお住まいを移動しなくてはなりません」

（あぁ……それでマハルは悲しそうなんだ……）

「……はい。着替えてハーレム宮へ行きます」

「……うっ、ううっ……」

マハルは理不尽な決定に耐えきれなかったようで、嗚咽する。

「マハル、大丈夫だから泣かないで」

莉世は肩を震わすマハルを抱きしめた。

「王妃さま……姫さま……そうですわね。わたしにできることを精いっぱいお手伝いしなくては」

マハルは衣装部屋へ行き、莉世の着るドレスを手にしてすぐに戻ってきた。首元まであるくるみボタンのある水色の上品なドレスだ。

「ハーレム宮へ行くのは、湯浴みを済ませてからでいい？」

（熱い湯にでも浸かって、ぼんやりする頭をシャキッとさせなくては）

「ええ。もちろんでございますよ」

そこへ扉が叩かれ、マハルは話を中断して開けに行く。

「タスニム！」

突然ハーレム宮の女官長タスニムが現れ、マハルが驚いていると莉世がやってきた。

「……どうしたのですか？　あなたは……」

「王妃さま、お迎えに上がりました」

タスニムは莉世にうやうやしくお辞儀をする。

「わたしはこれから湯浴みを。終わったら向かいます」

莉世は威厳を持ってタスニムに言いきる。

「湯浴みは、どうかハーレム宮でなさってくださいませ。本日からあちらでの生活となります」

タスニムの言葉に、マハルはムッとして、湯浴みぐらいザハブ宮でできないのかと口を開く。

「ハーレム宮で？　王妃さまは湯浴みが済んだら向かうとおっしゃっているのですよ？」

「王妃さま、どうか他の妃と不公平がないようにお願い申し上げます」

タスニムは再び頭を深く下げて莉世に頼む。

「……わかりました。マハル、ハーレム宮で湯浴みをするわ。タスニム、着替えるので外で待っていなさい」

莉世の言葉に頷き、タスニムは扉を閉めて出ていった。

「王妃さま、タスニムの言いなりになる必要はありません」

莉世の着替えを手伝いながら、マハルは気遣うように言う。

「……マハル、わたしは大丈夫だから」

マハルに安心させるように微笑んだ莉世だったが、心は言葉とは裏腹で、他の妃たちとうまくやっていける自信はなかった。

ハーレム宮へ足を踏み入れた途端、引き返したくなった。もう二度とふたりだけのあの楽しいときを過ごせないのでは、という思いに駆られたのだ。

マハルとナウラが付き添い、タスニムに案内され、これから住まいとなる部屋へ向かう。

莉世の部屋は一番奥まったところにあった。驚くことに隣が湯殿だ。湯殿は出入りが多く、騒がしい。

「王妃さまに、なんという部屋を！　もっといい部屋に替えなさい！」

マハルは我慢できずに、タスニムに物申す。

「あいにく昨日から五人のお妃さまがお住まいになっているので、この部屋しかないのです」

「ハーレム宮の女官長ならば、王妃さまにしかるべき処遇をするべきですわ」

タスニムと同年代のマハルは負けていない。マハルも女官長。しかし宮が違えば、それぞれの女官長に従うしかないのだ。

「王妃さまはここに入った瞬間から、ただの妃になります。女官もひとりしかつけられません」

三人は目を見開いて驚く。

「そんな！　王妃さまがただのお妃さまになるなんて！」

ナウラも我慢できずに両手を握りしめて言った。莉世はあまりの衝撃に声も出ない。

「我が国では妃が増えれば、第一王子を生んだ妃が王妃になります。リセさまは寵妃ですが、それは関係ないのです」

莉世が王妃ではなくなった。そのことについては、莉世よりもマハルのほうがショックだったようだ。眩暈を覚え、ふらりと身体が揺れる。

「マハルっ」

莉世はこめかみに手を置くマハルを支えた。

「マハルはザハブ宮へ戻って。ここはナウラに付き添ってもらいます」

ハーレム宮の女官長はあくまでもタスニムだ。マハルはその下で働くことになる。同じ女官長の位なのに、それは屈辱だろう。

「でも、姫さまっ」

マハルは、莉世の面倒を見るようにとラシッドから言われている。それは莉世がこの世界にやってきたときからだ。

「マハル、ときどきお茶をしましょう」

莉世はマハルを安心させたくて、笑顔を向けた。

湯殿の隣の部屋だが、莉世はそれほど気にならない。窓の外には人工の美しい池があり、ずっと見ていられそうだ。

部屋から池まで出られるし、循環させている水の音も涼やか。

ハーレム宮の部屋は、今まで住んでいたザハブ宮の部屋よりも豪華で、きらびやかだった。華やかな色使いで、以前の王からの贈り物なのかと思える花瓶などの調度品も素晴らしい。あまりにも豪華すぎて、落ち着かない。

「王妃さま、少しお休みください。湯浴みはそのあとでいたしましょう。疲れた顔をされています」

「ナウラ、わたしのことはお妃さまと呼んで。わたしは王妃の名称にはしがみつかない。だから気にせずにそう呼んでね」

莉世は窓辺に置かれた、豪華な細工が施された長椅子に腰を下ろす。

「……わたしは悔しくてなりません……ですが、王妃さまがそうおっしゃるのなら、これからはお妃さまとお呼びします」

「ナウラ、ありがとう」

大きなクッションを抱くようにして目を閉じた。いろいろありすぎて、なにも考えずに眠りたかった。

（ラシッド……）

今朝まで一緒だったのに、何日も会っていない感覚に襲われ、目を閉じながら不安になる。

「ナウラ、やっぱり湯浴みをするわ」

むっくり起き上がると、衣装を片づけようとしていたナウラに言う。

「ひとりで大丈夫だから。湯浴みをしたら少し休みます」

続きになっているナウラの部屋を通り、廊下に出る。

「湯殿が隣ってすごく便利」

湯浴みは好きだから、ここにいれば好きなときにすぐ入れると、ポジティブに考える莉世だった。

湯殿は、莉世を含めた六人の妃が全員入っても余裕があるほど広い。大きな窓から人工の池も見られ、香油マッサージをする施術台も並んでいる。

（まさに妃のための場所なんだ……）

四十年以上も使われていないハーレム宮だが、ザハブ宮と同じくらい手入れされていた。

髪と身体を洗い終えてから、たっぷり湯が入っている石造りの大きな浴槽へ近づく。ラシッドに愛され、まだつながっているような感覚の身体を湯船に沈める。

「んっ！　気持ちいい」

両手を前へ出し、伸びをする。ラシッドにつけられた身体中の赤い花が目に入る。

(これが消えないうちに会いたい……)

ハーレム宮では、王が妃の部屋を訪れるのが決まりになっている。それ以外は宴のようなときでなければ会うことができない。ただし、偶然ばったり会うことはなんら問題ない。

ラシッドの日課が頭に入っている莉世は、会おうと思えば会える。だが、今朝ザハブ宮を出なくてはならないのに、ラシッドはひとこともなく出ていってしまったことが引っかかっており、自分のほうから会いに行くのもためらう。

「まだ怒っているんだよね……」

ひとりごちたとき、湯殿の扉が開き、褐色の肌に薄布をまとった女性が後ろに女官を連れて入ってきた。湯船に浸かっている莉世に驚いたようだ。

「王妃さまですね。おくつろぎのところ、申し訳ありません。わたくしはクドゥス族のアニサと申します。以後、お見知り置きを」

丁寧に挨拶されて、莉世は慌てて頭を下げる。

アニサの第一印象はとてもよく、優しそうな雰囲気で、莉世より年上のようだ。

「もう王妃じゃないんです。アニサさま、よろしくお願いします」

「まあ！　王妃さまではなくなったのですか……？」

アニサも知らなかったようだ。

「ジャダハールでは、第一王子を生んだ女性が王妃になるようです」

「そうでしたか……おふたりはとても仲がよろしいとお聞きしていましたのに……失礼します」

アニサは女官にかけ湯をされてから、莉世のいる湯船にそっと身体を沈める。

「リセさまは女官なしで湯浴みを？」

湯殿にひとりでいるのが不思議なようだ。

「え？　まあ……」

「ここでは必ず女官を連れていたほうがいいかと」

「それはどういう意味で？」

アニサの言葉がわからず、莉世は首を傾げる。

「それは……すぐにわかります」

なぜだかはっきりしない言い方だったが、聞き流すことにした。

アニサに挨拶して、湯殿を出て着替えの部屋に入ると、用意していたドレスを手に取る。

次の瞬間、驚いてドレスが手から落ちる。床に落ちたそれはズタズタに切られていた。離れたところにあるアニサのドレスを見るが、きれいに畳まれており、なんともなさそうだ。

「ひどい……誰が……？」

（今、身体に巻いている薄布だけで部屋に戻る？　だからアニサさまは、女官を連れ歩いたほうがいいって言ったの？　もしかしてアニサさまが……？）

こんな格好でここを出たら、笑い者になるかもしれない。

切られたドレスを見ていると扉が開き、ビクッとする。

「お妃さま⁉　それはっ⁉」

扉を開けたのはナウラだった。莉世の持っているズタボロのドレスに、唖然とする。

「出たらこうなっていたの。来てくれてよかったわ」

「今すぐドレスをお持ちいたします！」

ナウラは出ていき、すぐにドレスを持って戻ってきた。

部屋が隣でよかったと、着替えながら莉世は思う。身支度が済むと湯殿を出て、自室へ戻った。

「こんな嫌がらせ、ひどすぎます」

ドレスを手にしたナウラは怒りが治まらないようで、顔を赤くしている。

「ここにいたら、頻繁にあることなのかも。わたしの世界にもこんなことはあったし」

「お妃さま！　そんなのんきに！　陛下に言ってもらいましょう！」

「ナウラ、陛下には言わないで。こんなことで煩わせたくないの」

どっと疲れが出てきたようで、眩暈がしていた。天蓋から下がる薄布を上げて、寝台の縁に座る。

「お妃さま……」

「そのドレスは処分してね。わたしは少し休むから。ナウラもゆっくりして」

莉世は横になると目を閉じた。


その夜、中央の広間で莉世は五人の妃と対面することとなった。タスニムから食事会があると知らされたのだ。

「お妃さま、気乗りしないようでしたらお断りしてきますが……」

「ううん。行くわ」

（ここにいるのなら、いずれ会わずにはいられないのだから）

緊張感は拭えない。広間に入ると、上から見て蹄鉄《ていてつ》のような形で、みんなが座っている。

タスニムに案内され、一番端の席に座ると、隣にアニサがいた。アニサは目で挨拶し、莉世も返す。妃たちの衣装は華やかだ。

「リセ妃、みなさま方は昨日お会いしていますので、わたしが五人の妃をご紹介いたします」

タスニムは、莉世の対面に座っている妃から紹介を始める。

ひとりひとり名前を覚えようとしていた莉世だが、一気に五人も覚えられず、頭だけ下げる。

みんなジャダハール人で、この国の有力者たちの孫娘だ。

（この中の誰かが、わたしのドレスを……？　ううん。ひとりとは限らない……）

そんなことを思案していると、食欲がどこかへいってしまったようだ。他の妃は王宮のおいしい料理を楽しんでいる。

そこへ――。

「陛下がいらっしゃいました」

タスニムの声に、しばらく会えないと思っていた莉世の心臓はドクッと高鳴った。

深緑の長衣にシルバーのカフィーヤ姿のラシッドは、堂々とした歩みで莉世たちの前に現れた。

莉世はうれしくて微笑んだが、ラシッドの漆黒の瞳はまっすぐアニサを見ており、彼女の前で立ち止まった。アニサは急いで立ち上がり、膝を折る。

「ラシッドさま、お久しぶりでございます」

親しげな笑みを浮かべた彼女は、ラシッドに挨拶した。

「アニサ、きれいになったな」

ラシッドは微笑を浮かべてアニサを見つめている。

そんなラシッドに、莉世はふと思い出す。それは結婚する前のこと。クドゥス族の諍いを治めて戻ってきたラシッドから、いつもの白檀の香りとは違うバラのにおいが漂ってきたことがあった。

（以前からの知り合い……）

ラシッドは順番に妃と話をしている。莉世はラシッドが笑いかける妃全員に、嫉妬をしてしまう。

残るは莉世だけ。来てくれると期待して、ラシッドの広い背中を見ていると、彼はタスニムに頷き、去っていった。その姿にショックを受けた。

（ラシッドは、まだ怒っている……ううん、怒っているんじゃなくて、もう他の妃に目を向けて、わたしのことは眼中にないのかもしれない……）

「アニサさま！　ラシッドさまと以前からのお知り合いでしたの⁉」

考え事をしていると、一番若いマライカが羨ましそうに話しかけた。

「ええ。ご結婚なさる前から……」

アニサはにっこりとマライカに向けて笑う。

「きっと今夜、アニサさまがご寵愛を受けますわね！」

他の妃たちも羨ましそうに会話をしているが、莉世は吐き気がしてきて立ち上がる。

「あら？　リセさま？　まだお食事が」

アニサが莉世の前に並んだ食事を見て引き止める。

「いいえ……失礼いたします」

莉世はその場を離れる。控えていたナウラは心配そうな瞳を莉世に向け、共に歩き始めた。

部屋に戻ると、莉世はホッと胸を撫で下ろす。

「お妃さま、大丈夫でございますか？」

ナウラが莉世に手を貸して寝台に座らせ、水を持ってきた。

「大丈夫……疲れすぎて食欲がないみたい……すぐに休むから」

今にも泣きそうな莉世に心を痛める。

（陛下はどうして、お妃さまの元に行かれなかったのでしょう。話しかけておられれば、みじめな思いをすることなくお食事をされていたのに）

ナウラはラシッドに腹を立てていた。

夜着に着替えて寝台の上に横たわると、莉世はすぐに目を閉じる。

「ナウラ、大丈夫だから。このあとは自由にしてね」

目を閉じながら話さないと、涙が出てきそうだった。


翌日の昼下がり、窓辺の長椅子に莉世は座っていた。手に本を持っているのだが、読まずにぼんやりしている。そんな様子の莉世をナウラは心配していた。昨晩、早く寝たはずが、今朝起こしに行くと莉世の目は真っ赤だった。

そこへ莉世の耳に、湯殿からの声が聞こえてくる。

「まあ！　アニサさま！　それはラシッドさまのご寵愛の印ではありませんかっ⁉」

五人の妃のうちの誰かの声がはっきり届く。

（ラシッドさまのご寵愛……）

莉世の胸が、ズキッとナイフを刺されたように痛む。

「お妃さま……」

近くにいたナウラにも当然聞こえてきて、莉世に悲しそうな瞳を向けた。

莉世は小さく深呼吸してからナウラを見る。

「ナウラ、わたしは大丈夫よ。世継ぎを作らなくてはならないんだもの」

強がりだが、そう思い込まなければここではやっていけない。

微笑むと、持っていた本を開いた。


それから一ヵ月が経った。

相変わらず莉世の元にラシッドは現れないが、他の妃のところには頻繁に訪れているようだ。それは妃が湯浴みをすると、湯殿から会話が聞こえてくることからわかる。湯殿の隣の部屋というのは酷である。

ラシッドから相手にされない莉世だが、妃たちの嫌がらせは続いている。食事に虫が入っていたり、湯殿を使おうとすると泥が入れられていたりと、子供がやるような嫌がらせを日々されていた。

空元気でがんばっているが、一ヵ月もやられると精神的につらくなってきた。

心のよりどころはシラユキだ。ラシッドの政務中を狙って、莉世は毎日シラユキに会いに厩舎へ行っていた。

「ナウラ、厩舎へ行ってきます」

「まだ外は暑いですよ。もう少し涼しくなってからのほうが……」

ここへ来てから食が細くなり、途中で倒れやしないかとナウラは心配なのだが、この部屋を離れているうちに、妃たちにドレスを破かれたりいたずらをされたりしそうで留守にできない。

「ううん。帰ってきたら湯殿でゆっくりするわ」

「わかりました。いってらっしゃいませ」

ある意味、外にいたほうが安心でもある。ハーレム宮では心が休まるときがない。


「シラユキ」

柵の中に入り、莉世はシラユキの首に抱きついた。シラユキは顔をこすりつけるように動かす。

シラユキの首から離れると、野菜を食べさせる。隣の柵にいるガラーナも欲しそうに鼻を鳴らした。

「ガラーナにも今あげるからね」

シラユキの柵から出て、今度はガラーナに野菜をあげる。

「いつも同じ柵の中なのに、どうして今日は別なの？　わたしと陛下みたい……」

「王妃さま、シラユキがガラーナの子供をお腹に宿したそうですよ」

後ろから声が聞こえて、振り返る。

「カリムっ！」

近衛隊の服を着たカリムがいた。彼はザハブ宮の小間使いとして働いていたが、剣の扱いもなかなかで、俊敏な動きを買われて現在は近衛隊として鍛錬中だ。この鍛錬が終われば、近々ザハブ宮の衛兵になる。

「王妃さま、お久しぶりです」

この二年間でずいぶん男らしくなったカリムに、莉世は微笑む。

「カリム、元気そう。あ、わたしはもう王妃じゃないの。ただの妃になったの」

「噂は聞いていました……信じられないです」

カリムはシュンとして顔を暗くする。

「仕方ないの。シラユキ、あなたが羨ましい……がんばって赤ちゃんを生んでね」

莉世はシラユキの頬を優しく撫でる。

「カリムは元気にがんばってる？」

「はい！　それはもう。毎日が楽しいです。アクバールさまもカシミールさまも優しいんですよ」

以前、ラシッドや莉世を助けたということもあるのだろう。ふたりはカリムに目をかけてくれている。

「もう戻らないと」

そう言う莉世の顔は悲しそうだ。

「近くまでお送りします」

カリムは少し離れて、歩き始めた莉世を見守った。


莉世がハーレム宮に足を踏み入れると、中央の大広間に五人の妃がおり、お茶をしていた。

「お出かけでしたのね？　リセさまもご一緒にお茶をどうぞ」

アニサが莉世に座るように言う。

「タスニム、お茶の用意を」

まるでここの女主人のように、アニサはタスニムに命令している。

莉世は自室へ戻りたかったが、そんなことは言えない雰囲気で、仕方なくアニサの隣に座る。

「ところで、リセさまのところへラシッドさまはおいでになられていないようですわね？」

アニサが意味ありげにフフフと笑うと、他の妃もクスクス笑う。

「ラシッドさまは本当に女性の扱いがお上手で、わたしはいつも夢中で抱きつくだけになってしまいます。みなさまはどうかしら？」

アニサに聞かれ、一番若い十八歳のマライカは頬を赤らめる。

「わたくしは陛下に愛していただけるだけで幸せでございますわ」

「今夜はどなたが陛下のご寵愛をいただくのでしょうか？　リセさまではないことは確かですわね」

次に口を開いたのは、ムハンド大臣の孫娘カディージャだ。それ以降も五人の妃からの代わる代わるの攻撃に、莉世は心の中でため息をつく。

（ラシッドに相手にされていないわたしを、どうして攻撃するのだろう……）

「早くラシッドさまに抱かれたいですわ」

アニサが、情交を思い出しているかのように、うっとりとした表情になる。

部屋に戻りたい……そう莉世が思ったとき――。

「顔を見る価値もない女たちだな」

空気を切り裂くような凍《い》てついた声色が響く。いつの間にか大広間の入口にラシッドが姿を見せていた。

莉世を除く五人の妃を眺めるラシッドは、氷のように冷たい表情だ。

「ラ、ラシッドさまっ！」

アニサを始め、他の妃は床に額をこすりつけるくらい頭を下げる。

莉世はなぜラシッドが彼女たちを冷たく見るのか、わけがわからない。それに、五人の妃の慌てている姿。

「嘘ばかりペラペラと。リセに嫌がらせをしていた証拠は掴んでいるぞ。お前たちがここにいるだけで反吐が出る」

莉世への嫌がらせや湯殿から聞こえる声などは、五人の妃が結託して手を下していたことだと、ラシッドは女官長タスニムから報告を受けていた。タスニムは当初、莉世よりも五人の妃に肩入れしていたが、彼女たちの狡猾《こうかつ》な性格に嫌気が差し、ラシッドに報告するようになっていたのだ。

「陛下！　お許しくださいませ！」

マライカが頭を下げる。

「陛下……これはいったい、どういう……？」

莉世はキョトンとした顔でラシッドを見つめた。

「アニサ、お前が説明しろ」

ラシッドは腕を前に組んだまま、冷淡な表情でアニサを見ている。

「……リセさま……わ、わたしたちは……一度もラシッドさまのご寵愛を……いただいたことは……ありません……」

「えっ⁉」

莉世は唖然とする。

（寵愛をいただいたことは、ありません……？）

「わたしの寵妃にわかるよう、もっとしっかり説明しろ」

さらに突き放した声色に、アニサは肩をビクッとさせ、口を開く。

「わ、わたしたちは、ラシッドさまに寵愛を受けているよう、リセさまに誤解させることが目的でした……」

アニサの声が震えている。

「それではまだ足りない。わたしたちは嘘つき女でした、と言え」

高貴な身分であるアニサに相当な屈辱を与えているのだが、ラシッドにはまだ足りないようだ。だが莉世は思わぬ話に驚くと共に、彼女たちにではなくラシッドに怒りが湧いてきた。

「……嘘……ど、どうしてっ！　どうして⁉　世継ぎを作らなくてはならないのにっ！」

立ち上がり、拳をぎゅっと握りしめて、ラシッドに憤りをぶつける。

（わたしはなんのために……我慢をしたの？）

ラシッドが妃を抱いていると思うたびに、つらかった。それも世継ぎのため。そのためならと嫉妬心を抑えて我慢していた。

「わからないのか？　わたしはお前だけだ。お前しか欲しくない」

「そんなわがままを！　もうっ！　信じられないっ！」

ラシッドに怒りをぶつけると、この場を飛びだした。

「お妃さま？　遅いのでお迎えに――」

「ナウラっ！　聞いてっ！」

自室に戻った莉世は、怒りに任せて今の話をナウラにした。それを聞いたナウラは、莉世がどうして怒っているのかわからない。

「陛下は、お妃さまだけなんです。愛するお妃さまのために他の妃を愛さなかった。素晴らしいではないですか！　どうしてお妃さまは怒っていらっしゃるのですか？」

ナウラは、「さすが陛下」とうれしそうだ。

「この国のために、陛下のために、世継ぎは必要なの。それが、陛下は世継ぎを作る気がさらさらないなんて……」

「お妃さま……」

泣きそうな莉世に、ナウラは困り果てた。

それから三日間、五人の妃とは一度も会わなかった。莉世が外に出ないせいでもあるが、彼女たちも避けているようだ。

莉世は世継ぎを作るよう、なんとかラシッドを説得しなければと考えていた。

（でも、どうしたら……？）

なんと言ったらいいのかわからないままだ。考えが行き詰まって身体を動かしたくなる。

「ナウラ、ライラ先生を呼んでほしいの。久しぶりに剣舞を、と伝えて」

「お妃さまの剣舞が見られるのですね！」

ナウラははずむ足取りで部屋を出ていった。


練習の場所はハーレム宮の中庭だ。

「お妃さま、このたびのこと、心中お察しいたします」

ライラはハーレム宮に住むしかない莉世に、同情の瞳を向ける。

「ライラ先生、身体を動かしたくなって、お呼びしてしまいました」

莉世は特に気にしていないふうを装って、にっこり笑う。

「お呼びいただけて光栄でございます。では、練習いたしましょう」

ライラは曲を奏でるシャイラーを連れてきている。

「はい。ライラ先生、お願いします」

莉世が剣を身体の前でかまえると、シャイラーが小さなハープのような楽器で曲を弾き始める。

静かな曲調に合わせ、流れるような動きで舞いながら剣を操る莉世に、離れて見守っているナウラからうっとりとしたため息が漏れる。

莉世は剣舞に集中しようとしていた。剣を落とせば怪我をしかねないから、精神を統一しなければならないのだが、今日の莉世はいつもと違う。なにか心の底に秘めているものを払拭しようとしているような舞だ。

そんな莉世の舞に、ライラは胸が痛い。

（愛している男性が、他の女性と世継ぎを作らなければならないなんて、おつらいはず……）

そのとき、ライラは舞っている莉世の後ろに現れたラシッドに驚く。

（陛下……？）

ラシッドは剣舞用の剣を持っていた。

舞いながら気配を感じて、後ろを振り向いた莉世の動きが止まる。

（ラシッド⁉）

「どうした？　動きを止めるな」

そう言って、ラシッドも曲に合わせて動き始める。

莉世はイムランが以前作った、自分たちの恋の曲を舞っていた。主役のひとりであるラシッドが入ることにより、舞はいっそう完璧なものになっていく。

今は政務中、あるいは謁見中であるはずなのだが、どうしてここにいるのか。困惑しながらラシッドの剣に自分の剣を合わせる。

シャイラーの奏でる音色に、ハーレム宮で働いている女官たちや五人の妃が中庭に出てくる。そこで、美しいふたりの舞に釘《くぎ》づけになった。

ラシッドの熱く語るような視線に、莉世は舞いながら胸をドキドキさせていた。

（そんな瞳で見つめないで……）

身体が火照り始め、すべての力が失われていきそうだ。そうなりながらも舞うことをやめられない。

ラシッドが莉世の剣を奪おうとするシーン。実際は奪われずに逃げる設定なのだが、ラシッドの剣が思いのほか強く合わさった。

剣はキィィーンと音をたてて莉世の手から離れ、宙を舞う。

「あっ！」

莉世の頭上に飛ぶ剣。

ラシッドは莉世の腰に腕を回し、身体を引き寄せる。その刹那、莉世が立っていた場所に剣が落ち、地面に刺さった。

「今日の舞は身が入っていないな。わかっただろう？　もう我慢するのはやめろ」

「……陛下……」

ぎゅっと片手で抱きしめられ、ラシッドの唇が莉世の髪に当てられる。

「わたしはもう我慢するのはやめた。わたしにはお前だけ。お前が必要なんだ」

「でもっ！　世継ぎは必要です！」

一ヵ月以上ぶりに抱きしめられ、うれしいのだが、理性が働き首を横に振る。

「だからっ、だから我慢するんです。陛下の……ため……に……」

「やっと自分の気持ちに素直になったな。まだ二年だ。この先、十年経つまでは譲歩しない」

ラシッドは困惑する莉世の唇に口づける。

ふたりを見ていた女官や五人の妃から、小さな悲鳴が漏れるが、ナウラとライラは顔を見合わせて微笑む。

（わたしは……もう我慢しなくて……いいの……？）

ラシッドの胸の中にいると気分が安らぎ、この一ヵ月ちょっとの不安が払拭されていく。

安堵したせいなのか、急に吐き気が込み上げてきた。

「うっ……」

吐き気を堪え、手で口元を覆う。

「リセ？」

突然具合が悪くなった莉世の様子に、ラシッドは驚く。

「陛下……なんだか、気分が……」

胃から胸にかけてなにかが詰まったような気持ち悪さをなくそうと、深い呼吸を繰り返した。


侍医は後ろで心配しているラシッドに、満面の笑みで微笑む。

「陛下、おめでとうございます。王妃さまはご懐妊でございます」

「リセは子を宿したのか⁉」

身体を起こして侍医の診立てを待っていた莉世の目が、大きく見開く。

「はい。確かでございます。王妃さま、おめでとうございます」

「わたしが……妊娠……？」

侍医の微笑みで妊娠が嘘ではないことが実感でき、莉世はくしゃっと顔を歪ませる。

そして寝台から下り、ラシッドの胸の中に泣きながら飛び込む。

「リセ！　気をつけろ」

「……嘘みたい……赤ちゃんができたなんて……」

ラシッドは子供のように泣きじゃくる莉世の身体を、そっと抱きしめた。

先ほどハーレム宮の中庭にラシッドが現れたのは、莉世を迎えに行くためだった。

ラシッドは族長や大臣らに、世継ぎの件を十年待つように話した。十年経っても世継ぎができない場合は、次の王の座を大臣たちの推す者に譲ると約束して。

ラシッドにとって、莉世との子供でなければ世継ぎは無意味でしかなかったのだ。

十年後に退位し、王の座を譲るつもりは毛頭なかったが。

妃たちはラシッドの莉世への圧倒的な愛を思い知らされ、それぞれ実家へ戻り、ハーレム宮は再び閉鎖された。


――八年後。


「お母さま～！」

モザイクタイルの噴水のそばにいる莉世の元へ、少年が走ってきた。

少年はもうすぐ七歳になる。ラシッドの端正な顔立ちを受け継いだ美少年だ。

「ファルーク」

弾丸のように走ってきた愛息を、莉世は抱き止める。

「お母さま、剣の鍛錬、終わりました！」

「だからこんなに汗をかいているのね。顔も汚れて」

愛おしそうなまなざしで、ファルークの額から流れる汗を布で拭う。

そこへマハルとナウラが、莉世の五歳と三歳の娘を連れてやってきた。

「おかあさま」

ふたりの小さな娘は、マハルとナウラの手を離れて、莉世に駆け寄ってきた。

「サフィ、マリカ」

サフィは五歳。ファルークとサフィは、年と性別は違うが双子のように似ており、ラシッドの容姿を強く受け継いでいた。ラシッドに似ているせいか、サフィは男勝りなところがある。

マリカは三歳。彼女は髪と瞳の色が莉世にそっくりだ。

「おかあさまの世界のお話を聞きたいの」

サフィは莉世の隣にちょこんと座り、話を聞きたがる。好奇心が旺盛な子供だ。

「また聞きたいの？」

「うん。おかあさまの住んでいたところのお話は、とても楽しいんですもの。おじいさまとおばあさまに会ってみたい」

「そうね。わたしもよ」

ときどき両親や姉に会いたくなるが、戻ることは望んでいない。

この世界には愛するラシッドがいる。そして自分も母になり、守る家族がいる。

「リセ、ファルーク、サフィ、マリカ」

厩舎の方角からラシッドがやってきて、莉世はうれしそうに微笑む。後ろにはアーメッドもいる。

「ラシッド」

椅子から立ち上がった莉世をラシッドは抱きしめる。

「楽しそうだな」

「はい。とっても幸せだと実感していたんです」

「わたしもだ。可愛い子供たちを生んでくれて、ありがとう。愛しているという言葉だけでは言い表せない。この先もずっと一緒だ。わたしの王妃」

ラシッドは子供たちがうれしそうに見ている中、莉世の唇に口づけを落とした。

End

あとがき

こんにちは。若菜モモです。このたびは『砂漠の王と拾われ花嫁』をお手に取ってくださり、ありがとうございました。

なんと！　ベリーズ文庫からファンタジー作品が出版されるとは夢にも思っていませんでした。異世界へトリップしてしまうマンガが学生の頃から大好きで、読みあさっていたわたしが小説を書き始めたのも、ファンタジー作品を読んでいて、自分の思い通りの話を書きたいと思ったからです。

原題『砂漠に堕ちた天使』は、小説サイト『Berry's Cafe』のわたしの作品の中でも、とてもたくさんの方に読んでいただきました。他にもファンタジー作品は置いてありますが、この古い作品がなぜか今でもランキングに載っていたりして、好きでいてくださる方がいて、ありがたいことだと感謝しています。

出版するにあたり、サイト上の原作を大幅に改稿しております。その作業もとても楽しくできましたが、カバーイラストのラフ画をいただいてからは、「ラシッド、イケメン」「リセ、なんて可愛いの」と、カバーイラストのふたりが頭の中で動いていました。そうなると、「次の編集作業も早く来て」状態です（笑）。ご購入してくださった皆さまが楽しんでいただけますように。

　そしてお気づきになりましたか？　いえ、なっていますよね。ベリーズ文庫初の、男性の顔入りイラストです。うっとりするくらい美しく、男らしいラシッドです。早く皆さまに見ていただきたくて、サイトでの情報公開が待ちきれませんでした。

　最後に、この作品にご尽力いただいたスターツ出版の皆さま、編集でお世話になっております三好さま、矢郷さま、いつもありがとうございます。そしてアラビアンな世界を美麗に描いてくださいました武村ゆみこ先生、ありがとうございました。ラシッドのまなざしを見るたびに胸がドキドキ……。デザインを担当してくださいました根本さま、この本に携わってくださいました皆さまに感謝申し上げます。

　サイトには婚礼の儀のあとのお話がありますので、よかったら遊びに来てください。

　これからも小説サイト『Berry's Cafe』、そしてベリーズ文庫の発展を祈りつつ、応援してくださる皆さまに感謝を込めて。

二〇一六年十二月吉日　若菜《わかな》モモ

若菜モモ先生への
ファンレターのあて先

〒104-0031
東京都中央区京橋1-3-1
八重洲口大栄ビル7F
スターツ出版株式会社　書籍編集部　気付

若菜モモ先生

本書へのご意見をお聞かせください

お買い上げいただき、ありがとうございます。
今後の編集の参考にさせていただきますので、
アンケートにお答えいただければ幸いです。

下記URLまたはQRコードから
アンケートページへお入りください。
http://www.berrys-cafe.jp/static/etc/bb